LUZES MORTAS

Felipe Colbert

LUZES MORTAS

INSÍGNIA

EDITOR: Felipe Colbert

REVISÃO: Equipe Insígnia

CAPA E DIAGRAMAÇÃO: Equipe Insígnia

IMAGEM DA CAPA: Shutterstock

Publicado por Insígnia Editorial
www.insigniaeditorial.com.br
Instagram: @insigniaeditorial
Facebook: facebook.com/insigniaeditorial
E-mail: contato@insigniaeditorial.com.br

Impresso no Brasil.

Dados Internacionais de Catalogação na Publicação (CIP)
(Câmara Brasileira do Livro, SP, Brasil)

Colbert, Felipe
Luzes mortas / Felipe Colbert. -- São Paulo : Insígnia Editorial, 2023.

ISBN 978-65-84839-19-9

1. Romance brasileiro I. Título.

23-154550 CDD-B869.3

Índices para catálogo sistemático:

1. Romances : Literatura brasileira B869.3

Eliane de Freitas Leite - Bibliotecária - CRB 8/8415

1.

25 anos atrás.

Sarah Child tentava não se afastar do carro quando percebeu que entrar em Millington Wood seria inevitável.

Assim que alcançou a floresta, uma gigantesca e assustadora calma envolveu seu corpo, como se todos os animais e insetos se esgueirassem e evitassem fazer qualquer espécie de barulho. Ela avançou pela terra, enxergando com dificuldade o céu negro além da névoa e dos imensos pinheiros. Em pouco tempo, seu veículo desapareceu do campo de visão. O medo, como muitas vezes ocorre em momentos de extremo pavor, puxava seus ombros para trás.

Preciso encontrá-las, pensou.

Quando se deparou com um trecho de mata rasteira, tropeçou e cambaleou até cair de joelhos. De tantos gravetos pequenos que atravessaram a calça, um deles cravou na sua pele. Sarah quis gritar de dor, mas se conteve ou poderia atrair a atenção de quem ou do que estivesse originando as luzes misteriosas que havia visto minutos antes, e isto a machucasse bem mais do que aquele simples pedaço de madeira.

Ela firmou os joelhos e apoiou o corpo na árvore ao lado.

Ergueu-se, pronta para recomeçar.

O ar da noite gelava seus ossos. Em ocasiões como aquela, Sarah passava horas agarrada à Jessica na poltrona em frente à lareira até que sua filha dormisse. Queria muito sentir o abraço apertado dela agora. Podia até mesmo sentir o cheiro da menina no agasalho que estava vestindo, e quando se deu conta, suas mãos acariciavam a cicatriz da cesariana por cima da roupa, como se algo além de sua filha, seis anos depois, estivesse prestes a ser arrancado de dentro de sua barriga outra vez.

Tornou a se concentrar na direção de onde havia visto as luzes. As têmporas latejaram e os ouvidos zuniram. Nauseada, arqueou o corpo e vomitou.

Onde elas foram parar?

Precisava se recompor. Voltou a andar. Porém, um estado de desorientação que nunca experimentou antes se instalou. Ela se embrenhou mais alguns metros na mata, e a noção de quanto tempo já havia passado ali dentro se perdeu. De súbito, uma sequência de sons metálicos atingiu seu corpo — a mesma sensação que havia tido momentos antes.

Sarah olhou para cima.

Lá estavam elas.

As luzes!

Suas pálpebras estremeceram. Ela empertigou o corpo, quase desejando tocar o céu fumegante. Parecia que as luzes — *quantas são, afinal?* — se exibiam para o Universo. Uma exposição interminável de cores dançantes e vívidas que se alinhavam e desalinhavam numa velocidade assustadora. Por vezes, moviam-se como a cauda longa de uma ratazana; depois, alternavam-se em movimentos circulares; e por fim, explodiam e reapareciam em posições aleatórias. Um show tão deslumbrante que nada na Terra seria capaz de produzir aquilo, tinha certeza.

Ela ficou estática, forçando-se a acreditar no que via. Então as luzes clarearam todo o céu, quase como se um astro tremeluzente iluminasse uma nova manhã para aquela floresta. Até que, sem aviso, as sombras dos pinheiros passaram a deslizar pelo chão, criando uma subversão de espectros e cores em movimento.

Estavam indo embora.

Outra vez.

Um impulso a impeliu a não querer perder de vista aquele espetáculo, ou nunca se perdoaria.

Sarah tornou a avançar por dentro da floresta, seguindo os clarões que se deslocavam no céu. À frente dela, o solo fofo e íngreme dos campos de trigo surgia para além do bosque. Foi quando ela percebeu seus sentidos serem anulados de forma única e imprevisível, sendo apenas permitido enxergar aquele deslumbre de luzes fortes e saltitantes, e nada mais.

Mas isso também se deu por pouco tempo.

Sem que pudesse evitar, o corpo inteiro de Sarah Child foi arrastado em direção ao vazio. E antes mesmo que ela pudesse pensar no que acontecia, a terra desapareceu inexplicavelmente sob os seus pés.

2.

Hoje.

Daniel servia-se de sua caneca de café fresco junto à janela da cozinha como fazia quase todas as manhãs. O dia havia começado quente e sem vento, típico do verão do Rio de Janeiro. A paisagem se mantinha praticamente imóvel, exceto por Nilla, que fixava os novos bulbos de petúnias no quintal. Invejava a determinação de sua esposa ao acordar cedo para cuidar de atividades tão simplórias. De certo modo, ele compreendia que isso vinha do fato de que pouca coisa poderia ser feita àquela hora, e que a casa poderia estar menos silenciosa com a presença de um terceiro integrante — mas não pretendia começar o dia pensando naquele assunto.

Estava quase saindo de sua posição quando um sedan preto, com adesivo de uma locadora de carros no vidro dianteiro, surgiu e estacionou próximo à guia da calçada, em frente à casa. Um homem alto e muito pálido desceu do carro. Vestia um paletó de *tweed* — o que era inacreditável para o calor que fazia do lado de fora — e carregava uma pasta preta, modelo de couro clássico, como há muito Daniel não via. Claramente desconfortável com o calor, o homem atravessou em direção à entrada da casa, esbarrando a cabeça no alimentador de pássaros que ficava num ponto elevado, mas ainda próximo de sua testa. Coçou o local e passou longe de Nilla, sem percebê-la. Ela, não. Nilla permaneceu agachada, acompanhando o estranho com os olhos.

Bateu à porta. Antes de abri-la, Daniel imaginou por que diabos o sujeito não havia utilizado a campainha.

— *Mr.* Sachs? Queira me desculpar pela visita inesperada logo cedo — disse num inglês tão perfeito quanto o paletó bem cortado que vestia enquanto esticava a mão em cumprimento. A fala bastou para que Daniel reconhecesse de imediato o sotaque britânico — o que lhe trouxe mais curiosidade, mas explicava a roupa inadequada para aquele calor. Porém, não era isso que o deixava em alerta. Ao falar tão naturalmente na língua estrangeira, o homem sabia bem que Daniel o entenderia. Não parecia nenhuma coincidência. Então, Daniel se comunicou no modo mais ressaltado que conseguiu:

— Inesperada mesmo. Quem é você?

— Meu nome é Edward D. Willcox. Vim diretamente do Aeroporto. Ainda bem que inventaram o GPS ou nunca chegaria aqui.

— Não estamos tão longe assim da capital — respondeu Daniel —, mas parece que você não veio muitas vezes ao Rio de Janeiro, não é mesmo?

— É minha primeira vez, na verdade.

— De onde você é?

— Vim do condado de Yorkshire, mais especificamente do lado leste, de uma cidade chamada Pocklington.

— Pock... o quê?

— Pocklington — repetiu.

— Nunca ouvi falar, nem conheço ninguém por lá.

— É por isso que temos muito a conversar. Posso entrar?

Daniel hesitou por um instante quando notou no rosto do homem uma tensão mais aparente do que apenas o desconforto com o calor. Mesmo desconfiado, permitiu a passagem, mais pela curiosidade do que pela cortesia.

O inglês agradeceu e entrou. Sem desgrudar da pasta, sacou e enxugou o suor da testa com um lenço branco. A íris dele destoava de todo o restante da face com a luz da manhã incidindo sobre o rosto esguio e queixudo. Em seguida, um brasão bordado no lenço dele saltou aos olhos de Daniel, mas era incompreensível à primeira vista.

— Aceita um café? — Pelo que se lembrava, Daniel deveria oferecer o tradicional chá com leite, mas somente se tivesse certeza de que teria aquilo em casa.

— Não, obrigado — respondeu. — Mas um pouco de água gelada seria bom. Deus, que calor!

— Imagino como deva estar se sentindo. — Daniel foi até a cozinha e abasteceu um copo. Voltou para a sala e o entregou para o inglês, que agradeceu depois de beber e colocou o copo sobre a mesa de centro.

— Já esteve na Inglaterra, Mr. Sachs?

— Sim, há algum tempo.

— Como repórter?

Daniel cruzou os braços. Agora sim, estava preocupado de verdade. Primeiro a língua, depois sua profissão. O inglês se mostrava mais perspicaz do que parecia.

Quando estava pronto para insistir numa explicação, Nilla abriu a porta e entrou. A luminosidade do dia repousou de vez sobre o homem, refletindo ainda mais a sua pele clara. *Willcox*, Daniel se lembrou.

Nilla retirou as luvas sujas de terra e o cumprimentou num tom de voz que para qualquer pessoa poderia parecer natural, mas que para Daniel se tratava de pura desconfiança. E o mais importante: cumprimentou-o *em inglês*. Com certeza, os ouvidos dela estiveram à espreita.

Nilla se afastou levando o copo vazio até a cozinha, mas manteve a posição estratégica para continuar a par da conversa. Sem se importar, Willcox se voltou para Daniel e abriu a pasta preta de couro que carregava. Retirou um envelope e entregou-o em suas mãos.

— Abra, por gentileza.

Daniel franziu a testa. Examinou o envelope por alguns instantes e rompeu o lacre vermelho típico de correspondências antigas, produzido com cera em bastão e um carimbo cuja marca em relevo era semelhante ao brasão que havia reparado rapidamente no lenço. Dentro do envelope, encontrou um papel. Ao desdobrá-lo, notou apenas uma fotografia impressa no centro, provavelmente produzida por uma impressora comum, o que tirava todo o encantamento do lacre de antes.

— O que é isso?

— A imagem. — Willcox apontou com o dedo. — Por favor, observe.

Daniel aproximou a folha de papel dos olhos. A fotografia parecia mal produzida e teria sido tirada à noite. Via-se uma série de árvores — quem sabe, pinheiros — em primeiro plano. Ao fundo, os contornos de montanhas. Acima delas — mas não necessariamente *próximo* delas, já que era muito difícil calcular a distância —, alguns pontos de luzes no céu negro, cujos rastros foram deixados em direções aleatórias.

Uma imagem estranha, mas não o suficiente para que Daniel deixasse de presumir sobre o que se tratava.

— É o que eu estou pensando? — indagou.

— Sim.

— Mas não quer dizer nada. É falsa, muito possivelmente.

— Possivelmente — repetiu Willcox.

Daniel colocou a folha sobre a mesa, ao lado da marca deixada pelo copo, e coçou a nuca.

— Você veio de tão longe para me mostrar isso? Já ouviu falar de *e-mail*?

O inglês deu um sorriso desconfortável, sem hesitar na concentração.

— Essa imagem tem mais importância do que presume, Mr. Sachs. Deve ter notado que ela é a principal razão da minha presença aqui. A imagem passou por inúmeros especialistas e dividiu bastante opiniões. Nenhuma delas foi conclusiva, e é por isso que precisamos de uma investigação mais profunda.

Uma enorme confusão se instalou sobre os ombros de Daniel.

— Acho melhor você ser mais específico... Como você mesmo disse, sou só um repórter. Por que me incluiria nisso?

— Bem, é óbvio que não se trata *apenas* da fotografia — comentou. — Eu vim até aqui para convidá-lo a ir até Pocklington. Ou melhor, acompanhá-lo até lá.

— O quê?! — soltou Daniel, ainda mais desconfiado.

Willcox fez um gesto com a cabeça, como se compreendesse a exasperação.

— Desculpe, Mr. Sachs, mas não recebi autorização para dizer mais nada além disso. Sua reação era esperada, por isso, trouxe um segundo envelope. Mais interessante para o propósito, talvez.

Um segundo...

Willcox interrompeu o pensamento de Daniel ao lhe entregar um envelope similar ao primeiro. Daniel quebrou o lacre, abriu e desdobrou o papel. No topo, o mesmo brasão que havia observado no lenço e na cera vermelha momentos antes. Passou os olhos. Não era exatamente um contrato de trabalho, mas um convite para um serviço temporário, com alguns detalhes que o fariam perder muito tempo lendo. Então correu a vista e observou a linha final que declarava o valor da gratificação em libras esterlinas. Tomou um susto.

— Isso é alguma brincadeira?

— Ninguém faria isso vindo de tão longe — certificou-se o inglês. — Entendo que é difícil assimilar tudo que está acontecendo, mas acredite, não sou um aventureiro. Apenas represento uma pessoa que deseja muito a sua presença em minha cidade.

— Mas vocês estão me oferecendo toda esta grana? E sem ao menos me informar o que devo fazer exatamente?

— Livre de impostos e convertidos na sua moeda, é claro — completou.

— Mas... por que eu?

Willcox se calou, levando ao pé da letra o que dissera antes. Não iria revelar muita coisa. Enquanto isso, Nilla ressurgiu na sala, demonstrando sua "casualidade" oportuna para momentos de tensão como aquele. Daniel repassou os dois papéis para a sua esposa. Não havia necessidade de explicar nada a ela. Certamente, seus ouvidos se mantiveram ligados o tempo todo.

— Me desculpe, mas isso tudo é muito estranho — Daniel informou ao inglês.

— Posso garantir que o serviço é completamente legal. E seguro.

— Mesmo assim, eu não iria a lugar algum sem minha esposa. E não vejo o nome dela nesse documento.

Willcox manteve a expressão inalterada como se já houvesse estudado todas as possibilidades de resposta.

— Sinto muito, Mr. Sachs, mas não podemos levá-la conosco. O contrato inclui apenas o senhor. Não é uma viagem de turismo e preciso da sua decisão agora. Se eu sair por aquela porta, não nos falaremos de novo.

— Talvez você não tenha conhecimento, mas Nilla é fotógrafa.

— Nós sabemos disso.

— Nesse caso, ela pode ajudar a...

Nilla baixou os papéis e interrompeu:

— Você sabe *por que* precisamos desse dinheiro, Daniel.

Daniel se virou para ela. A voz de Nilla havia surgido em um tom precipitado, distinto, que mais evidenciava os fatos do que escondia sua preocupação. Na verdade, havia um discurso inteiro dentro daquela frase que ela não necessitava declarar. O tema ao qual se referia era algo que testemunhavam com tanta frequência desde que haviam reatado o casamento que Daniel entendia bem do que se tratava. Pela ocasião, tinha a ver com o que havia pensado minutos antes enquanto tomava seu café e a via remexendo no jardim. *A cirurgia. O tratamento para gravidez. O terceiro integrante da família.* Tudo isso e ainda mais: a possibilidade de assistir a uma mancha dolorosamente triste em suas vidas ser varrida para longe. *O acidente de carro há dois anos. A perda do nosso primeiro filho.* Como não levar isso em conta?

Ainda assim, aquilo era uma loucura. Viajar de uma hora para outra para uma cidade da Europa chamada Pocklington e trabalhar para pessoas desconhecidas? Era o suficiente para Daniel ter o tipo de pensamento bloqueador.

— Nilla, não acha que deveríamos conversar primeiro?

Um pouco desconcertada, ela moveu os olhos para Willcox, depois para Daniel. Manteve-se calada. Daniel quase podia ver cordas invisíveis apertarem o pescoço dela. De repente, caiu em si que aquele dinheiro oferecido anulava qualquer outra questão envolvida, e era isso que Nilla queria que ele entendesse. Por vezes, ele se pegava pensando se um dia a sorte bateria à porta deles, o que parecia finalmente ter ocorrido — literalmente. Mas Daniel tinha sentimentos confusos e talvez perigosos quanto àquela oferta fácil. Era isso que pretendia fazer sua *esposa impulsiva* compreender. Entretanto, embora não quisesse se afastar dela, ver os olhos brilharem com aquela oportunidade pareceu ser a decisão que Daniel precisava tomar.

"Faça isso. Por nós. Pela nossa família", ela dizia silenciosamente.

O rosto de Daniel se virou novamente para Willcox. Tanto ele quanto Nilla poderiam ter feito a pergunta ao homem, mas foi Daniel quem tomou a iniciativa:

— Quanto tempo?

— Alguns dias. Uma semana, talvez — respondeu.

— Vou ajudá-lo a fazer sua mala, querido! — Nilla se adiantou com a voz levemente embargada de emoção. — Mas volte bem antes que as petúnias brotem, por favor.

3.

Nem mesmo as onze horas e vinte minutos sentado na classe executiva de um Boeing 777-300 foram capazes de fazer Daniel relaxar. Enquanto se preparava para o desembarque, sentia a mente conturbada com a acelerada sucessão de fatos. E o desconforto piorou ainda mais quando ele desceu a escadaria do enorme avião e um vento gelado cortou o seu rosto como uma foice, fazendo com que se encolhesse dentro de sua jaqueta mostarda da sorte.

Se alguns dias atrás alguém tivesse me dito que estaria fazendo isso...

Willcox despontou na pista logo em seguida. Os dois não se comunicavam desde o embarque no Aeroporto Internacional do Galeão, no Rio de Janeiro. Daniel pensou que o fato de viajarem em fileiras separadas devia ser um pretexto para que ele não fizesse perguntas ao inglês durante o voo.

— Bem-vindo à Manchester! — disse Willcox, mostrando toda a sua adaptação ao clima ao escancarar um tremendo sorriso. Retirou um par de luvas extras do bolso e entregou-as para Daniel como se houvesse premeditado sua batalha contra a temperatura baixa. Daniel agradeceu e calçou o mais rápido possível, pensando se aquele clima teria o mesmo efeito do calor insuportável do Rio de Janeiro para o inglês.

— Quanto tempo até Pocklington? — perguntou.

— Estamos distantes umas 100 milhas. Eu arriscaria uma hora e meia se formos pela rodovia M62 — respondeu.

Daniel ajustou o relógio ao fuso horário, uma diferença de duas horas na época do ano em que estavam. Depois de passar pela imigração, seguiu o inglês por uma ramificação de corredores e o saguão principal do Aeroporto de Manchester até despontar no estacionamento. Ficou perplexo quando viu o carro que usariam.

— O que foi? — perguntou Willcox, notando sua expressão de queixo caído.

— Um Aston Martin DB5 prateado? *007 contra Goldfinger*?

Os olhos de Willcox mostravam que ele havia se deleitado com o comentário, embora o resto do rosto se mantivesse inalterado. Na certa, não era a primeira vez que ouvia aquilo.

Daniel sentou com extremo cuidado no banco de couro do carona imaginando quanto dinheiro teria seu misterioso empregador. Quando Willcox assumiu a direção, Daniel se recordou da estranha sensação que era estar sentado no lado esquerdo de um veículo sem o volante à sua frente.

Enquanto viajavam, tentou colocar os pensamentos em ordem. Precisava extrair alguma coisa do inglês:

— Pode ao menos me contar algo mais sobre a fotografia? — arriscou.

Willcox manteve os olhos fixos na estrada.

— Certo. O que quer saber?

— Em primeiro lugar, quando ela foi tirada?

— Há 25 anos. Na verdade, a impressão é uma cópia de um jornal da época. Foi considerada a fotografia mais importante da região de York em todos os tempos. Ou a mais famosa, se preferir.

— Você tem alguma opinião sobre ela?

— Em que sentido?

— No mais *conveniente*. Acha que a imagem é real?

Willcox não desviou a atenção da estrada, apenas assumiu um tom de voz profundo, baixo e pausado:

— Nunca cheguei a uma conclusão. Pelo menos, não no sentido em que me pergunta. Se me indagar se acredito em eventos estranhos em nossa cidade, posso dizer que algumas situações me convenceram bastante. Porém, não necessariamente por causa desta fotografia.

— Me parece uma resposta bastante ambígua.

Willcox escondeu uma careta por baixo de um sorriso forçado.

— É o melhor que posso pensar.

— Ainda assim...

— Mr. Sachs, em todos os cantos do mundo, este tipo de assunto é tratado sempre da mesma forma — interrompeu. — Vocês não agem assim em seu país? Não importa o lugar onde estejamos, onde vivemos ou visitamos... o que importa é a nossa crença, não é mesmo? Se acreditamos ou não?

Daniel encolheu ainda mais no banco.

— Ou os fatos. Uma *prova*, quem sabe.

Pela primeira vez desde que assumiu o volante do esportivo, os olhos do inglês afunilaram em sua direção.

— Até onde vai a sua fé, Mr. Sachs?

— Que tipo de pergunta é essa?

— Seu tom de voz demonstra ter um peso reticencioso. É sempre assim?

— Não é nada disso. Antigamente eu me envolvia com casos mais... normais. Parece que, de uns tempos para cá, passei a atrair confusão.

— Como em Veneza?

Daniel não esperava que o inglês tocasse no assunto, mas também não se impressionou. Apenas sentiu-se cauteloso e não comentou nada. Sem que conseguisse evitar, várias imagens dispararam em sua mente. Até quando precisaria superar aquela história? Mesmo tendo estado no olho do furacão, não escreveu uma linha sequer do que havia acontecido em Veneza — o traumático evento em que precisou resgatar Nilla — e achou que aquilo bastaria para esquecer. Mas o mesmo não podia dizer dos cães farejadores de notícias, aqueles que buscam qualquer furo em troca de uma nota rasgada. E era em algum desses que Willcox parecia ter se baseado em sua aventura por Veneza. Por várias vezes chamaram-no de "repórter-herói" — um estigma que Daniel repudiava e demorava para se livrar —, ainda que, para muitos, a história sobre o ilusionista cego houvesse terminado mal explicada. Um banho de sangue no seu íntimo. Mas se algo resultara de bom é que ele saiu *quase* ileso, de consciência limpa e com Nilla a salvo junto dele. Agora, seu centro das atenções era ela, e sabia que só estava embarcando naquela nova experiência para que em breve tivessem grana suficiente para vê-la novamente grávida. Ou, pelo menos, para a possibilidade.

Willcox rasgou seus pensamentos com uma nova frase:

— Eu imagino como deve estar se sentindo.

— Não saber onde estou me metendo? — Daniel articulou.

— Não se preocupe, Mr. Sachs. Enquanto estiver na nossa cidade ou em qualquer outro lugar do condado de Yorkshire, garantirei a sua segurança. Ficarei com olhos e ouvidos grudados em você. É só me dizer do que precisa e providenciarei — assegurou Willcox. — Não se sente melhor assim?

Daniel fez a mesma pergunta a si mesmo. *Vigilância estrita?* Se não tivesse passado tantas horas no avião, se não estivesse morrendo de frio, se o seu coração não pesasse mais do que o de costume... talvez respondesse que sim. Contudo, tinha algo mais sensato para expor:

— É o melhor que posso pensar — terminou dizendo.

4.

Pelo que Daniel havia observado durante a viagem, Pocklington se assemelhava a uma cidade medieval. Aos pés dos montes que davam forma à borda oriental do Vale de York, existia um lugar com atividade moderada, resistente a um vento gélido que flagelava casas de dois andares com telhados impecáveis. E se imaginava ter visto serenidade suficiente nas pastagens que emparelhavam a estrada, era porque ele ainda não havia sido apresentado à grama acinzentada dos jardins e às árvores desfolhadas das calçadas estreitas.

Mas tinha se precipitado.

Quando o Aston Martin desviou por uma saída e se afastou dos quarteirões suburbanos, Daniel se deparou com uma visão nada modesta para os padrões da cidade: uma casa vistosa, dotada com uma estrutura central de três andares, folheada de estuque branco e reluzente como o osso mais clarificado, envolta por árvores mais altas que o telhado e assentada em um terreno de profundidade invejável, ao se notar pelo muro de pedras que circundava toda a área.

Willcox atravessou o portão e estacionou o Aston Martin em uma garagem onde havia três outros automóveis cobertos por lonas e duas bicicletas. Saíram a pé e se dirigiram à porta principal da casa. Enquanto caminhavam, ele passou todo o tempo pensando em quanto custava aquela mordomia que ficava a um mundo de distância de seu lar.

Willcox deu passagem para que ele entrasse primeiro. Depois, falou:

— Por favor, espere aqui.

Daniel tirou as luvas e permaneceu sozinho no saguão. Sem noção do quanto deveria esperar, suportou os minutos seguintes examinando o local. Havia bastante a ser observado, mas o que mais lhe impressionava era o piso de mármore de duas cores como um enorme tabuleiro de xadrez. Pilastras do mesmo estuque branco que havia visto do lado de fora emergiam em quatro pontos cardeais, suportando um teto alto com um grande candelabro central. Pinturas de paisagens rurais, espelhos e fotos emolduradas de pessoas tomavam conta das paredes. À sua esquerda, uma sala de jantar com mesa e cadeiras de mogno; à direita, uma escada que levava a um andar superior, por onde Willcox havia desaparecido.

Uma sensação peculiarmente estranha se apoderou dele. Não conseguia identificar as razões para sua imediata negatividade, mas ela parecia querer o agarrar por dentro. Talvez fosse apenas por causa da luz melancólica do final da tarde refletida nas cortinas, mas entendia que havia algo indefectível a respeito daquele lugar, que provocava ondas de calafrios. Ou talvez fosse o fato de que ali dentro morava a pessoa que o convidara — e que o *conhecia* bem.

Daniel passou um tempo pensando em desistir e correr de volta para o aeroporto até que ouviu passos vindo da escada. Uma mulher jovem, de cabelos castanhos na altura dos ombros e rosto levemente rosado descia os degraus vestida com uma blusa preta justa e uma calça acetinada — um estilo fora do convencional para uma inglesa, pelo menos do que se lembrava. Ela veio ao seu encontro e o cumprimentou apertando sua mão. O gesto demorou mais tempo do que deveria.

— Meu nome é Jessica Child. Ficamos felizes em recebê-lo.

Daniel sentiu os calafrios desaparecerem e seu corpo tornar a esquentar muito além do que poderia desejar.

— Então, você...

— Sim. Fui eu que mandei buscá-lo. Willcox é secretário da nossa família.

Daniel sentia-se surpreso. Pelo tamanho e longevidade daquela casa (sem falar nos lacres das cartas), esperava que fosse recebido por um homem velho e excêntrico. Porém, encontrava-se de frente para uma mulher alguns anos mais jovem do que ele, cujo rosto tinha um pouco de tudo: olhos grandes e azuis, lábios cheios sobre um queixo angular e o nariz fino quase como o pomo de uma faca. Não era linda de morrer, mas espalhava seu charme pela sala como um longo tapete.

Ele fez de tudo para visualizar o rosto de Nilla em sua mente.

— Vamos nos sentar? — Ela acenou para um sofá verde-musgo de três lugares. Daniel aceitou e afundou ao lado de uma mesa de cabeceira. Jessica sentou-se na outra ponta. — É claro que você deve estar se perguntando porque foi trazido até aqui tão rapidamente.

— Algumas dezenas de vezes — respondeu ele. — A viagem foi, de certa forma, solitária. Sabia que o seu secretário não gosta de conversar muito?

— Por favor, não o culpe. Willcox é uma excelente companhia. Foi uma orientação expressa que lhe dei antes que saísse daqui. Tinha receio de passar todas as informações de uma só vez e que você não viesse. Preferia falar pessoalmente.

— Para ser sincero, não teria aceitado viajar até aqui se não fosse por isso... — Daniel tirou um dos papéis do bolso do casaco e esticou em seu colo.

— A proposta. Claro! Não se preocupe, a oferta está de pé — Jessica retrucou como se aquilo tivesse a menor importância do mundo. — Esperei ansiosamente pela sua chegada, Mr. Sachs. Preciso muito de sua ajuda.

— Talvez seja melhor me chamar de Daniel. Assim, sua frase soa menos *inquietante*.

— Tudo bem. Daniel e Jess! Que tal?

Daniel concordou com um sorriso nervoso. Jessica retribuiu. Seus dentes lembravam as pilastras brancas da sala. Preferiu se adiantar:

— Willcox não me disse que precisavam de minha ajuda. Pensei que tinha vindo até aqui por causa das luzes. A fotografia. — Ele tirou o segundo papel com a imagem do bolso.

— Sim, é isso mesmo.

— E qual a sua relação com elas?

Jess se reteve como se acabasse de escutar uma pergunta amarga. Se queria pedir auxílio a Daniel, ao contrário de Willcox, ela não parecia ter pensado muito bem em como explicaria os motivos. No entanto, quase podia enxergar a fragilidade dela como se fosse uma barreira de vidro à sua volta. Não estava pronta para se abrir totalmente, ao contrário dele, que buscava informações rápidas. Ainda assim, preferiu dar espaço a ela.

Somente após um breve silêncio, Jessica disse:

— Preciso descobrir a verdade sobre esta cidade, Daniel.

— Qual verdade?

— O que aconteceu no dia em que essa fotografia foi tirada. Não sei o que são essas luzes, nem de onde vieram ou por que surgiram.

— Espere... um episódio de 25 anos? E ainda procuram pela resposta? — retrucou, descrente. — Talvez você precise de um investigador, não de mim. Ou, quem sabe, de um *ufólogo*. — A palavra saiu tão engraçada que Daniel quis rir, mas se conteve.

— Isso já foi tentado antes. Mas não me sinto à vontade com eles. Só querem saber quanto poderão lucrar com o caso e não me trazem resultados satisfatórios. Você deve imaginar como funciona.

— E o que a faz pensar que sou diferente deles?

Jess empertigou o corpo para frente e encarou Daniel como se ele fosse realmente especial:

— Já tenho várias hipóteses. Você não sabia quem estava lhe contratando ou do que se tratava o assunto. Isso atiçou a sua curiosidade. Como repórter, é um observador nato, trabalha os fatos logicamente. Além disso, vive longe daqui, não nos conhece ou a nossa cidade, o que deve torná-lo imparcial. E agora, posso apostar que precisa do dinheiro para algo importante. Não sei o que é, mas pela sua sinceridade anterior...

Daniel hesitou. Não era uma resposta, e sim, um excelente desafio de adivinhação. E da forma como Jessica falava, quase se convenceu de que ele era outra pessoa. Quase.

— Tenho acompanhado sua carreira desde o episódio em Veneza — continuou ela. — O ilusionista era uma celebridade. Você poderia ter enriquecido com a exclusividade da história, mas permaneceu fiel aos seus princípios. Isso foi bárbaro...

— Por Deus, aquilo é passado! Não sabem como foi difícil para mim e para minha esposa... — declarou, impaciente.

Os nervos de Daniel começavam a ficar à flor da pele, o suficiente para querer se levantar. A tatuagem dos círculos concêntricos malfeitos em seu peito ardeu como se estivesse em chamas. Era a segunda vez que fantasmas dançavam à sua volta naquela viagem. — Desculpe, mas eu ainda não compreendo o que vocês querem de mim. Se não começarmos a deixar as coisas mais claras, eu gostaria de pedir que me levassem de volta ao aeroporto — declarou com a mesma intrepidez de um peão atacando a rainha naquele piso axadrezado da sala. Pensou se havia sido um exagero, afinal, estava sendo bem tratado por Jessica desde que fora recebido ali. Todavia, o olhar dela se desviou para uma das paredes. Sem dizer nada, ela se levantou e retirou um quadro do lugar. Voltou até próximo do sofá e entregou o objeto a ele.

Uma pintura a óleo.

Daniel examinou o objeto. O quadro não era grande, mas pesado, provavelmente por causa da moldura de madeira entalhada no estilo renascentista. Era o rosto de uma mulher com os olhos azuis graúdos, pele rosada e cabelos na altura dos ombros à frente de uma paisagem campestre. Não havia outra conclusão a tirar senão a de que era a mesma Jessica Child que se postava de pé, próximo a ele. Quando se voltou para ela, porém, percebeu que Jessica abraçava o próprio tórax. Não só havia alterado a pose elegante de antes como o semblante já não era tão sereno. Parecia até mesmo ter encolhido de tamanho.

Num primeiro instante, Daniel não compreendeu o porquê da mudança repentina, nem por que recebera aquele quadro nas mãos. Ainda desejava pressionar Jessica pelas respostas, mas observando a rigidez corporal dela, ele se decidiu por uma observação afável:

— Certo, é uma bela pintura de você.

Ela deixou que os olhos revelassem um breve lampejo de melancolia.

— Não sou eu, Daniel. Essa é a minha mãe. E ela foi assassinada há 25 anos.

***

— Assassinada? — Daniel declarou, estupefato.

Jess sussurrou um "sim" tão baixo que ele quase podia assistir as cordas vocais dela batalharem dentro do pescoço. Em seguida, ela voltou a se sentar no sofá.

— O corpo de minha mãe foi encontrado no fundo de um barranco em uma floresta daqui da região, chamada Millington Wood. Localizaram-no quase vinte e quatro horas após o seu desaparecimento. Ao todo, o corpo dela tinha nove fraturas: pulso direito, três costelas, bacia, fêmur esquerdo, dois dedos e uma lesão na coluna. — Jessica listou tudo com bastante segurança, como se fosse a cena de um filme assistido diversas vezes.

— Nenhum trauma na cabeça? Quero dizer... seria o mais provável para quem cai de um barranco, não?

— Ótima observação. Foram várias escoriações, mas nenhum traumatismo craniano. Ela deve ter protegido bem com os braços. Não sei explicar.

— E como determinaram o óbito?

— Com tantas fraturas, o laudo pericial foi inconclusivo. Precisaram recorrer ao médico-legista. O rompimento de uma vértebra teria causado um choque medular que paralisou todo o corpo. — Jess engoliu em seco. — O mais comum seria morte por insuficiência respiratória, porém, eles acreditam que a perda de sangue e a desidratação foram fatais.

— Merda... — A palavra saiu sem querer. Daniel limpou a garganta, disfarçando.

— Ela não morreu imediatamente — Jessica explicou com pesar na voz. — Até hoje imagino quantas horas minha mãe passou sozinha naquele lugar escuro, sem conseguir se mexer ou pedir ajuda. — Ela segurou uma lágrima com o dedo indicador. Sua mão estava tremendo.

— Alguma possibilidade de ela ter sido agredida? Quero dizer, antes de cair?

— Não. Nenhuma lesão senão as causadas pela queda.

— Sem marcas de cordas? Sinais de espancamento? Sequestro? — De repente, Daniel percebeu que fazia um interrogatório assumindo o papel do investigador que ele mesmo havia sugerido anteriormente. Jessica, porém, negou tudo, deixando-o mais confuso. — Desculpe minha insistência, mas não entendo... A não ser que ela tenha sido empurrada, não vejo como pode ter ocorrido um assassinato.

— Ou puxada. — A voz de Jessica havia baixado um ou dois degraus. Ela se curvou para frente, apoiando os cotovelos sobre as pernas esguias e entrelaçando os nós dos dedos, como se fosse rezar.

— Puxada? Como assim?

— Minha mãe morreu no mesmo dia em que a foto que você recebeu foi tirada.

Uma pontada de dor se principiou na nuca de Daniel. Ele esfregou-a com a mão, até que a sua cabeça foi tomada por uma cena absurda...

Não, é loucura.

— Espere! Você acredita mesmo que algo vindo de cima tenha feito isso, não é? Algo que veio... do céu? *Extraterrestre?*

— Eu não sei mais o que pensar.

— Bem, eu arriscaria qualquer coisa, *exceto* isso.

— Você ainda não entendeu, Daniel — disse ela. — Minha mãe dirigiu sozinha até a floresta, à noite. Seu carro foi achado estacionado à beira da estrada. Ela não tinha nenhum motivo para estar lá.

— Se não fossem...

— Se não fossem as luzes dessa imagem — completou enquanto anuiu com a cabeça. — Alguma coisa a atraiu. Até a *morte.*

Daniel ficou em silêncio por alguns segundos, ouvindo apenas a sua própria respiração. Uma série de lembranças desconexas fulminaram a sua cabeça, em especial, a maneira como tinha aceitado aquela proposta.

— Eu não sei... Willcox citou que o serviço levaria no máximo uma semana. E eu não tenho a mínima ideia de onde...

Outra vez, Jessica cortou sua fala:

— Faz muito tempo que minha família sofre com isso, Daniel. Vinte e cinco anos. Por favor, ajude-nos.

Seus olhares voltaram a se cruzar. Daniel pensou estar com a face mais dura do que deveria. Tentou desfazê-la enquanto Jessica debruçava os olhos sobre ele, implorando que pudesse socorrê-la. Mesmo baseando-se em quase nada, Daniel tinha uma impressão vívida sobre a mulher ao seu lado: uma pessoa aflita, tentando evitar enxergar o passado, pois lá atrás havia uma criança que nada podia fazer para ajudar a sua mãe. *Quantos anos ela devia ter na época? Cinco, seis?* Todo este tempo pensando em inúmeras possibilidades para justificar o que tinha acontecido naquele dia, estabelecendo teorias na mente até sobrar apenas a mais improvável de todas. Mas, ainda, um completo absurdo, é claro.

A mente de Daniel não costumava acreditar em sobreposições desde que havia pisado pela primeira vez na universidade de jornalismo. E, por causa disso, tinha que dar alguma razão à Jessica, pois eram muitas coincidências: o desaparecimento, a morte, o local, as luzes no céu. Tudo isso acontecendo em um só dia? Era mesmo algo estranho, e imaginou quantas vezes deviam ter chamado a mulher ao seu lado de louca.

Vendo-a naquele estado, ele quase esticou o braço para afagá-la, mas seria um ato impetuoso. Conteve-se e trocou o gesto por palavras mais ou menos encorajadoras:

— Ok, vou tentar. Mas não posso garantir que atenderei suas expectativas. Se em uma semana não descobrirmos nada, irei embora.

Jessica deve ter sentido o conforto passar pela sua alma, visto que os olhos dela voltaram a se tornar grandes. Então se levantou. Daniel acompanhou o gesto.

— Venha, você deve estar cansado. Vou levá-lo às suas acomodações — propôs. — Começaremos amanhã.

5.

Apenas a cor azul transpassava as pálpebras.

Ele permaneceu de olhos fechados, sem imaginar as horas. Deitado na cama do pequeno cômodo, não tentava dormir, tampouco permanecer acordado. Apenas meditava solitariamente. Até ali, sua vida sempre correra conforme o plano. Um plano que não era dele, um plano que pertencia a outras pessoas.

Os anos passavam sem imprevistos, tropeços ou surpresas. Talvez por isso, no final das contas, não se importava tanto. A cada manhã, ele acordava para sentir-se vivo. A cada noite, dormia para sentir-se morto. Dia após dia, se alimentando e exercitando o corpo e mente para se manter saudável e em plena forma física.

Tudo conforme as orientações.

O telefone tocou. Ele abriu os olhos e aguardou até ter certeza de que não era engano. Ao final do último toque, a antiga secretária eletrônica acionou automaticamente. Nenhuma mensagem gravada, apenas o estalido e a voz familiar do outro lado da linha.

— *Azul...*

Ele sentou-se na beirada da cama e puxou o aparelho fixo para perto de si. Atendeu sem dizer uma única palavra, apenas controlando a respiração.

— *Azul* — repetiu a voz —, *finalmente chegou o momento em que precisaremos de você. O momento pelo qual você treinou a sua vida inteira.*

Por que você não veio dizer pessoalmente?, pensou.

A voz completou:

— *Eles vão abrir o buraco. Não há nada que possamos fazer.*

— Isso sempre foi tratado como uma possibilidade — lembrou-lhe.

— *Sim, nós sabemos. E você é...*

— Eu sei *o que* sou — pigarreou. — Existe algo mais que eu precise ter conhecimento?

— *Eles estão mais organizados. Determinados, eu diria.*

— E o que eu devo fazer?

— *Preste atenção...*

Azul ouviu todas as instruções, cauteloso. Às vezes balançava a cabeça sistematicamente como se alguém pudesse enxergá-lo dentro do quarto. Porém, não havia ninguém. A milhas de distância.

Quando o homem terminou de falar, ele colocou o fone de volta no gancho. Não sentiu nenhuma emoção. Permaneceu no seu autocontrole. “Excelente!”, eles diriam se o vissem agora. Preparou-se tanto para o momento que não permitiria sentimento algum ganhar força. Ou, talvez, a verdadeira questão se resumisse em...

Será que perdi meus sentimentos? Todos eles?

O telefone voltou a ficar mudo, assim como o resto da casa.

Durante muito tempo, tinha conseguido interpretar os diferentes tipos de silêncio. Já não se lembrava mais do dia exato em que havia começado a percebê-los. Havia o silêncio de uma tarde tranquila de verão, bem diferente do silêncio do orvalho vindo da queda brusca da temperatura. Havia o silêncio da mastigação de um pedaço de pão de trigo, do alívio de se engolir um pouco de água com a garganta seca, ou de se caminhar com os pés descalços sobre a madeira que rangia de leve. Havia o silêncio da solidão. Havia o silêncio do medo, da angústia, do desespero. O silêncio de se enxergar uma mente febril, perturbada. Havia o silêncio que sempre precedia o som. O silêncio que abria e fechava o próprio silêncio.

E havia também o silêncio da morte, é claro.

Ele se levantou e alongou os seus 1,93m de altura. Todos os músculos ganharam vida sob a única luz fria do cômodo. Então, manteve os olhos fixos na lâmpada do teto, sem piscar. Aguentou o quanto pôde até que fechou as pálpebras. Quando o fez, não pensou em mais nada.

Só conseguiu enxergar a cor azul tingindo novamente suas retinas.

6.

Daniel acordou incomodado pelo fato de que não havia feito uma ligação sequer para Nilla desde que tinha pisado em Pocklington. Isso serviu de impulso para que se levantasse da cama e procurasse por um telefone, uma vez que não havia trazido seu celular, muitas vezes porque aquilo o distraía muito. Sem encontrar um aparelho no quarto, decidiu se vestir rapidamente (especialmente com a sua jaqueta mostarda da sorte) e descer até o saguão. Estava certo de que havia algum aparelho lá embaixo, mas não se lembrava exatamente em qual lugar.

Enfrentou o corredor com o estômago revirado de fome. Imaginou a mesa do saguão servida de um maravilhoso *brunch* inglês. Pensava seriamente se deveria adiar o telefonema e dar uma esticada até ela quando sons estranhos chamaram sua atenção: assobios metálicos, baixos, mas profundamente irritantes.

Daniel parou na base da escada e percebeu que vinham do andar de cima. Com uma curiosidade quase ferina, decidiu verificar.

À medida que subia os degraus, os sons se tornavam mais potentes. Descobriu que partiam de um cômodo cuja porta estava entreaberta, a poucos metros de distância da escada. Caminhou até lá e apoiou o rosto perto do batente. Bisbilhotou. O quarto atulhado de objetos tinha dimensões maiores do que o seu. Móveis antigos se misturavam a pôsteres de bandas de rock e flâmulas de rúgbi de um time que ele desconhecia nas paredes. Livros na prateleira disputavam espaço com um equipamento de som robusto. Em outro canto, televisão e videogame. Um quarto de jovem. De incomum, apenas o fato de que tudo se apresentava impecavelmente arrumado: cama feita, sapatos enfileirados no carpete e nada de roupas usadas jogadas no chão. Impressionava que até mesmo o ar parecia mais limpo ali dentro.

Os silvos agonizantes e longos continuavam, desta vez mais altos. Sem descobrir qual a origem deles, Daniel deu duas batidinhas com os nós dos dedos na porta entreaberta e falou:

— Olá.

De repente, o som parou e uma cabeça surgiu por detrás da cama. Devia estar o tempo todo esparramado ali, no chão, entre o móvel e a janela. Quando se levantou, o rapaz — pouco mais que um garoto, usando camisa e calças largas — empertigou o corpo expondo uma guitarra vermelha e branca com tantos adesivos que era impossível contar. Imediatamente olhou para Daniel com uma indignação subentendida.

— Não entre! — gritou.

— Desculpe, eu não...

O rapaz jogou o instrumento em cima da cama. Cravou os pés descalços no carpete e acelerou em direção à porta. Rosto a rosto, devia ser apenas uns cinco centímetros mais baixo que Daniel. Magro, usava um piercing prateado no nariz e tinha as bochechas muito vermelhas, como se abelhas tivessem pousado nelas.

— Caia fora!

Daniel o encarou. Não foi a altivez da voz dele nem a arrogância do peito estufado que o tirou do sério. Foram talvez os olhos de íris claras rabiscados com um lápis tão preto quanto o cabelo. Não via garotos usarem aquilo desde os anos 80, a era punk. *Anarquia.*

Daniel pensou em ensinar a ele o que sabia a respeito disso, mas desistiu.

— Você me ouviu? — rugiu o garoto.

— Sim.

— E por que não obedece?

— Eu gostaria de explicar, mas acho que se tornará um tanto exaustivo para nós dois. Está preparado?

Na certa, o garoto demorou mais do que deveria para compreender as palavras. Com força exagerada, bateu a porta de vez, fazendo vibrar o chão e o batente.

Daniel salvou o nariz de ser golpeado por pouco. *Que diabos? Tão jovem e pronto para uma guerra?* Devia abrir aquela porta e passar-lhe um sermão, mas estava apenas um dia por ali e sentia-se inseguro em relação a jovens. Mesmo que o pensamento fervilhasse, só lhe ocorriam respostas patéticas na cabeça. Algo que Daniel talvez precisasse trabalhar para encarar os dias que viriam a seguir naquela casa.

Quando percebeu alguém atrás de si, o corpo inteiro estremeceu. Ao se virar, encontrou Willcox.

— Certo — disse o inglês com a voz grave —, deve estar se fazendo um monte de perguntas, mas a verdade é que não estamos acostumados com hóspedes. Joshua deveria ter mais cuidado em deixar a porta fechada.

— Não foi a minha intenção — confessou Daniel, pensando justamente no contrário. — Joshua é filho de Jessica? Joshua Child?

— Sim.

— Ele costuma ser tão... — procurou a palavra certa em inglês — *azedo*?

— Joshua é um ótimo rapaz.

— Achei a atitude dele um tanto exagerada.

Willcox deu um sorriso burocrático.

— Nem todos têm a vida de que gostariam, Mr. Sachs. Isso é mais comum entre os jovens do que pensa. Alguns têm força para enfrentar qualquer adversidade. Outros, não — discorreu com bastante propriedade. — Conheço Joshua desde que ele nasceu. Ele encara a vida de maneira diferente, mas é um bom menino.

— Meu Deus! Você sempre fala com os outros desse jeito? Ou é somente comigo?

Dessa vez, o rosto de Willcox escancarou num bom humor latente. Suas respostas eram sempre vagas — na melhor das hipóteses —, mas aparentemente, sinceras. Então, sem aviso, ele pôs-se a andar pelo corredor.

— Venha comigo, por favor.

— Para onde?

— Jessica solicita a sua presença no prédio onde fica o escritório da família, mas infelizmente não poderei levá-lo. Tome, fique com o Aston Martin.

Daniel não acreditou quando recebeu as chaves das mãos de Willcox. Segurou-as com cuidado, como se fosse o Santo Graal. Em seguida, um cartão de apresentação fornecido por Willcox: "CHILD FOUNDATION INC". Tinha o endereço e o mesmo brasão do lenço que Willcox usou em sua casa e nas cartas.

— É para lá que devo ir? Como vou achar o local?

Willcox lançou um olhar descrente.

— *Como vou achar*... Céus! Tem certeza de que é um repórter investigativo?

7.

Havia algo a mais para Daniel aprender sobre Pocklington: as ruas possuíam nomes bem incomuns. O lado bom era que os pontos de referência sempre se resumiam a escolas ou igrejas. Poucas avenidas podiam ser chamadas de principais, mas quando se deparava com uma, Daniel percebia que ela sempre cortava a cidade em direção a alguma autoestrada. O ponto negativo era que ele parecia estar todo o tempo na contramão, dirigindo no lado esquerdo das ruas.

As reflexões de Daniel variavam entre o trajeto e a urgência de Jessica em convocá-lo quando ele esbarrou em um posto de gasolina entre a Barmby Road e George St. Os funcionários deram uma ótima orientação de como prosseguir, que Daniel seguiu à risca.

Assim que chegou à Fundação Child, o Aston Martin foi imediatamente reconhecido e a entrada liberada. Ao subir, a apresentação de Daniel à secretária de Jess não passou de uma breve citação de nome. Nada de crachás, câmeras ou computadores. Ela sugeriu que ele seguisse o tapete vermelho até a última sala, o que fez Daniel se sentir, de uma forma longínqua, uma celebridade.

Daniel caminhou e encontrou uma porta semiaberta no final do corredor. Empurrou-a lentamente. Para sua surpresa, uma reunião acontecia naquele instante. Jess tinha o cabelo preso e sentava-se atrás de uma grande mesa de carvalho escuro, com uma estante igualmente robusta às suas costas, onde artefatos pesados e livros antigos repousavam sobre as prateleiras, muito diferente do que Daniel esperaria encontrar em um escritório feminino. Em contrapartida, as paredes da sala tinham um tom suave, quase pastel, que trazia tranquilidade e ao mesmo tempo lembrava Daniel a falta do desjejum daquela manhã.

Quatro pessoas prestavam atenção em Jess e anotavam coisas até que ela desviou os olhos e viu Daniel empacado no batente da entrada.

— Daniel! Que bom que chegou!

Ele fez um leve aceno com a cabeça. Depois da fala exultante, todos compreenderam que a reunião havia terminado.

Daniel continuou parado na entrada enquanto passavam por ele. A maioria baixava os olhos para a jaqueta mostarda que ele vestia. Uma senhora de cadeira de rodas, curiosamente, piscou um olho e mordeu o lábio inferior. Daniel quase pôde senti-la beliscando seu traseiro com a mente. Em seguida, ela sorriu para Jess e foi embora.

Jessica se levantou, ruborizada.

— Meu Deus, me desculpe! Mrs. Thacker é uma grande brincalhona!

— Tudo bem. — Daniel sorriu.

Jess solicitou que encostasse a porta. Ele obedeceu.

— Como foi a estada em minha casa?

— Ótima. — Daniel refletiu sobre o episódio com Joshua, mas considerou ficar quieto sobre o assunto. — Vim o mais breve que consegui.

— Obrigada. É muito importante para mim.

Jess deixou os olhos naufragarem para o celular. Parecia certificar-se em desligá-lo. Depois, buscou o telefone da mesa para comunicar à secretária que ninguém os interrompesse. Tão rápido quanto o encerramento da conferência, a mudança de humor foi visível no rosto dela. Enquanto isso, Daniel se ocupava em conferir o gabinete: algumas janelas, teto bem alto e um lustre de cristal capaz de causar inveja a muitos reis. Mas, ainda assim, nada muito jovial ou feminino. Um arquivo de ferro fazia par com uma bandeira da Inglaterra em uma das paredes. No lado oposto, um sofá e uma mesa baixa sobre a qual dispuseram um recipiente de vidro com biscoitos, o que deixava sua fome ainda mais latente.

Jess caminhou em direção ao arquivo. Seu semblante começou a mudar na medida em que ela se aproximava do móvel, como se existisse algum tipo de magnetismo entre ambos. Então, parou ao lado do arquivo. Parecia que tocar no metal significaria um choque de alguns milhares de volts.

— Lembra-se de quando eu falei que eram muitas informações, ontem?

— Claro.

— E você também me disse que não sabia por onde começar...

— Correção: eu *ia* dizer isso, mas você me interrompeu.

Daniel tentava descontrair. Se fazia efeito, Jess não demonstrava; ela apenas pareceu encher os pulmões de ar e coragem antes de abrir uma das gavetas do arquivo. Foi direto na pasta que desejava, sacando-a como um felino que captura um peixe.

— Meu pai, Humphrey Child, cuidava de tudo por aqui. Esse era o escritório dele. Quando adoeceu, eu encontrei isso.

Jess desenrolou um barbante e abriu a pasta, depois puxou um bilhete e entregou para Daniel. Apenas um papel manchado pela oxidação e com bordas deformadas pelo tempo. Tinha sido bem manuseado, visto que as dobras centrais encontravam-se puídas, tal qual uma certidão velha. Estava carimbado com o número "19" e as palavras "Woodgate College". Alguém havia rubricado.

— Daniel, você já ouviu falar em *cápsulas do tempo*? — ela inquiriu.

Ele sabia bem o que era, mas estranhou a pergunta.

— Não são comuns em meu país, mas sei do que se trata — observou. — As pessoas guardam objetos em cápsulas que são lacradas e enterradas. Depois de um tempo, alguém as abre e os objetos que antes eram usuais tornam-se históricos para uma família, um grupo ou até mesmo uma cidade. Sei que a maioria delas não passa de uma brincadeira, mas as mais elaboradas são feitas com um material que resiste por muitos anos. Mais de um século, talvez.

— Exato. Nós tivemos uma cápsula enterrada em Pocklington há 25 anos, poucos dias após minha mãe... bem, você já sabe.

A curiosidade de Daniel sibilou.

— Verdade?

Ela assentiu com a cabeça.

— Vinte pessoas da cidade foram selecionadas. Elas puseram objetos secretos dentro da cápsula, imaginando o efeito que isso teria quando fosse aberta cinquenta anos depois. Em seguida, escolheram outras vinte pessoas que receberam um papel como este. — Jess apontou para o bilhete.

— Ok, isso explica o número 19 e a rubrica. — Ele olhou mais uma vez para o papel, mas não identificou nada além do que já tinha observado. — Mas por que estamos conversando sobre isso?

Jess se retraiu.

— Esse papel nunca me foi revelado. Meu pai escondeu isso de mim a vida toda. Descobri que estava guardado em seu cofre sem nenhum outro documento próximo. Não acha que é proteção demais para um bilhete velho?

— Pode ser, mas...

— Eu acredito que exista algo muito importante dentro da cápsula. Algo que trará sérias implicações para minha família, quem sabe possa estar ligado à morte de minha mãe. Ou que outro motivo meu pai teria para guardar este documento por tanto tempo? Escondê-lo da própria filha? São coincidências demais, certo?

— E onde está o seu pai? Por que não perguntamos a ele?

— Há algumas semanas ele sofreu um acidente vascular cerebral. Está sendo mantido em coma induzido no Pocklington Care Centre. Os médicos aguardam a pressão cerebral dele se estabilizar, mas eu temo pela sua saúde.

— Sinto muito. — Daniel preferiu não se aprofundar no assunto, ao menos por enquanto. Uma fatalidade que deveria ser respeitada. — Bem, e o que você quer fazer em relação ao que me contou?

— Eu já fiz.

— Como assim?

— Consegui uma autorização judicial para remover a cápsula do tempo — revelou. — Não foi fácil. Tenho enfrentado queixas da população. Estou arriscando até mesmo o nome da Fundação Child. Nossa credibilidade pode ir por água abaixo depois disso.

— Imagino. Para as demais famílias envolvidas com a cápsula do tempo, isso deve soar como um sacrilégio.

— Tem razão.

— E quando pretende fazer a remoção dela?

— Hoje, ao meio-dia.

— Hoje?! — Daniel olhou espantado para o relógio. Faltava menos de duas horas.

De repente, a ficha caiu: somente aquilo justificava o fato de ter sido convidado a ir a Pocklington com tanta rapidez.

— Entendo sua surpresa, Daniel.

— Tem certeza de que quer ir em frente com isso? — preocupou-se.

— Absolutamente. Nada vai me impedir de descobrir a verdade.

Ver a forma com que Jess disse aquilo fez Daniel se lembrar de Nilla. Conhecia bem aquele tipo de mulher, determinada até a última gota de suor. Porém, o interesse de Jess pelo caso parecia mais uma obsessão, e isso sempre tendia a ser perigoso. Só que... desenterrar uma cápsula? Que perigo poderia realmente ter nisso? Estragar a brincadeira de algumas pessoas de Pocklington?

Mesmo que desse crédito às palavras de Jess, era bem possível que não encontrassem nada de especial no *objeto 19*. Depois de aberta, poderiam até mesmo lacrar e enterrar a cápsula novamente, sem mexer em mais nada. E se nada de importante houvesse ali dentro, talvez assim Jessica conseguisse dominar de vez sua excitação e deixar aquela história de lado. Uma boa coisa, afinal.

Daniel já podia prever o retorno para sua casa antes do prazo e, assim, todos prosseguiriam com suas vidas. Naquele instante, não viu problemas em ajudá-la. Depois, imaginou o quanto Nilla riria disso tudo quando contasse para ela.

— Droga! — Ele alisou a testa.

— O que foi?

— Na pressa de vir para cá, esqueci de telefonar para minha esposa.

Jess conferiu as horas no seu relógio de pulso. Marchou de volta à mesa, pegou a bolsa e guardou o bilhete com o número 19 dentro dela. Em seguida balançou o celular desligado no ar enquanto se dirigia para a porta do escritório.

— Venha comigo. Você pode fazer isso no caminho.

***

Nilla atendeu no terceiro toque, com aquele "alô" receptivo e tom sublime que Daniel só encontrava nela. Os ruídos da ligação incomodavam enquanto ele se deslocava apressadamente com Jessica dentro do Aston Martin. Dessa vez, era ela quem dirigia. Enquanto isso, no banco do carona e ao telefone, Daniel podia ver a temerosa massa cinzenta e pesada que acolchoava o céu de Pocklington enquanto firmava o aparelho no ouvido.

Sua fala em português rebateu nos vidros fechados do automóvel:

— Olá. Sou eu.

— *Até que enfim! Onde você está?*

Daniel se virou para Jess com um pensamento súbito. Embora presumisse que a mulher no banco do motorista não entenderia nada do que ele falasse, sentiu-se desconcertado em contar todos os detalhes à Nilla. Então respondeu apenas que estava dentro de um carro, sem mencionar Jess. Não era nenhuma mentira. Omissão.

— *Por que você está sussurrando?* — perguntou Nilla.

— Não estou sussurrando, deve ser a ligação.

— *De quem é?*

— O quê?

— *Esse número de telefone. De quem é?*

Jess parou antes de um cruzamento. Um gorro de lã branca na cabeça dela fixava os cabelos, exceto por algumas mechas indisciplinadas na nuca. Ela se concentrava em algum ponto à frente deles. Tinha a boca ligeiramente aberta, as mãos agarradas ao volante. Seus dedos eram compridos como os de uma pianista. Alguns anéis, mas nenhuma aliança.

A última observação esmigalhou a consciência de Daniel como se fosse um inseto, sobretudo por causa do momento.

— Meu empregador — respondeu.

Jess inclinou levemente a cabeça. Não olhou para ele. Por um instante, Daniel achou que ela tinha compreendido, mas não passava de uma impressão tola.

— *Certo* — disse Nilla. — *E o serviço? Não é nada perigoso, não é?*

— Não. Mas não consigo explicar tudo agora. A novidade é que daqui a pouco abriremos uma cápsula do tempo.

— *Está brincando!*

— Inacreditável, não é?

— *Não, quis dizer... está brincando que viajou até a Inglaterra para isso? Deve estar com tempo de sobra! Aproveite e procure um quadro novo para nossa sala.*

— Bem, sei que parece algo simples, mas não é. As coisas podem ficar um pouco complicadas por aqui.

Escutou a voz de Nilla em resposta, mas devido a uma súbita interferência, cortada demais para que entendesse o que ela tinha dito. Jess retomou a atenção de Daniel ao passar o dedo nos cantos dos lábios, consertando o batom vermelho, enquanto olhava pelo retrovisor central. Depois, voltou a dirigir.

— O que você disse? — perguntou Daniel.

— *Então volte logo!* — exclamou ela, como se resumisse a fala.

A respiração de Daniel encurtou. Pela janela do carro, viu que uma mulher carregava um carrinho de bebê na calçada. Ambos estavam cobertos por mantas. Ainda assim, aquela mãe enfrentava o frio com coragem de sobra.

Coragem.

— Vai ficar tudo bem comigo — respondeu.

— *Ainda bem!*

— Como eu disse, não há perigo.

Nilla mudou de assunto:

— *Voltei ontem ao consultório. Contei ao doutor que conseguiremos o dinheiro e sobre a possibilidade de fazer a cirurgia em breve. Ele me confirmou que as chances são boas. Minha ansiedade aumenta a cada minuto.*

— Você foi sozinha?

— *Não devia ter feito isso?*

— Não, quer dizer... Ok, me desculpe. Ele disse que a probabilidade é alta?

— *Você sabe como os médicos são, sem objetivar nada, mas acredito que sim. Ele me passou confiança.*

Apesar das boas novas, Daniel pensou em como Nilla devia se sentir cada vez que pisava naquele consultório. Achava que não era algo que ela devia fazer sem a companhia dele, mas também não conseguiria resolver de tão longe e naquele instante. Apenas podia entender a exacerbação dela, a ansiedade. Mas o incomodava.

— Preciso desligar. Não se preocupe comigo. Falamos depois.

Nilla silenciou-se por uns dois segundos.

— *Você acha que me precipitei com a visita ao médico, não é?*

— De forma alguma.

— *Daniel?*

— Sim?

— *Nada disso importa se você não se sentir seguro. Quero você de volta logo, ao meu lado. Lembra-se do que eu sempre digo sobre o seu trabalho?*

— Ha-hã — respondeu ele. "Se você se envolver demais com a busca pela verdade, ela poderá dominá-lo até a morte." Um conselho sempre estranho e mórbido, mas suficientemente bom para que ele se escorasse de resguardo. — Cuide-se.

— *Eu te amo.* — E desligou.

Daniel permaneceu alguns segundos mergulhado numa espécie de caos vazio dentro da mente. Normalmente o episódio da cápsula em Pocklington o empolgaria, mas continuava com uma percepção amarga no peito.

Uma coisa de cada vez, disse para si mesmo.

Jess se manifestou:

— Algum problema?

— Não, não. — Ele devolveu o celular para ela. — Obrigado.

— É incrível...

— O que é incrível?

— Os homens nunca se abrem para mim. Eu devo ser mesmo insuportável.

Daniel reparou que não era uma reclamação, e sim, uma forma de convencê-lo a falar. Dramática, mas simplória.

Fez um esforço para resumir:

— Eu e Nilla tivemos um acidente de trânsito no passado, mais ou menos há dois anos. Ela estava grávida e perdeu o nosso bebê. Por muito tempo me considerei culpado, pois era eu quem guiava o automóvel. Mesmo depois da batida, com ela me pedindo para voltar, eu insisti em seguir em frente. Naquela época, achei que não havia sido cauteloso e que poderia ter evitado o desastre. Depois, descobri que não foi bem assim, que isso pouco adiantaria. Mas o pensamento não ajuda muito.

— Deus, que terrível! Sinto muito.

— O problema maior foi que Nilla teve uma complicação após o aborto. Por causa de uma infecção, suas tubas uterinas ficaram seriamente comprometidas. A nossa única saída é tentarmos uma cirurgia, mas não é garantido. Nilla, porém, acabou de receber um diagnóstico com uma boa probabilidade de reverter o problema. É por isso que estou aqui.

— O dinheiro?

— Sim.

— Imagino como se sentiram com a visita de Willcox. Fico feliz em saber que minha proposta veio em boa hora.

Jessica desceu a mão do volante e apertou brevemente a mão direita de Daniel.

Contato físico.

O frisson que atravessou o corpo de Daniel trouxe meia dúzia de perguntas urgentes, como se uma chave forçasse a abertura de uma caixa secreta dentro dele. Porém, o questionamento mais importante de todos era: como ele se sairia sobre aquilo nos próximos dias? Havia tempo que o toque macio de uma mulher que não fosse Nilla não entrava em seus planos. Talvez Jessica agisse com naturalidade, por simples impulso, mas naquele instante, Daniel teve uma forte sensação de que ela procurava uma fissura em seu íntimo, querendo depositar mais do que a solução do caso em que trabalhavam.

Achou melhor ficar calado e deixar o acaso preencher o silêncio. Afinal, uma palavra errada poderia colocar tudo a perder.

Ele só precisava seguir adiante no serviço e voltar para casa com o dinheiro prometido.

Somente quando o carro parou no destino, perguntou à Jessica:

— Pocklington Care Centre? Pensei que estávamos indo para o Woodgate College...

— E vamos. Mas preciso saber como está meu pai. Não demoraremos.

— É claro. Desculpe-me, Jess.

Um lampejo de fulgor incendiou o olhar dela.

— O que foi? — perguntou Daniel.

— É a primeira vez que ouço você falar o meu nome.

8.

Por fora, o Pocklington Care Centre poderia ser tranquilamente confundido com uma casa de repouso se não fosse a placa com as palavras "*Hull and East Riding Community Health*" — "Saúde Comunitária de Hull e East Riding" — na entrada. Era o prédio retangular mais comprido que Daniel havia visto na cidade. Com pequenos tijolos decorativos, possuía dois andares e várias janelas com esquadrias brancas, e ficava localizado entre uma loja de eletrônicos e uma ótica. Havia um ponto de ônibus à frente, mas Daniel não viu nenhuma placa com o símbolo de "proibido buzinar", ao contrário do que se encontra normalmente nas proximidades de um hospital.

Ele e Jessica nem sequer pararam no guichê de informações. Jess parecia saber exatamente onde ir, e ninguém a impediu de entrar. A área de UTI do hospital ficava no andar superior. Por dentro, era como tantos outros: corredores estéreis, lâmpadas fluorescentes e muitos bancos de espera. Em cada canto, o aroma impregnado do sofrimento.

Daniel detestava lugares como aquele. Lembranças do aborto e da infecção de Nilla faziam-no evitar passar próximo de leitos hospitalares. Mas não poderia deixar de acompanhar Jess.

Quando chegaram à seção, a cena que encontrou no leito era a de um homem com mais de 70 anos emboscado por uma cela feita de aparelhos. Um tubo fino escapava pela narina, possivelmente um respirador. Por baixo do lençol, a barriga tinha a cadência de uma respiração entrecortada. O pesado suporte de soro, o osciloscópio ao lado da cama, com uma linha verde de neon que pulsava um ritmo cardíaco no meio de outras sinalizações...

Daniel tentou evitar olhar demais, mas era impossível deixar de notar a grande estrutura óssea por baixo da musculatura murcha. Em outra época, aquele homem devia ter sido um touro. Agora, trazia a pele anêmica, quase cinzenta, e uma barba branca por fazer há vários dias. Sua face não lembrava Jessica em nada, mas isso era óbvio, tendo em vista a pintura a óleo da mãe dela.

Jess sentou-se ao lado da cama. Segurou a mão de seu pai.

— Estou aqui — sussurrou. — Vai dar tudo certo.

Era compreensível para Daniel. O desejo de conversar com uma pessoa nesta condição faz com que acreditemos que ela realmente nos ouve ou entende. Porém, os olhos de Humphrey Child se mostravam petrificados por baixo das pálpebras enrugadas, e Daniel imaginou onde aquele homem estaria naquele momento. No mínimo, travando uma batalha espartana para permanecer vivo dentro daquele quarto.

Daniel pressionou de leve o ombro de Jess, encorajando-a. Naquele instante, o contato físico já não parecia mais ser um entrave para ele.

— Tudo aconteceu rapidamente: a doença do meu pai, assumir o cargo na fundação, a descoberta do bilhete... — disse ela.

— Às vezes, precisa ser assim.

Jessica fez um sinal de positivo com a cabeça, de modo infortúnio.

— Em uma das noites que passei no hospital, encontrei uma revista na recepção. Dentro dela havia uma matéria que descrevia em parte o que aconteceu com você em Veneza. Desde então, seu nome ficou gravado na minha mente. — As lembranças dela, misturadas à voz delicada, comoviam Daniel. — Descobrir a cápsula foi um choque para mim.

Foi quando notei a oportunidade que havia surgido em minhas mãos e entendi que precisaria de ajuda. E decidi chamá-lo, impetuosamente.

Dessa vez, Daniel não reprimiu a citação do caso em Veneza, nem demonstrou qualquer reação. Se atores improvisam o tempo todo, faria o mesmo sobre o assunto dali em diante.

Ela complementou:

— Ele não pode morrer, Daniel. Não conseguirei prosseguir sozinha.

— Mantenha-se calma, Jess.

Sua mão se desconectou da mão de Humphrey e ela se levantou. Sem olhar nos olhos de Daniel, encostou a cabeça deitada em seu peito, e ele, surpreso, imaginou se ela perceberia seu coração acelerado.

De repente, um *bip* começou a soar mais alto e contínuo. Eles se viraram de volta para a cama. Em poucos segundos, havia uma sirene de incêndio dentro do quarto. Uma das enfermeiras entrou apressadamente e conferiu o oxímetro.

Jess se manifestou, assustada:

— O que está havendo?

— Saiam do quarto, por favor!

Uma nova enfermeira surgiu em seguida. Daniel e Jessica foram praticamente conduzidos para fora pelos cotovelos. Antes que a porta batesse, a primeira funcionária disse à outra:

— Chame o Dr. Delaney!

A mulher obedeceu, utilizando-se de um telefone do quarto. Cerca de trinta segundos depois, aquele que Daniel presumiu ser o Dr. Delaney entrou no leito. Ele e uma das enfermeiras se esmeraram nos aparelhos. A mulher auxiliou o médico a introduzir um tubo na boca de Mr. Child. Um pequeno balonete na ponta começou a inflar.

Daniel e Jessica acompanhavam tudo do corredor, através das persianas abertas da janela de vidro. Jess estava visivelmente chocada, os olhos arregalados de medo. As mãos se apertavam uma na outra. Parecia ter a respiração suspensa.

Após intermináveis minutos, a situação finalmente se estabilizou.

Dr. Delaney saiu do quarto e veio até eles com o típico olhar cansado dos médicos. Coçou a testa antes de dizer:

— Estamos monitorando o quadro, Srta. Child. Não é a primeira vez que acontece.

— Ainda não podem operá-lo? — Jess quis saber.

— Não. A hipertensão intracraniana refratária não cedeu. Precisamos proteger o cérebro, por isso, optamos pelo coma barbitúrico. Com a redução do metabolismo cerebral, ele corre menos perigo. Estamos diminuindo a dosagem de hidropirimidina gradativamente, mas não podemos nos arriscar que desperte outra vez.

— O quê?! — Jess se espantou. — Por que vocês não nos avisaram que ele acordou?

Dr. Delaney percebeu rapidamente a situação.

— Foi um evento momentâneo, muito rápido — explicou sem mais detalhes. — Por favor, Srta. Child, vocês não devem ficar aqui.

A frase reacendeu a memória de Daniel: eles tinham o compromisso da abertura da cápsula em menos de uma hora. O mesmo, porém, não parecia se refletir na cabeça de Jess. Ficava claro que Mr. Child era mais importante para ela do que qualquer outra coisa. Podia senti-la tremer ao seu lado, a pele fria por causa do corredor refrigerado. Ela sustentava as palmas no vidro e o olhar hipnotizado no leito de seu pai. Era um chute, mas devia estar fazendo inúmeras preces na mente.

Preocupado com a hora, Daniel colocou novamente a mão no ombro de Jess, despertando-a. Optou pela fala predileta para momentos como aquele:

— Não há nada a ser feito por aqui, Jessica. Precisamos ir.

Jess, que tinha as bochechas rosadas quase tão vermelhas quanto a ponta do nariz, depois de um longo e profundo suspiro, concordou. Então os três — ela, Daniel e o médico — caminharam devagar até a porta de saída.

Os saltos altos de Jessica batiam no piso de lajotas e ecoavam pelo corredor. Quando chegaram no final da ala, ainda compenetrada, Jess se voltou para Delaney e perguntou com a voz sustenida:

— Doutor... ele disse alguma coisa enquanto estava consciente?

O médico interrompeu os rabiscos que já fazia em uma prancheta. Suas olheiras podiam ser vistas a quilômetros de distância.

— O plantonista disse que seu pai balbuciou algumas coisas. A única palavra que ele identificou foi "azul". Talvez tenha alguma importância para vocês, mas eu duvido.

9.

Só pode ser piada!

Foi o primeiro pensamento que Daniel teve assim que deu de cara com o Woodgate College, tanto que o episódio no hospital parecia ter ficado décadas para trás.

Quando ouviu Jess dizer que enfrentava queixas da população, ele nunca imaginou que se depararia com dezenas de pessoas protestando na Kilnwick Road, bem à frente da entrada da universidade. Uma fila de jovens estudantes dificultava, propositadamente, o acesso dos carros pela rampa principal. Muitos responsáveis os acompanhavam, e Daniel refletiu se seriam ex-alunos que estiveram naquele mesmo local enterrando a cápsula do tempo há 25 anos.

Policiais fechavam o perímetro a fim de conter os ânimos exaltados dos presentes que, graças a Deus, ainda se limitavam a apenas empunhar cartazes feitos às pressas e gritar clamando por respeito à data de abertura programada.

Um dos policiais, ao perceber o carro, berrou para as pessoas:

— Afastem-se! Vamos, vamos, deem passagem.

Mas até ele parecia ter cara de poucos amigos.

Jessica avançou o Aston Martin devagar, o motor roncando em meio ao burburinho que se formou com a chegada dela e de Daniel. Uma veia pulsava visivelmente na sua têmpora. Parecia absorta em determinado grau de assombramento quando uma repórter chocou um gravador de metal no para-brisa do carro, causando um susto daqueles. A repórter chamava a atenção pelo cabelo excêntrico, pintado com uma tintura de cor prata que não devia ser muito fácil de se encontrar por aí. No gravador, um adesivo vermelho e branco com as iniciais "PN".

— Como se sente arruinando uma cerimônia tão importante para a população? Qual o motivo estapafúrdio que a levou a fazer isso?

Arruinando? Estapafúrdio? Céus, é mesmo de matar!

— Fique calma e continue dirigindo — aconselhou Daniel à Jessica enquanto encarava o rosto longilíneo da repórter através do vidro. A mulher devolvia com o olhar afiado. Impressão ou não, ele achou que ela o identificara como sendo ele um lobo da mesma matilha: um repórter. Provavelmente, ela estaria pensando: "Quem é você para conseguir exclusividade na matéria? E por que ela o escolheu?".

Jessica obedeceu a Daniel, reagindo a tudo com um olhar atônito. Logo entraram na instituição e a multidão ficou para trás.

Embora nunca tivesse pisado ali dentro, Daniel podia sentir a magia do campus universitário. Um lugar bastante natural quando se é jovem, mas que perde algum sentido quando se envelhece, exceto pelo fato de ser uma instituição forte, respeitosa, que guarda muitas histórias de vitórias — e segredos intensos.

Circularam com o carro pelo pátio. Um grupo composto por quatro homens se reunia em torno de algo que se assemelhava a uma tampa de bueiro. Jess parou o carro próximo a um estacionamento de bicicletas e abriu a porta. Daniel pensou em perguntar quem eram eles, mas ela já se movia rapidamente ao encontro do grupo, com uma força impetuosa nas pernas. Restava a ele seguir atrás dela.

Daniel ergueu os olhos. Observou-os melhor: dois policiais vestiam casacos fluorescentes e quepes com listras xadrez ao lado de um homem enfiado num elegante terno cinza e outro com uniforme da universidade, este um pouco mais afastado dos demais.

O policial mais velho disse:

— Dez minutos atrasada, Srta. Child. Dez minutos.

— Tem certeza de que precisa estar aqui, Garnham? — perguntou Jessica enquanto olhava firme para o homem.

— Apenas cumprindo ordens da realeza.

— Ou para me fazer sentir melhor do que já estou me sentindo, não é?

O homem deu um sorriso irônico. A intimidade não parecia ser problema entre eles, e Daniel se perguntou o motivo disso.

Com seus mais ou menos 70 anos de idade, o grisalho e bigodudo chefe de polícia Garnham mostrava ser um homem robusto, especialmente por causa da barriga volumosa por baixo do casaco preto. O policial mais jovem, Ted, seu filho, ainda em plena forma física. Já Cornwell, o homem no terno cinza, fora apresentado como sendo o atual reitor da universidade. Magro, com olhos muito azuis por trás dos óculos, tinha os braços longos como um jogador de basquete e exibia um rosto bem acurado para a idade — exceto pelos sinais de desconforto, talvez pela situação em que o haviam colocado. Entretanto, tanto ele quanto os policiais deviam pertencer a uma linhagem que se vangloriava por ser conhecida por todos naquela cidade.

— Lembro-me do enterro da cápsula como se fosse ontem! — disse Cornwell, com a voz rancorosa. — Planejamos tudo com extremo cuidado. Teríamos uma banda para celebrar o momento da abertura. Uma grande faixa, púlpito, aplausos... Agora, vejam isso... uma universidade vazia!

— Queremos apenas o objeto de número 19. Depois disso, vocês podem colocar a cápsula de volta — tranquilizou Daniel.

— Ei, *jaqueta mostarda* — interrompeu o chefe Garnham, citando Daniel pela única peça de roupa que ele não se desfaria em hipótese alguma —, uma virgem é uma virgem até que um homem faça algo nela, certo?

Daniel viu que Garnham-filho conteve uma risada. Pensou no comentário importuno e o quanto Garnham-pai não ligava para a presença de Jessica ao seu lado. Talvez ela estivesse em melhor companhia dentro daquele buraco do que com aqueles homens.

— Meu nome é Daniel Sachs — disse a ele.

— Tanto faz! O que você quer aqui?

— Ele é meu convidado. Um amigo — respondeu Jess.

Após o comentário, Daniel não gostou nem um pouco da forma com que Ted Garnham pousou os olhos sobre ele, que identificou ser de um modo frio e calculista. Perguntava-se o que teria acontecido para seu nome deixar o homem naquele estado de extrema desconfiança. Porém, ainda não havia escutado a voz dele, e parecia que não seria dessa vez.

— Podem me entregar o bilhete? — solicitou Cornwell. Jess retirou o papel da bolsa. Após recebê-lo das mãos de Jessica, Cornwell examinou cada centímetro do papel, quem sabe torcendo para que existisse alguma falha ou problema nele, mas foi em vão. — Deveríamos ao menos ter a presença dos alunos. Já nos basta o boicote de nossos educadores — insistiu, como se cada pausa fosse capaz de adiar a abertura da tampa.

— Quer mais confusão do que lá fora, Cornwell? Ela tem o respaldo da justiça. Vamos, acabe logo com isso — grunhiu Garnham-pai.

Cornwell ergueu os olhos para ele, hesitou, e enfim, suspirou condescendente. Após fazer um gesto com a mão, o homem com uniforme da universidade se aproximou do grupo com uma marreta e uma talhadeira. Depois, começou a picotar o cimento que envolvia a tampa do bueiro.

Daniel não se moveu por um longo período. O céu negro ameaçava, mas ainda não havia despencado. Mesmo com o vento frio, evitou se encolher como uma tartaruga. *Não na frente desses caras!* Escutava o tiritar dos dentes ritmando com as marteladas enquanto imaginava que tipos de objetos seriam encontrados dentro da cápsula do tempo que surgiria em instantes. Nunca havia presenciado evento igual, de forma que pretendia marcar bem aquilo na mente. Ficaria surpreso com a probabilidade de acontecer outra vez em sua vida.

Finalmente o funcionário da universidade libertou a pesada tampa do chão. Garnham-filho se ajoelhou e ajudou a levantá-la. Reitor Cornwell externou:

— Por favor, tenham cuidado!

O chefe de polícia ajeitou o cinto e balançou a cabeça de maneira enfadonha enquanto a tampa era retirada. Quando enfim revelaram o buraco, Daniel não conseguiu mais controlar o seu corpo e sentiu-o estremecer da ponta dos pés à cabeça. Teve uma breve sensação de vertigem, como se fosse cair em um poço sem fundo — embora o buraco tivesse cerca de meio metro de profundidade.

Mas que diabos...

Ele olhou para Jessica. Quase havia se esquecido dela. Então, percebeu-a em pior situação do que a dele. O semblante, antes incisado por uma apreensão de corroer os ossos, agora dava espaço a um aterrorizante *vazio* — como o buraco à frente dos pés deles.

— Ora, ora... que interessante! — comentou Garnham-pai. — Quem de nós será o primeiro a dar a notícia para o pessoal lá fora?

10.

Antes de saírem do Woodgate College, Daniel testemunhou várias decisões surgirem repentinamente.

O reitor Cornwell tentava explicar o sumiço da cápsula do tempo à multidão, afinal, havia o consenso de que ele era responsável pela instituição e tudo que existia — ou *deveria* existir — dentro dela. A dupla Garnham-pai e Garnham-filho — este último, incrivelmente quieto — permaneceria mais tempo no local, evitando que a situação fugisse do controle. Também por causa disso, Daniel e Jessica foram *convidados* a desaparecerem do local.

Daniel reencontrou a repórter de cabelos prateados na entrada da Universidade. Estava radiante com tanta confusão. Mas ela não abordou o carro como antes. Permanecia distante deles. Melhor assim.

Ao volante do Aston Martin, Jess dirigia rapidamente para casa, o rosto desbotado após a expectativa de semanas descer pelo ralo. A esperança dela havia se pulverizado em partículas insignificantes. Porém, ainda mais trituradora era a pergunta: onde a cápsula do tempo tinha ido parar?

— Então, qual é o próximo passo? — perguntou ele.

— Acho que não há mais nada que você possa fazer por aqui, Daniel. Quero que aceite minhas desculpas. Chamá-lo foi um erro que cometi.

— Muito gentil de sua parte, mas eu não posso concordar com isso.

— É claro que pode. Volte para junto de sua esposa. É a melhor coisa para o momento. Vocês precisam um do outro.

— E *você* precisa de ajuda.

Jess brecou o carro. O ruído agudo dos pneus arrastando no asfalto pegou Daniel de surpresa, a ponto de precisar espalmar as mãos no painel. Ele observou pelo espelho retrovisor esperando que alguém abalroasse a traseira do Aston Martin, mas enxergou apenas uma van branca e antiga chacoalhando a uma boa distância deles.

— Não prefere que eu dirija? — sugeriu Daniel.

— A morte de minha mãe nunca será solucionada! — Jess bateu as mãos no volante, tão absorta que ignorou a pergunta.

— Jess, ainda é cedo...

— Cedo? — suspirou. — Daniel, essa história consome minha família há 25 anos como um câncer! Não existe cura. Tenho que aprender a conviver com isso, caso contrário, ela me destruirá por completo.

— Nós ainda temos a fotografia. — As luzes acima da floresta brilharam na mente de Daniel enquanto Jess avançava novamente com o carro. Depois, ela guinou o volante e dobrou uma esquina. Ele continuou: — Não foi o motivo que me fez vir até aqui? Se não tivesse descoberto o bilhete, só teríamos aquela imagem como pista.

— É pouco.

— Talvez não. Acho que devo continuar investigando. Por exemplo, quem tirou aquela fotografia? O que mais a pessoa viu? Qual era a sua posição exata?

— Não tenho ideia. A imagem foi publicada há 25 anos. E se foi apenas uma foto oportuna, dessas em que a pessoa está no lugar certo, na hora certa?

Daniel pensou em perguntar à Jessica se ela havia tido acesso aos depoimentos das autoridades sobre a fotografia, mas logo ficou convicto com qual seria a obviedade da resposta. *Com o pai dela no controle da situação? Se ela tivesse pedido a ele, certamente Humphrey agiria da mesma forma que fez com o bilhete 19.*

Outra guinada, outra curva. Daniel perguntou:

— Não acha estranho?

— O quê?

— Que seu pai a tenha excluído disso tudo? Foi você mesma que falou. Quer dizer, você parece ser a pessoa mais próxima dele. Por que ele nunca foi...

— Sincero?

Exatamente.

Jess balançou a cabeça devagar. Seu castelo de areia se desmoronava aos poucos, e talvez por causa disso, a voz dela suavizou:

— A morte de minha mãe foi devastadora para o meu pai. Deve ser preciso muita força de vontade para acordar todas as manhãs em uma cama vazia.

Daniel entendia perfeitamente. Lembrava-o da época em que se separou de Nilla e ela desapareceu um ano após o acidente de carro. Antes de trazê-la de volta.

Ela continuou:

— A ausência de minha mãe me tornou uma garota difícil. Hoje tenho plena consciência disso. Eu podia fazer o que queria: ia a festas, bebia, viajava sem comunicar ninguém. Meu pai nunca me recriminou. Eu passei boa parte da vida sem me abrir com ele. Precisei vê-lo adoecer para compreender que devia colocar mais responsabilidades em minha vida. O controle da fundação, por exemplo.

— E Joshua? Não conta?

Jessica olhou para ele, surpresa.

— Meu filho? Vocês se conheceram?

— Sim.

— Oh, Deus! Amo meu filho, mas eu não esperava que fosse engravidar! Por muito tempo evitei dizer isso, mas não posso fugir da verdade. Joshua foi um... acidente. Ele não sabe, mas acho que pressente isso.

— Espero que compreenda o que vou perguntar... Joshua sofre de alguma doença?

Novamente o rosto dela se contorceu em surpresa.

— Joshua foi diagnosticado com DDA, Distúrbio de Déficit de Atenção. Não é nada sério, mas precisa ser controlado. Poucas coisas têm importância para ele. O avô, por exemplo. Os dois se entendem e se amam. Quanto a mim, tenho um relacionamento com Joshua quase tão distante quanto meu pai e eu. Sou uma péssima mãe.

Jessica terminou de falar, mas Daniel quase escutava os pensamentos dela aos gritos dentro do carro: "Vamos, você me entende. Diga que me entende!". Ele ainda não podia compreender exatamente a personalidade do rapaz, muito menos se o distúrbio que Jess havia citado explicava a reação dele algumas horas mais cedo, mas tinha vários chutes quanto a isso: revolta, amargura, solidão... e muito, muito dinheiro. Não era novidade. Tudo isso devia se traduzir em uma vida sem objetivos claros para o rapaz. Decerto, somente a prova do desequilíbrio de Joshua, o DDA, irrefutável até mesmo para a sua mãe. E somente agora Daniel percebia a atual situação de Jessica: ela vivia seus dias à sombra da estranha morte de sua mãe, com um pai incomunicável no hospital, o peso de uma fundação em suas costas e o relacionamento corrompido com seu único filho. Chegou a pensar em perguntar sobre o pai de Joshua, mas achou melhor trocar de assunto. Ao menos, uma parte da vida de Jess, ele poderia tentar solucionar:

— Willcox disse que a imagem que ele me mostrou havia sido copiada de um jornal.

Jess fez uma pausa, parecendo organizar os pensamentos.

— Sim, o Pocklington News. Primeira página.

— A redação ainda existe?

— É o jornal mais antigo de Pocklington. Na verdade, um dos poucos que restaram depois da internet.

Daniel se empertigou no banco.

— Acho que já sei qual será o meu próximo passo.

***

Daniel sentiu um calafrio na espinha quando olhou pelo espelho retrovisor e viu a mesma van branca de antes, metros atrás, a uma velocidade semelhante à que eles estavam. Forçou a vista e percebeu que a camada de tinta branca havia se desprendido em pequenas áreas da fuselagem, apontando claros sinais de corrosão. E pela primeira vez ele reparou os vidros escuros, impossibilitando-se de enxergar o interior dela, especialmente o motorista.

— Acho que temos companhia — disse.

— O quê?

— Tem uma van seguindo a gente.

— Seguindo? Para a minha *casa*? — Jess franziu as sobrancelhas para o espelho retrovisor do seu lado. — Por que fariam isso?

— Eu não sei, mas posso arriscar que alguém está querendo se certificar de que não levamos a cápsula embora.

— Isso é loucura!

Acho que já estou me acostumando a isso!, Daniel confessou para si mesmo. Então percebeu, naquele instante, que passavam por um supermercado. — Entre naquele estacionamento — orientou.

Jessica obedeceu. Estacionou em uma das últimas vagas, ficando semicoberta por caçambas azuis e verdes, próximas a uma placa escrita "RECYCLING POINT" ("PONTO DE RECICLAGEM"). Não era o melhor lugar para se esconderem, mas isso não fazia exatamente o propósito de Daniel. Como ele previra, a van não entrou, mas diminuiu o ritmo à frente da entrada. Ele abriu o porta-luvas procurando por qualquer coisa que servisse de arma. O melhor que conseguiu foi uma lanterna na cor preta.

— Espere aqui.

— Hein? O que você pretende fazer?

— Conversar com o nosso amigo.

— Ir até uma van estranha que está nos seguindo? Está delirando?!

— Tenha calma, voltarei logo.

Daniel abriu a porta. Se tivesse que fazer algo, que fosse discreto. Então simulou uma caminhada em direção ao supermercado até perceber a van parada em frente ao estacionamento.

Subitamente, todos os seus instintos culminaram numa explosão de energia nos músculos.

Daniel virou sobre si mesmo e correu em direção à entrada, a uns 70 ou 80 metros de distância. A roupa pesada e o frio atrapalhavam a sua mobilidade, como se partes do corpo estivessem amarradas, mas ele fazia o melhor que podia. Então, uma mulher idosa atravessou com um carrinho de compras à sua frente, devagar, bem naquele instante. Desviou dela, sem tirar os olhos do veículo.

A van se movimentou.

Daniel correu mais rápido, as pisadas espocando no solo como fogos de artifício. Os músculos cobravam pelos anos de distanciamento das piscinas. Ainda assim, imprimiu mais velocidade. Pensou em gritar para que parassem, mas seria um ato idiota. Além disso, qualquer som que emitisse limitaria sua energia, ainda que ligeiramente. Por fim, caiu em si da loucura que estava fazendo. *Correr sozinho e com uma lanterna na mão na direção de um veículo suspeito? Onde estou com a cabeça?* Uma tendência natural de defesa, poderia explicar para si mesmo. *Mas defesa de quem? De mim mesmo? Ou de Jessica?*

Quando chegou à rua, os pneus da van estalaram sobre o asfalto. Não havia mais chance do veículo ser alcançado.

Daniel diminuiu o ritmo até parar. Colocou a lanterna preta no bolso e apoiou as mãos sobre os joelhos. As pernas estavam tremendo, pesadas, como se toda a carga de adrenalina agora repousasse sobre elas. Recuperou o fôlego e retornou para o estacionamento. Jess o aguardava do lado de fora do carro. Por um instante, ele delirou achando que ela o abraçaria, preocupada; e o susto foi grande quando os dedos de pianista tocaram bem acima de seus lábios.

— Seu nariz — pronunciou ela. — Você está bem?

Só então Daniel percebeu o cheiro.

Sangue.

Planejou explicar o seu problema de Epistaxe, quando o nariz sangra nas vezes que a pessoa passa por uma tensão forte ou estresse, mas se absteve. *Pessoal demais*, pensou.

— Não é nada — disse ele. — Você pode me emprestar papel e caneta?

— Para quê?

— Tenho que anotar uma coisa — respondeu.

Ela providenciou um bloco pequeno e uma caneta que estavam na bolsa. Daniel anotou “MG33 WKB”. E sem se esquecer da visita ao jornal, ele anunciou:

— Antes nós tínhamos uma pista. Agora, temos duas.

11.

A primeira regra que Daniel possuía para falar com outros repórteres era: "Não aja com regras".

Jessica retornou para casa antes de ele seguir sozinho até a sede do Pocklington News. A presença da van no encalço deles havia sido um fato preocupante, demais para ela, que precisava se acalmar. O lado bom é que agora eles tinham certeza que mais alguém estava interessado na abertura da cápsula do tempo, e isso era bem estranho, uma vez que o objeto havia desaparecido do buraco.

Por segurança, Daniel conseguiu um celular com Jess. Prevenindo-se de novas perseguições, trocou o Aston Martin por um Ford compacto que estava disponível na garagem da casa dela. Nada de atenção exagerada.

Quando encontrou a sede do jornal, ele se deparou com as palavras "Pocklington News" pintadas em uma fachada vermelha e branca. Foi quando se deu conta que havia visto as iniciais naquele mesmo dia, mais cedo: "PN".

Ora, essa! Pelo menos, já sei a quem procurar.

Olhou para o relógio. Havia se passado duas horas desde que tinham saído do Woodgate College. *Estou com tanta sorte assim?* Entrou e perguntou para a mulher loira de decote exagerado e seios fartos sentada à mesa da recepção se ela conhecia uma *simpática* repórter com os cabelos prateados.

— Wendy Miller? Quem não conhece? — disse ela.

— Devo entender isso como uma boa ou má notícia?

— Depende do favor que você deve a ela, meu querido.

— Nenhum. Nós nunca conversamos.

— Bem, nesse caso, tem certeza de que está procurando a *Wendy*?

— Absoluta — mentiu.

A loira o analisou, provavelmente suspeitando do seu sotaque ou da força exagerada que fazia para se concentrar nos olhos dela. Daniel retribuía os pensamentos imaginando a fortuna que as mulheres pagariam a um cirurgião plástico para ter seios como aqueles.

Finalmente ela cedeu. "Venha comigo", disse.

Eles entraram em uma sala enorme, separada por infinitas baias, não muito diferente das redações em que Daniel havia trabalhado: a máquina de café, os computadores padronizados sobre as mesas, o cheiro de papel envelhecido, o carpete gasto por causa da correria dos repórteres... ou seja, uma completa bagunça visual — exatamente o oposto da organização que as pessoas costumam ver nas profundas paisagens dos telejornais. O único diferencial era a harmonia de objetos de cores vermelha, branca e azul, evidenciando bem o nacionalismo das pessoas presentes pelo país em que Daniel se encontrava. E por causa disso, sua jaqueta mostarda destoava como um urso polar na África.

A loira parou e apontou para uma baia, dando a entender que não passaria daquele ponto. Daniel enxergou apenas o topo do cabelo prateado. Agradeceu a ela e caminhou até o local. Wendy Miller, porém, percebeu a sua chegada antes, fechando o notebook de maneira nada discreta.

— Ah, o repórter!

Daniel queria perguntar como ela havia descoberto sua profissão, mas resignou-se. O faro dela devia ser mais afiado do que o de um cachorro treinado para localizar drogas.

— Antes de mais nada, obrigado por receber um colega.

— Isso é bem estranho, pois eu não me lembro de tê-lo chamado.

— Não? Que atrevimento o meu... — ironizou. — Se percebeu, sou o mesmo cara que estava dentro do Aston Martin quando você...

— Qual é a sua nacionalidade? — ela interrompeu.

— Sou brasileiro.

— Brasil! — ela suspirou. — Quem sabe um dia, se eu não for mumificada com papéis e enterrada dentro desta redação.

Wendy se recostou na cadeira. Na verdade, ela não exibia nem de longe o sedentarismo de quem fica sentada todo o tempo atrás de uma mesa. Tinha braços magros, definidos, como quem se exercita todas as manhãs. No máximo, 30 anos.

— Bem, você parece já me conhecer, então acho que saí em desvantagem. Qual é mesmo o seu nome?

— Daniel Sachs.

— Daniel... — Ela estreitou as pálpebras por alguns segundos. — Ah, sim, claro!

Oh, oh.

— Não estou mais em vantagem, certo?

— Certíssimo! — Wendy pegou uma embalagem de Tic Tac na mesa. Atirou duas balinhas na boca e ofereceu. Daniel recusou. — Não é todo dia que recebo a visita de um repórter que vira matéria ao invés de escrevê-la. Muito interessante o que aconteceu em Veneza. Mas o que lhe fez descer até o mundo dos mortais, Mr. Sachs?

— Oficialmente?

— Oficialmente.

— Visitando uma amiga. Você sabe quem é.

— É claro. Quem não conhece Jessica Child? — Wendy olhou para a aliança na mão esquerda dele. O objeto quase derreteu no dedo de Daniel, mas ele não se atreveu a colocar a mão no bolso. — E extraoficialmente?

— Ah, não! Eu e você não nos conhecemos há tanto tempo assim, Wendy. Eu teria que matá-la.

— Entre na fila, querido. Essa é velha. — Ela sorriu, o cheiro das balinhas de hortelã contaminando o ar. — Foi contratado para investigar alguma coisa, não é?

— Você é boa.

— É, eu sei.

— Preciso de ajuda — Daniel pronunciou, enfim. Puxou do bolso a foto impressa com as luzes misteriosas e colocou em cima da mesa dela. Wendy não demonstrou surpresa, mas certamente uma pulga se manifestou atrás da sua orelha.

— Pra que isso?

— Vamos começar por você.

— O que tem a ver?

— Esta fotografia saiu na primeira página do Pocklington News há quase 25 anos. Já sei a história dela, mas preciso descobrir qual é a origem exata. E a não ser que seu cabelo grisalho seja natural, acho que não trabalhava aqui naquela época e terá que pesquisar nos seus arquivos.

— Muito engraçado... — Wendy mastigou as balinhas e Daniel pôde ouvir o barulho de alguma coisa quebrando entre os dentes. — Tem a ver com a morte da mãe dela, não é? Sarah Child, 39 anos, morta num incidente em uma floresta, no mesmo dia e local em que as luzes apareceram. E essa foto tornou a cidade famosa por muito tempo. Não preciso ser *boa* para chegar nesta conclusão.

— Bem, isso me poupa bastante explicações.

— Você escutou bem o que eu disse?

— O quê?

— A palavra "incidente". Você entende o que significa?

— Na minha língua ou na sua? — Daniel pegou um dicionário que estava em cima da mesa e abriu as páginas como se fosse um leque. — Devo gastar tempo procurando aqui dentro?

Wendy desdenhou da pergunta e se inclinou para a frente. A gola da sua blusa afrouxou, expondo uma tatuagem delicada em seu pescoço. Um signo. Libra.

— Desculpe, mas por que você acha que eu estava na porta do Woodgate College mais cedo? — ela replicou. — A história da família Child sempre trouxe boas matérias para o Pocklington News. O que você está me dizendo não é nenhuma surpresa, entende? Não é a primeira vez que Jessica Child tenta descobrir alguma coisa sobre aquele dia.

— Ei, estou perdendo alguma coisa? Um ceticismo jornalístico, talvez?

— Não é isso. Não existe ligação entre os fatos. Nunca houve — explicou.

— Como pode ter certeza?

Wendy soltou de uma vez o ar dos pulmões.

— Sua cliente é maluca, Mr. Sachs. Doida. Louca. Como prefere que eu a chame? E dessa vez nem precisa abrir o dicionário. Os adjetivos que citei são bem conhecidos.

— Eu acredito nela. Por que não deveria?

Wendy encarou Daniel fazendo-o sentir-se como se fosse a criatura mais inócua da face da Terra. Se houvesse uma resposta para aquela pergunta, não surgiria num primeiro encontro entre eles. Talvez, nem mesmo no segundo.

Daniel olhou em volta e observou o ponto em que estava na sala. Todo jornalista experiente sabe que o design de uma redação não promove, necessariamente, integração entre funcionários. Mas também se instrui que, quanto mais ao centro a pessoa se senta, mais *quente* ela se torna e é bastante admirada por todos. E era exatamente onde Wendy estava colocada.

Garota importante. Não force a barra ou vai perdê-la.

Daniel colocou o dicionário no lugar, cruzou os braços e encostou na parede da baia.

— Vamos, é apenas uma pesquisa.

Ela o observou sem piscar os olhos. Depois pegou a caixinha de Tic Tac novamente e atirou mais balinhas na boca, sempre um par.

— E o que eu ganho, Mr. Sachs?

— Quer que eu me ajoelhe?

— Acho que está velho demais para isso... — alfinetou.

— Tudo bem. — Sorriu. — Talvez uma caixa de Tic Tac?

— Vou pensar em algo mais "estimulante", embora seja difícil.

Daniel abriu o sorriso. Pegou um cartão de visitas de Wendy em cima da mesa e anotou o número dela em seu celular emprestado. Ligou imediatamente, o que fez soar uma música estilo *dubstep* — nada estranho para quem se tratava — em algum lugar dentro da bolsa da mulher. Pronto. Ambos ficariam com o contato um do outro.

Poucos instantes depois, estava de saída.

— Espere! — gritou Wendy. — Tudo isso tem a ver com a cápsula do tempo, não é?

Ele não respondeu. Apenas fez um aceno de despedida, de costas. Esperava que Wendy ligasse os pontos, mas não tão rápido.

Essa garota é boa. Mesmo.

12.

Daniel saiu do Pocklington News. Do lado de fora, o crepúsculo daria lugar à noite em no máximo dez minutos, e com isso, o frio parecia ainda mais ansioso para se instalar. Um frio que não deixava pensar direito qual seria o próximo passo. Havia conseguido anotar uma placa de carro — MG33 WKB — e Wendy verificaria a informação que tinha solicitado a ela. Era suficiente?

Daniel partiu com o carro. Ao longo da avenida, as luzes dos postes começavam a acender, e as montanhas no entorno da cidade logo se desintegrariam na escuridão — mais ou menos como a cápsula do tempo, horas mais cedo.

Acho que nada mais por hoje, pensou.

Ele rodou até esbarrar em um pub chamado Black Bull. Estacionou e desceu. Já da porta, notou o cheiro de cerveja. Escolheu um banco perto do balcão. O rapaz que servia sugeriu uma John Smith's. Ele aceitou e deu um gole. Finalmente relaxava pela primeira vez desde que havia chegado, ainda que a mente continuasse ruminando a melhor maneira de pensar nos últimos acontecimentos. Para Jessica, pela suposta importância que tinha o bilhete 19, o sumiço da cápsula do tempo era quase o fim do mundo. Mas ele concordava que o assunto era intrigante. Onde a cápsula teria ido parar? Será que fora mesmo enterrada naquele local? Uma população não poderia estar enganada, eram muitas testemunhas. Por outro lado, por que o pai de Jessica havia escondido o bilhete 19 dela? Existia realmente algo dentro da cápsula que pudesse desvendar o que havia acontecido décadas antes?

Definitivamente, descobrir aquelas respostas não seria fácil. Se é que ele descobriria.

Os olhos de Daniel movimentaram-se preguiçosos com a baixa luminosidade do salão até que se distraíram com um casal que competia nos dardos. Próximo a eles, uma coleção de troféus de vários tamanhos, além de um inacreditável e bem conservado jukebox.

Pensou em se levantar e ir até ele conferir se a máquina funcionava (ou se ao menos conseguiria mexer naquilo) quando despertou com o celular vibrando no bolso. Puxou para atendê-lo, na esperança de que fosse Nilla e se lembrou que ela não possuía o número.

— *Preciso de você.*

— Jess? O que houve?

— *É o Joshua. Ele...* — Jessica pausou. — *Acabei de receber uma ligação da delegacia, Daniel. Meu filho foi detido.*

— Detido? — Daniel repetiu, confuso, pois tentava compreender o que tinha a ver com aquilo; e mais ainda, por que Jessica precisaria dele, conforme havia noticiado. — Onde está Willcox?

— *Willcox foi ao hospital. Contei a ele sobre tudo que o Dr. Delaney nos disse. Achamos melhor que ele tentasse falar com o médico plantonista. Agora, não consigo contato com ele.*

Daniel estreitou os olhos. *Melhor seria se eu também estivesse sem contato.* À sua frente, o rapaz errou feio e acertou o dardo na parede. Sem meio-termo, ele apelou, gritando: "Falta!". "Não encostei um dedo em você", replicou a garota com um sorriso. "Esse foi o problema!", ele respondeu também sorrindo.

Os dois se beijaram.

— O que aconteceu com Joshua? — perguntou Daniel.

— *Não sei direito. Ted não quis me falar ao telefone, apenas pediu minha presença na delegacia. Estou chegando agora.*

— Ted Garnham?

— *O próprio.*

— Quer dizer que ele consegue dialogar? — Daniel perguntou em tom irônico. O olhar silencioso e calculista do policial ainda pinicava em algum lugar do seu cérebro.

— *Ted é assim. Ele não fala muito na presença do pai, em respeito ao homem.*

— Fico comovido por isso! O que ele disse?

— *Me informou que Joshua estava na porta da universidade mais cedo. Naquela confusão toda.*

— Na porta... — Daniel olhou para a caneca de cerveja, a mente mais espumosa que a bebida. — O que ele estava fazendo lá? Como não o vimos?

— *Joshua estuda na universidade. Eu devia ter pedido a Willcox para ficar de olho nele!*

— E eu achei que ele estaria. Encontrei os dois antes de sair da sua casa.

— *A orientação de Willcox era que ele não fosse à universidade hoje. Foi o combinado. Joshua prometeu que passaria a tarde na casa de Emily. Depois, voltaria para casa. Não entendo o que deu errado.*

— Emily?

— *A namorada dele* — explicou Jess. — *Droga, como eu fui tola! Estava claro que algo poderia acontecer! Joshua deu vários sinais. Ele achava que o que faríamos não era certo.*

— Isso quer dizer que ele também é contra a abertura da cápsula?

— *Ele é contra qualquer coisa que eu faça sem a autorização do avô dele* — Jessica desabafou. — *Daniel, eu não tenho nenhuma outra pessoa nesse momento. O que posso fazer para que você me ajude?*

Daniel afundou no banco. Refletiu que Joshua dava pinta de ser um jovem com mais problemas do que o DDA. Não que isso fosse somente culpa do garoto, é claro, especialmente depois que Wendy havia dado a sua sincera opinião sobre a família Child. Mas, se pensasse direito, ser jovem não é isso? Uma vida em constante ebulição? Você precisa sobreviver à adolescência, não pode simplesmente pular esta fase. Tanto faz se possui um distúrbio ou não, as coisas sempre parecem piores do que são.

E, afinal de contas... onde estava o pai de Joshua? Por que Jessica nunca falava dele? Meter o nariz naquela confusão... bem, para Daniel, não parecia ser uma boa ideia. Jessica havia-o contratado para investigar a morte de sua mãe, e essa proximidade com os problemas familiares dela o deixava inseguro. Ou era o fato de ela ser uma mulher sozinha?

Disponível?

Acessível?

Daniel sentiu um remorso súbito por Nilla. Espanou a mente antes que aqueles pensamentos sobre Jessica o contaminassem. Voltou a contemplar o casal que jogava dardos. A garota havia acabado de ganhar. Ela pulou no cangote do companheiro, que a beijou com ternura. O rapaz não se importou em perder. Em *ceder*.

Diante da cena, Daniel falou, quase por instinto:

— Tudo bem. Vou perguntar onde fica a delegacia. Te encontro lá.

— *Obrigada, obrigada!* — Jess desligou em seguida.

Daniel terminou de beber a cerveja de uma só vez. *Lá se vai a minha pausa!* Pediu informações ao rapaz do balcão e ouviu dele que a Police Station de Pocklington não ficava muito longe. Orientou-se sobre qual era a melhor maneira de chegar lá. Pagou a conta e agradeceu. Despediu-se do local, melancólico.

Encarar a família Garnham duas vezes no mesmo dia.

Realmente, não estava dentro dos planos.

13.

Daniel chegou à delegacia às sete da noite. Foi fácil identificar o lugar, com o emblema de armas gravado nela e a bandeira hasteada à frente da casa de tijolos vermelhos e portas azuis. Pela primeira vez, se incomodou com a situação do seu passaporte. *Visto de turista*. Com o dia repleto de acontecimentos estranhos, seria uma boa ideia não demorar muito lá dentro.

Estacionou a alguns metros da entrada, no acostamento da rua asfaltada de mão dupla, pronto para uma retirada rápida. Conforme atravessava a rua, uma trovoada repercutiu longe. Daniel se agitou dentro de sua jaqueta mostarda. Nas últimas horas, o vento frio havia aumentado sua força e nuvens pesadas cobriam os céus. Uma chuva estava prestes a cair. Mais um excelente motivo para encontrar Jessica e sumir logo dali.

Bem iluminada e com cheiro de mobília lustrada, a Police Station era tão bonita por dentro quanto por fora, capaz até mesmo de deixar qualquer preso orgulhoso de ficar retido ali dentro.

Enquanto se movia pelo interior da delegacia, Daniel esbarrou em dois policiais perfilados. Evitou encará-los. Depois, encontrou Jessica no salão. Joshua, próximo a ela, segurava a mão de uma garota com alguns *piercings* no rosto. Emily, na certa. Ela tinha o corpo rígido e esguio de quem comia pouco, e que provavelmente seria mais encantadora se fosse adepta a uma dieta de circunstâncias normais. Quanto a Joshua, salvo um hematoma próximo do olho pintado a lápis e um pouco de sangue seco no canto da boca, ele parecia inteiro. A roupa amarrotada, mas inteiro.

O jovem casal não sustentava os olhares para cima. Ted Garnham se projetava de pé, à frente de todos, criando sombras sobre eles como um eclipse solar. Com as mãos na cintura, dizia asperamente para Jessica:

— Ainda assim, alguma vez deixei que acontecesse algo a Joshua?

Daniel travou achando que aquela era uma pergunta curiosa, no mínimo.

Sob o clima pesado, ele limpou a garganta e deixou que percebessem a sua presença. Não demorou, Ted uniu as sobrancelhas de tanta surpresa. Jessica lançou uma expressão aliviada enquanto Joshua fez uma cara que dizia: "O que esse sujeito está fazendo aqui?!".

Nem eu mesmo sei, garoto.

— Droga! — pronunciou Joshua.

— O que quer dizer com "droga"? — Ted perguntou a Joshua, intrigado.

— É o sujeito que andou me bisbilhotando no quarto.

Todos os pescoços se torceram na direção de Daniel, que engoliu qualquer palavra que pudesse dizer naquele momento.

— Isso é muito estranho — Emily adiantou.

— Eu estava pensando a mesma coisa — completou Ted assim que se virou para Jess. — Você chamou ele aqui?

— Não vem ao caso — ela dissimulou.

— Não vem ao caso? E vem a quê, então? — Ted engrossou a sua voz. — Acho melhor você resolver logo este problema ou eu mesmo resolvo, Jess.

— Ted, por favor, não exagere!

Daniel ficou inquieto. Ted Garnham era capaz de deixar qualquer um nervoso, não apenas pelo porte físico, mas especialmente por andar armado, mesmo que fosse um policial. Queria que Garnham-pai estivesse presente. Assim talvez o filho se calasse como da primeira vez. Entretanto, sabia que a presença de dois membros daquela família em um mesmo ambiente seria muito pior. Então, dissimulou:

— Já que estou aqui, posso ajudar em alguma coisa?

— Sim. Caia fora! — respondeu Joshua com evidente apoio de Emily e seus olhos semicerrados.

— Pare com isso, Joshua! — Jessica subiu o tom de voz. — Respeite-o.

— Respeitar? É óbvio que ele só veio até a delegacia para ganhar pontos contigo. O que tem entre vocês dois?

— Joshua, cale-se! — Jessica explodiu de irritação. Era a primeira vez que Daniel via aquela reação nela. Ela respirou fundo. — Daniel, nos desculpe.

— Tudo bem. O que aconteceu? — perguntou, contido.

— Joshua brigou com outros garotos na frente do Woodgate College. Disseram que ele ficou descontrolado de repente.

— Foi a multidão! — Emily intercedeu a favor do namorado. — Vocês sabem que Joshua não pode...

— Por que você tinha que se meter com a abertura da cápsula? — Joshua interrompeu a fala de Emily sem tirar os olhos de sua mãe. — Meu avô teria impedido você. Só que agora ele está no hospital, quase morto.

O discurso caiu como um míssil no meio do grupo.

Daniel viu os olhos de Jessica se arregalarem de transtorno. Ela fez menção de segurar o filho pelo braço, mas se reteve. A coisa toda começava a fugir de controle.

Ted Garnham mantinha a boca selada e observava tudo com o olhar pesado, indecifrável. Daniel podia apostar que, até certo ponto, ele se incomodava com a situação, mas a que nível? Já Emily, bem mais natural, parecia se divertir com a cena.

De repente o nariz de Joshua passou a dilatar e contrair tanto que o piercing queria pular dele. O rapaz fez um movimento rápido com a cabeça, como quem concordava sozinho. Depois de um tempo, disse para Daniel:

— Cuidado ou você poderá ser o próximo.

A confusão dentro da cabeça de Daniel ganhou uma dimensão maior ainda.

— O quê?!

— Minha avó morreu e meu avô não foi parar no hospital à toa. Preocupe-se com as luzes. As *luzes mortas*.

Daniel tinha o corpo paralisado, mas a mente continuou em disparada. Olhou para Jessica querendo compreender aquela mensagem. *O que significa?* Porém, se existia um momento certo para falar e outro para se calar, naquele instante ele se decidira pela segunda opção. Estava claro que era esse efeito que Joshua desejava provocar nele. *Intimidação*. Ou o garoto, além do problema do DDA, era mesmo maluco.

Os assuntos começavam a se acumular de forma muito rápida.

Ted Garnham, enfim, intercedeu:

— Joshua, pare com essa loucura. — Ele ajeitou o quepe como se, de repente, o peso do objeto tivesse se multiplicado e incomodasse a sua cabeça. Seus olhos dardejaram entre o grupo, exceto em Daniel. — Quer saber? Estou cansado dessa confusão! Ninguém prestou queixa, ainda. Vão embora antes que eu mude de ideia.

Houve um suspiro quase generalizado. Diante da situação, parecia que todos tinham lucrado com a decisão de Ted.

Bem, quase todos.

A encarada dura do policial mirou Daniel, por fim. Depois Ted abandonou todos, atravessando uma porta de acesso restrito.

— Alguém pode me levar para casa? — perguntou Emily, olhando fixamente para Jess e deixando claro que essa pessoa não seria *o bisbilhoteiro*.

Jess concordou em levá-la. Em seguida, ela se virou para Daniel. "Nos falamos depois", dizia seu olhar.

Sem pensar muito, Daniel aproveitou a distração dos jovens e movimentou a boca: "Vou procurar Willcox no hospital".

Jess fez que sim, grata.

Antes de irem embora, último a sair de perto de Daniel, Joshua perguntou a ele:

— Cara, que merda de jaqueta estúpida é essa?

14.

O dia parecia não ter fim.

Daniel resmungava sozinho durante o trajeto para o Pocklington Care Centre enquanto a chuva despencava sobre o Ford compacto. *Onde estou com a cabeça? Me oferecer para ir até o hospital?* Com o corpo moído, só desejava mergulhar na cama, ligar a televisão num canal de esportes qualquer e ficar pensando em coisas inúteis até desconectar o cérebro. Agora, via-se indo à noite para o hospital para verificar se Willcox havia conseguido alguma informação nova com o plantonista. Ou seja, nada que não pudesse ser absorvido no dia seguinte.

Paciência! Uma passada rápida e depois voltaria para casa. Talvez aproveitasse a oportunidade e conversasse com o médico. Afinal, não é todo dia que uma pessoa acorda do coma, diz uma palavra sem sentido e volta a apagar. E, nesses casos, ser um repórter é uma vantagem. Willcox parecia esperto, mas qualquer vírgula poderia passar despercebida — sem contar o provável sentimentalismo que atrapalha o raciocínio nessas horas.

Daniel chegou ao hospital sempre observando se algum veículo o seguia. Correu da chuva e entrou no local. Incomodado com a luz branca, fechou os olhos e massageou as pálpebras. Não havia tantas pessoas por lá àquela hora da noite. Dentre os funcionários, duas atendentes estavam sentadas atrás do balcão, agitadas.

Ele se aproximou e fez um mínimo de barulho para que fosse percebido. A funcionária que veio atendê-lo carregava junto de si um semblante de desânimo por causa da interrupção.

— Os pacientes não recebem visitas a essa hora — ela se adiantou.

— Eu imaginei.

— Então, *em-que-posso-ajudá-lo?*

— Estou procurando um homem chamado Willcox.

— Médico? — Sua expressão se retorceu, sem se recordar do nome.

— Não, visitante. UTI.

Ela ia revirar os olhos, mas parou no meio do caminho.

— Eu disse que não temos visitantes a essa hora, *especialmente na*

UTI — disse com descaso. — Hoje o dia está bastante confuso e todos os acompanhantes de pacientes estão aqui na recepção.

Daniel olhou à sua volta. Nem sinal de Willcox.

— Talvez ele tenha se registrado com o primeiro nome, Edward.

— Pode ser.

A mulher continuou parada.

— Bem, você não vai verificar os últimos registros? — Daniel indagou.

— Não há necessidade. Eu disse...

— Sim, sim, eu sei o que você disse — Daniel falou, sem rodeios. — O paciente se chama Humphrey Child. Acho que esse nome vocês conhecem bem, certo?

O sangue pareceu ter fugido do rosto da mulher enquanto a atendente de trás tossiu de forma estranha. Daniel queria gritar "bingo!", mas se conteve.

— Qual é o nome do senhor?

— Daniel Sachs.

— Espere aqui, por favor.

Ela saiu por uma porta. A outra mulher afundou os olhos nos papéis que estavam em cima da mesa, visivelmente torcendo para ser ignorada.

Estava claro que Mr. Child era um homem importante para a cidade, mas a transformação das duas, causada pela citação do nome, não deixava de ser surpreendente. Então, Daniel se afastou e ficou de frente para a porta de correr que separava a recepção do ambulatório.

Quanto mais pensava no pai de Jessica, não sabia como opinar. De manhã, ao vê-lo travado em uma cama de hospital, sem escutar o tom de voz dele ou verificar seus gestos, era complicado julgá-lo. Mr. Child podia ter sido várias coisas, e nem todas eram boas. Podia ter passado por cima de muita gente para ter construído seu império. Podia ter fracassado no seu relacionamento com Jessica por querer. Podia ter mentido, enganado a esposa, traído a confiança dela. Ou ter realizado feitos muito piores. Mas também pudesse ser um sujeito bastante humanizado, com traumas profundos por causa da perda sem sentido de sua companheira, só lhe restando tocar a Fundação Child enquanto cuidava do neto querido e carregava consigo o arrependimento de ser um pai ausente com sua filha. Difícil saber.

De repente, Daniel foi tomado por uma sensação de vazio por dentro, ficando aéreo. Uma premonição que já havia percebido antes, de algo ocorrido havia muito tempo, mas que não identificava onde, nem quando. Não uma, mas duas vezes.

Teve vontade de ir embora dali. Quando a porta de correr se abriu, viu surgir por ela um homem de jaleco branco com o emblema do hospital no lado esquerdo do peito. Não era o Dr. Delaney, mas um médico mais novo, quem sabe o plantonista. Para surpresa de Daniel, Willcox surgiu alguns passos atrás do homem.

Daniel fez menção de se aproximar dos dois. Mas tão logo notou os olhos pesados de Willcox enquanto guardava algo no bolso, percebeu que alguma coisa estava fora do lugar e permaneceu parado.

Foi então que a ficha caiu.

Daniel se recordou de quando teve a premonição minutos antes.

A sensação de morte.

***

Wendy largou a xícara de café pela metade. Atravessou o corredor em direção à sua mesa, uma vez que seu telefone havia apitado escandalosamente segundos antes, na redação já quase deserta. Àquela hora, só podia ser importante.

Pegou o celular da mesa, não sem antes colocar rapidamente duas balinhas Tic Tac na boca. Ao sentar-se, dedilhou e leu a mensagem:

"Mr. Child está morto."

Wendy colocou o celular de volta na mesa e ficou mordiscando a tampa da caneta esferográfica. *Mr. Child está morto?!*

Não demorou para entender o que devia fazer. Confrontou o reflexo de sua imagem na tela escura do notebook e telefonou para Devlin, o responsável pela diagramação do jornal. Tinha tanta certeza de que o rapaz ainda estava no setor quanto ele adorava ouvir a sua voz.

— Devlin?

— *Não, Wendy. Não, não, não!*

— Nossa, que entusiasmo... — Ela desativou a tela de descanso do notebook. — Quanto falta para rodarmos a edição de amanhã?

— *Eu sabia! Não dá mais tempo, Wendy.*

Ela olhou para o relógio.

— Quanto tempo?

— *Não dá mais...*

— Quinze minutos?

Escutou Devlin dar um suspiro mais profundo do que as olheiras que o rapaz costumava carregar pelos corredores do jornal, separadas por um nariz torto que mais parecia ter acabado de ser atingido pelo soco de um boxeador.

— *Cinco* — respondeu ele —, *mas apenas se for um caso de vida ou morte.*

Ela sorriu.

— Como é que você adivinha essas coisas?

— *É fácil! Você é a única que me telefona numa hora dessas.*

— Está se sentindo solitário, meu amigo?

Ele suspirou.

— *Eu não estou escutando o barulho do seu teclado, Wendy...*

— Estou com meus dedos colados nele. Verifique sua caixa de e-mails dentro de dez minutos, querido.

— *Cinco.*

— Dez. Obrigada!

Wendy desligou. Voltou a pensar na mensagem. Dessa vez, a ficha caiu pesada como um pedregulho. *Mr. Child, morto?*

De repente ocorreu-lhe que a vida era mesmo curta demais e que umas boas férias seriam convenientes quando tudo isso terminasse. Quem sabe o Brasil? A terra do repórter de jaqueta mostarda parecia ser mesmo uma boa pedida: pelo que tinha escutado falar, quente e nada cinzenta!

Era a segunda vez que pensava naquilo. Então começou a digitar o que seria a manchete principal diurna do Pocklington News — ainda que aquela novidade parecesse, de alguma forma, uma estranha coincidência para o momento.

Tão estranha que ainda mordiscava a tampa plástica da caneta ao invés dos seus maravilhosos Tic Tac.

15.

Pocklington, no dia seguinte, cheirava à morte.

No necrotério, Jessica apoiava a cabeça no ombro alto de Willcox, em meio às pessoas presentes. A madrugada havia sido intensa, não apenas para eles, mas também para Daniel, que não conseguiu dormir. Durante todo o tempo, Jessica se mostrou combalida, fraca. Agora, surpreendentemente, ela estancava todas as suas emoções. Se existe algum momento em que a pessoa trava diante da morte de um parente, esse era o dela.

A parte do consolo de Joshua cabia a Emily. Ambos estavam plantados perto da janela. A chuva tinha ido embora, mas o céu permanecia pesado e desbotado. Mais ou menos como a expressão de Joshua, que não chorava. Era difícil para Daniel imaginar o que ele estaria pensando. De qualquer forma, por mais que fosse um garoto atrevido, torcia para que a doença dele estivesse levando seus pensamentos para bem longe dali.

Reitor Cornwell e Garnham-pai chegaram ao mesmo tempo. Com idades próximas a de Mr. Child, Daniel presumia que faziam parte de uma geração que se conhecia bem e ambos desejavam se despedir de um velho amigo ou conhecido. Porém, cada vez que os olhares dos homens cruzavam com o dele, tinha a impressão de que comentavam sobre a sua presença ali. Menos mal que Ted Garnham não havia dado as caras. Devia ter ficado na Police Station, cuidando do lugar.

Daniel sentia o cansaço corroer seus músculos quando uma mão delicada tocou o seu ombro. Era Wendy Miller.

— Coisa triste, não é? — disse ela sem esconder a neutralidade na voz.

Daniel a arrastou para o lado de fora, longe da família e dos olhares inconvenientes da dupla da terceira idade.

— Não sei se é um bom lugar para nos falarmos.

— Por quê?

— Vejamos... Estamos em um necrotério, certo? Tem um corpo frio na outra sala e um monte de gente lamentando por ele. Consegue visualizar agora?

— Por um instante, pensei que fosse por causa da Jessica Child.

Daniel sentiu-se pouco à vontade com a brincadeira.

— Não é o momento para isso.

— Desculpe. Você está certo.

— Ótimo. — Suspirou. — Podemos nos encontrar depois. Tudo bem?

Wendy ignorou o comentário:

— Tenho algo para lhe perguntar: o que você acha que aconteceu com a mãe da Jessica, de verdade?

Daniel não acreditou. *Este assunto, agora?* Uma resposta atravessada se formou na mente dele, mas não veio às vias de fato. Então percebeu que Wendy não sairia dali tão facilmente, sem nada em troca. Estava *retribuindo* a visita dele no dia anterior. Melhor seria responder logo e esperar que ela partisse.

— Difícil explicar, mas começo a acreditar que não foi um acidente. Neste ponto, eu concordo com Jessica. As luzes foram apenas uma coincidência?

— Mas precisaríamos de um motivo para elas terem aparecido, certo?

— Como assim?

— Se descobrirmos a fonte delas e os dois casos estiverem ligados, saberemos quem matou Sarah Child.

— Vinte e cinco anos e você só chegou a essa conclusão agora?

— Foi você que reabriu o assunto. E eu nunca mexi nele.

Daniel refletiu por um instante.

— Espere aí... por que você falou no plural? "Saberemos"?

— Pensei muito sobre a sua presença aqui em Pocklington. Se tem algo que vai descobrir, quero saber o que é.

— Você quer a matéria. É isso?

Wendy deu um sorriso. Provavelmente, o melhor deles.

— Não foi difícil até para você compreender, velhinho.

— Não preciso de você ao meu lado. Posso escrever a matéria e lhe entregar. Considere um presente.

— Não seja tolo! Desde que você saiu da minha sala no Pocklington News, eu já estou me dedicando integralmente a este caso e não há a menor possibilidade de você me afastar do que está fazendo. Além disso, fizemos um acordo. Certo?

— Não combinamos direito qual seria o acordo. E esse, adivinhe, é o último que eu imaginaria.

— Você não conseguirá sozinho.

Daniel cruzou os braços.

— Por que você se acha tão especial, Wendy?

— Todo mundo nessa cidade vigia de perto os Child e quem se envolve com eles. Sou a única pessoa confiável que conheço.

— Não. Não, não, nada disso.

— Sim. Ou eu não lhe contarei o que descobri sobre a foto.

Daniel soltou o ar dos pulmões de uma só vez. Não se sentia obrigado a retribuir favores a Wendy. Não era como pagar uma cerveja a uma pessoa que faz algo por você, alguém que lhe empresta o carro por um dia ou descola um analgésico em meio a uma crise de enxaqueca. Entretanto, Wendy *sentia-se* diferente. De certo modo ela até podia ser, e Daniel não estava falando na cor dos cabelos dela. Como repórter, ele passou a vida observando as características das pessoas, por isso, achava-se capaz de reconhecer uma fonte de qualidade quando esbarrava em uma. Mas, à primeira vista, Wendy não ia tão longe: era somente um reservatório de informações, especialmente para um estranho naquela cidade, nada mais.

Por outro lado...

Sua companhia poderia ser providencial. À medida que Daniel meteria o nariz naquilo — e isso parecia cada vez mais inevitável —, ter aquela mulher de cabelos prateados como parceira era uma boa solução. E embora ele abordasse cada detalhe do caso dos Child profundamente, Wendy Miller parecia conhecer aquela família como se estivesse dentro dela. Só que isso trazia a Daniel a sensação de que colocaria em risco a vida de outra pessoa, como aconteceu em Veneza. De novo.

Céus, por que essas coisas sempre acontecem comigo?

— Ok, conte-me as novidades.

— Descobri algo estranho.

Wendy Miller, a mulher misteriosa.

— Fale logo.

— Não me apresse. Não trabalho direito sob pressão — disse Wendy.

Daniel olhou para o relógio.

— Tic-tac. Tic-tac.

— Isso não tem graça. É um vício, sabia? — Wendy fez uma careta. Remexeu na bolsa e colocou duas balinhas na boca. Daniel achou que ela deveria agradecê-lo por lembrá-la. — Ninguém sabe onde está a fotografia original.

— Como assim? Não está nos arquivos do Pocklington News?

Ela negou com a cabeça.

— Isso é estranho — comentou Daniel.

— Foi o que eu disse, "descobri algo estranho".

— Tem em mãos algo significativo?

— Apenas a matriz do jornal que foi impresso na época. Além disso, todas as edições foram digitalizadas em arquivos. E...

— E?

— Eu aproveitei que temos a fotografia digitalizada em alta definição. Tudo bem, as máquinas fotográficas daquela época não eram grande coisa. Mexer numa imagem dessas hoje em dia seria mais ou menos como construir um controle remoto para uma TV à válvula. Ainda assim, conseguimos uma boa qualidade na foto. Então, pedi a um amigo que trabalha no setor de criação que verificasse a autenticidade dela. *As luzes.*

— Isso já deve ter sido feito dezenas de vezes.

— Sim, mas naquela época, não nos dias de hoje. Estamos reabrindo o caso, não é?

Daniel não contestou. Havia lógica.

— Este meu amigo inseriu a matriz em um programa de tratamento de imagens. Então aplicou alguns filtros nela: saturação, contraste, brilho... você entende o que eu digo?

— Minha esposa é fotógrafa. O que ele descobriu?

— Calma. Sem pressão, por favor.

— Wendy... — Daniel revirou os olhos.

— Ok, ok. Bem, com o que ele fez, os pixels de toda imagem ficaram mais nítidos. Como sabe, as luzes não atravessam as copas das árvores em nenhum ponto da fotografia. Isso mostra que seria mais fácil que alguém tivesse cortado as luzes e colado por cima de outra imagem.

Wendy gesticulava bastante com as mãos. Suas unhas estavam pintadas de preto, como se tivesse mergulhado as pontas dos dedos em uma lata de piche. *Cabelo prateado e unhas negras. Que combinação futurística!*

Ela continuou:

— Com toda a aplicação de filtros, os pixels que circundam as luzes deveriam deixá-las com uma aparência diferente dos pixels do resto da imagem. Mas não foi o que aconteceu.

— Quer dizer que ela é verdadeira?

— Não posso afirmar isso. Mas se não for, é uma excelente falsificação.

— Você não me contou o mais importante.

— O quê?

— Quem tirou a foto.

— Eu ia chegar lá, apressadinho. — Wendy mastigou as pastilhas. Outra vez, o cheiro de hortelã. — A fotografia foi comprada de um fotógrafo profissional. *Freelancer.*

— Essa sim, é uma boa notícia. É possível que ele ainda tenha a fotografia original.

— Pode ser.

— Como faço para encontrá-lo?

Wendy mostrou novamente seu melhor sorriso.

— Você não vai. Eu vou levá-lo até ele. É por isso que vim atrás de você.

— Sair daqui, agora?

Wendy deu de ombros.

Daniel olhou bem para ela. Por um instante, pensou em voltar para a outra sala, mas precisou se lembrar de que seu trabalho não tinha muito a ver com aquilo, e sim, desvendar o que havia acontecido com a mãe de Jessica. No início, aceitou a missão convencido de que, na realidade, os esforços não levariam a muita coisa. Agora, depois de vários acontecimentos, via que não era bem assim.

Por fim, fez que sim para Wendy e os dois deixaram o velório para trás. Daniel acreditava que a morte de Mr. Child tinha sido uma terrível coincidência, é claro.

Nenhuma relação com o caso.

Nenhuma relação com o caso, reforçou.

***

Azul observou Daniel entrar no carro com Wendy. O veículo partiu com um ronco estrondoso pela rua até sumir de vista.

Estão indo para a casa do fotógrafo!

Mesmo de longe e parcialmente escondido por uma árvore, Azul não teve dificuldades para entender o que eles conversavam. Havia aprendido muitas coisas com o silêncio; interpretação labial, por exemplo. Estava acima da média. Se um leitor labial experiente consegue identificar até 60% ou 70% do que é dito numa conversa entre duas pessoas, Azul alcançava mais. "Suas chances chegam a 86%", comprovou um dos homens que eventualmente aparecia em sua casa. O mais inteligente deles. Azul sabia até mesmo identificar, através do movimento das bocas, um estrangeiro falando em inglês como o rapaz de jaqueta mostarda que acabara de sair. Ou então, o que dizia uma garota que não parava de mastigar coisas insuportáveis.

Ele buscou o celular no sobretudo e ligou para o número que estava em primeiro lugar na agenda. Quando o homem atendeu, pediu alguns segundos como se precisasse se isolar. Então voltou a falar e contou sobre a conversa que tinha acabado de "ouvir".

— *Vamos ter que adiantar nossos planos* — disse a voz. — *Onde você está?*

— Muito próximo do necrotério. Quer que eu impeça os dois?

— *Não. Neste momento, sugiro que volte para casa. Busque o seu brinquedo. Logo terá oportunidade de usá-lo.*

O tubo de 40 centímetros quase pulsou por baixo da sua roupa. Azul sempre achava graça na forma como o homem falava da sua arma. *Brinquedo*. Devia contar que estava com ela naquele exato momento, mas ficou quieto.

— *Você está bem?* — perguntou a voz.

Azul prolongou a pausa antes de responder. Pressionou o celular contra o ouvido, apreciando a confusão de vozes longínquas do outro lado da linha. Tinha o efeito de bálsamo para ele.

— Sim, estou, senhor — disse, enfim.

Desligou o celular.

Preparava-se para deixar o local quando notou que uma parte do polegar havia desbotado ao segurar o aparelho. Com cuidado, colocou a mão no bolso do sobretudo, pegou um pote com uma combinação de cremes e corretivos na cor de pele e abriu. Puxou um pincel e espalhou a mistura pela área que havia descascado, tornando a deixá-la com uma tonalidade normal. Esperou por um instante até que secasse. Depois usou um pequeno espelho para conferir a maquiagem no rosto. Nenhum problema com ela.

Azul saiu dali relembrando que poderia ser bem pior se precisasse disfarçar mais partes do corpo além das mãos e da cabeça. Afinal, sua altura chamava atenção para os padrões daquela cidade, mas evitava se aproximar tanto assim das pessoas a ponto de identificarem a camada de tinta que o cobria. Com a roupa pesada que costumava usar, era suficiente.

E se não fosse... bem, em último caso, podia contar com o seu *brinquedo*.

16.

Daniel dirigia até o endereço indicado por Wendy.

Uma visita surpresa ao fotógrafo. Por que não?

Wendy sacou dois sanduíches embalados em saquinhos plásticos de dentro da sua bolsa. Em segundos, o cheiro de atum tomou conta do carro. Ofereceu um deles a Daniel, que recusou, com o estômago quase embrulhado. Haviam deixado o necrotério havia poucos minutos, mas Wendy agia como se tivessem saído de um parque de diversões. Foi quando finalmente ele percebeu que não se sentia tão à vontade quanto ela. Gostava de ser jornalista, mas ele havia se tornado repórter investigativo sem querer. Já a mulher ao seu lado parecia fazer disso um combustível para a sua vida; a obsessão em correr atrás da notícia, da solução do caso, dos culpados, sem ponderar os perigos. Como um impulso natural.

Um sanduíche e meio depois, Wendy apontou o dedo para fora do carro.

— É ali — disse enquanto depositava as sobras na bolsa.

Daniel estacionou à frente de uma casa simples. Todas na rua eram mais ou menos iguais. Aquela, porém, havia parado no tempo, esquecida de lado. A única que parecia não fazer parte de Pocklington.

Desceram do carro. Enquanto atravessavam o caminho de pedras, Wendy entregou um papel amassado para ele — o impresso com a fotografia das luzes.

— Você esqueceu em cima da minha mesa — ela informou.

— Obrigado. Não me lembrava. Meus últimos dias têm sido difíceis.

— Percebe-se. Você está com a aparência meio acabada.

Daniel já antevia os comentários irônicos.

— Você também se esqueceu de algo — retrucou ele.

— Acho difícil, mas fale.

— Ainda não me disse o nome do fotógrafo.

— Chame-o de Mr. Baker — recomendou ela. — É um velho aposentado. E, pela casa que vejo, nunca ganhou na loteria. Precisa de mais alguma informação?

— Não, obrigado.

— Ótimo, pois foram as únicas que consegui. — Ela sorriu brevemente.

Chegaram à porta e Daniel tocou a campainha. Esperaram por quase um minuto. Ninguém atendeu.

— Tem certeza de que ele ainda mora aqui? — perguntou.

— Como eu vou saber? O endereço está correto.

— Pelo que consultei, Pocklington tem pouco mais de oito mil habitantes. Você nunca ouviu falar dele?

— Desculpe, não costumo ter obsessão por homens idosos.

Ele revirou os olhos. Wendy clamou:

— Ei, estou fazendo o melhor que posso! Nunca vi nenhum Mr. Baker na redação desde que fui contratada. A fotografia foi comprada por um editor-chefe que faleceu há anos, vítima de um ataque cardíaco fulminante. E eu quase não venho para este lado da cidade.

Daniel reparou nos detalhes da casa. Apesar da aparência ruim, havia lâmpadas seminovas nos lustres da sacada e a calha externa estava desobstruída. Nenhuma placa de "For sale" ("À venda"), como vira em pouquíssimas residências. Isso sem falar que as janelas estavam cobertas por cortinas.

Talvez Mr. Baker era velho o bastante para não escutar a campainha. Sugeriu que espiassem a garagem. Ambos pararam em frente a duas grandes portas verdes. Daniel constatou que estavam destravadas.

— O que você está esperando? — perguntou Wendy.

Daniel verificou a vizinhança e empurrou as portas. Elas rangeram com a falta de graxa. Precisou forçar um pouco mais até que a luz da rua iluminou primeiro a placa, depois a traseira do veículo. Por fim, os vidros escuros.

Logo ele reconheceu. A grande van branca, velha e descascada.

— O que foi? — Wendy perguntou ao notar sua careta.

— Eu e Jessica fomos perseguidos por esta van logo depois que deixamos o Woodgate College.

— Tem certeza? Existem muitas vans brancas em York...

— Sim, é essa. — Daniel retirou o papel com a placa anotada do bolso. — Veja: MG33 WKB.

— Neste caso, nossa coleção de coisas estranhas está aumentando.

Daniel concordou. Eles verificaram a garagem, mas não havia ninguém dentro dela. Percebeu Wendy excitada, os olhos piscando mais do que o normal. Enquanto isso, sentia como se o mundo tivesse virado de pernas para o ar. Não sabia se ficava aliviado pela descoberta ou ainda mais preocupado. Por que o homem que havia tirado a fotografia original das luzes os teria perseguido? E justo na ocasião em que eles abririam a cápsula? Não era preciso ser nenhum gênio para concluir que os dois acontecimentos estavam interligados. E, por isso, nem mesmo procurar Mr. Baker parecia ser mais uma ideia segura agora.

— Quer fazer uma vigília até ele chegar? — Wendy sugeriu.

— Não. Vamos embora — respondeu Daniel enquanto encostava as portas verdes, sem dar chances a Wendy de retrucar. Depois se deslocou até o carro. Wendy o seguiu, um pouco contrariada.

Quando deu a partida, Daniel teve a rápida impressão de ter visto a cortina de uma das janelas da frente balançar ligeiramente. Podia ser sua imaginação, mas seus instintos reagiam com estranheza a alguma coisa que havia naquela casa.

Ele só não sabia o quê.

17.

Daniel deixou Wendy na sede do Pocklington News com o compromisso de se falarem no dia seguinte. Desculpou-se dizendo que precisava se juntar logo à família Child, mas, na verdade, evitou retornar ao necrotério. Cansado e com os olhos vermelhos de sono, não via muita coisa a fazer por lá.

Dirigiu por poucos minutos na chuva até que decidiu parar o carro. Aproveitou, deitou o banco do motorista e cochilou pesado.

Despertou agitado com um alarido na rua, sem noção de quanto tempo havia dormido. Precisou, então, de um instante a mais para entender onde estava. Estava em uma rodovia qualquer. Havia sonhado com algo incomodativo, tinha certeza. Não se lembrava, porém, dos detalhes que o perturbavam.

Fechou os olhos. Tentou vasculhar os recantos da sua mente. Nada. Nada mesmo. Muito provavelmente eram apenas reflexos do que havia passado nos últimos dias. Então, empertigou o corpo, colocou o banco no lugar e deu partida no motor.

Já tinha dirigido por mais de quinze minutos até a casa de Jessica quando, na garagem, encontrou quase todos os carros estacionados, inclusive o poderoso Aston Martin. Ele entrou e viu que Willcox estava sentado na cozinha, sozinho. Tinha a barba por fazer, os cabelos loiros desgrenhados e os olhos azuis mais pesados do que antes.

— Mr. Sachs... — disse o inglês com uma xícara à sua frente, próxima a uma caixa do famoso chá Twinings. — Aceita um pouco?

Willcox fez menção de apanhar outro saquinho da caixa. Daniel agradeceu, mas declinou. O aquecedor central deixava a cozinha exageradamente abafada e ele tirou a jaqueta mostarda.

— Como estão todos?

— Jessica está descansando. Joshua não vai dormir em casa hoje.

— Emily.

— Isso mesmo.

— Sinto muito por tudo que aconteceu... embora não esteja surpreso.

Willcox levantou os olhos firmes na direção de Daniel. A reação dele deixou Daniel arrepiado e receoso ao mesmo tempo. Procurou se explicar:

— Tem um ditado na minha terra que diz "desgraça pouca é bobagem". — Controlou o tom de voz esperando o tempo necessário para ser entendido por Willcox. — Quando nós pensamos que bastava encontrar a cápsula do tempo e ela traria todas as respostas, houve vários acontecimentos inesperados. Você compreende?

— Não estou bem certo deste ditado, mas acho que entendo o que você quer dizer — respondeu Willcox. — Eu só queria poder melhorar as coisas.

— Todos nós queremos, não é?

Daniel achou que Willcox viria com mais uma de suas filosofias baratas, mas se enganou. Uma prova de que o desânimo dele era profundo demais.

— Como aconteceu? — Daniel perguntou.

Willcox colocou a xícara na mesa, ajeitou a asinha para o lado esquerdo e encolheu os ombros. Esfregou as mãos no rosto.

— O que posso dizer? — As palavras começaram a sair pesadas. — Todos os aparelhos começaram a apitar ao mesmo tempo. Tentaram reanimá-lo por quinze minutos. Me senti como se estivesse despencando de um penhasco, uma sensação horrível. Pobre Humphrey.

— Você estava dentro do quarto?

— Sim.

— Não entendo.

Willcox o encarou novamente, desta vez com um olhar inflexível.

— O que você não entende?

— Antes de nos encontrarmos, uma das atendentes me disse que todos os visitantes da UTI estavam na recepção.

Willcox anuiu.

— Mas você não estava — Daniel confirmou.

— Não no momento em que você chegou. Mr. Sachs havia falecido minutos antes. Poucos minutos.

— Mas você não precisou se identificar para entrar na ala da UTI? A atendente não reconheceu seu nome quando eu pedi para chamá-lo.

— Uma das enfermeiras me chamou diretamente. Sim, acho que foi isso.

Daniel sentiu o calor já escaldante dentro da cozinha se intensificar. Não era igual ao que estava acostumado no Rio de Janeiro. Era falso, produzido por uma máquina.

— Você não foi até lá para conversar com o médico plantonista? — continuou, deixando Willcox perceber que sabia o que ele tinha ido fazer no hospital, e não fora exatamente por causa da morte.

— Sim.

— Só um pouco, Willcox. Não estou conseguindo ligar os...

Willcox interrompeu:

— O que é isso, Mr. Sachs? Uma de suas entrevistas? — Ele sorriu forçadamente, por dois segundos ou menos. — Fui até o hospital por sugestão de Jessica. Combinamos a minha visita. Ela não lhe disse?

Daniel concordou. *Melhor pegar leve.*

— Conversou com o médico?

— Sim, mas não adiantou muito. Infelizmente, não tenho nada a acrescentar do que já foi dito a vocês.

— Você sabe qual o significado da palavra "azul" que Mr. Child falou?

Willcox balançou a cabeça.

— Nem faço ideia.

— Acha que tem a ver com a cápsula do tempo?

— Mr. Child nunca comentou nada parecido antes — declarou e deu um gole no chá. — E você, o que conseguiu descobrir até agora?

Um turbilhão de pensamentos atingiu a mente de Daniel. Ficou em dúvida se revelava as novidades ou não, porém não havia muito tempo para se decidir, ou Willcox estranharia a sua atitude. Esconder tudo que sabia parecia, depois daquela conversa, a melhor coisa a ser feita. Mas será que não estava exagerando? Quais motivos Willcox tinha dado para desconfiar dele e vice-versa? E desintegrou qualquer motivo de ressabiamento para com o homem. Então, fez um breve resumo dos seus dois dias, terminando na visita à casa do fotógrafo e na van branca e antiga que encontrou por lá. Por fim, Daniel concluiu que seria bom que alguém mais soubesse onde ele estava se metendo. Apenas evitou citar o nome da sua fonte dentro do Pocklington News, mas de nada adiantou.

— Quem é a mulher que lhe acompanhou? — perguntou Willcox, dando um novo gole no chá.

— Wendy Miller.

Willcox largou a xícara. O rosto inteiro convergiu para apenas um ponto.

De novo, uma nuvem de abelhas zumbiu na cabeça de Daniel.

— Qual é o problema?

— Melhor tomar cuidado com ela.

— Por quê?

Willcox não respondeu. Levantou e pegou um jornal dobrado na bancada da cristaleira. Entregou-o para Daniel, que abriu e viu a manchete pular na sua cara:

"PATRIARCA DA FAMÍLIA CHILD MORRE. ELE ENCONTRARÁ A CÁPSULA DO TEMPO EMBAIXO DA TERRA?"

Quem assinava a irônica matéria do Pocklington News era Wendy Miller.

18.

Daniel entrou no quarto, atirou a jaqueta em cima da cômoda e depois livrou dois botões da camisa. Estendeu as costas na cama e ficou olhando para o teto. A única fonte de luz que entrava pela janela vinha de uma lâmpada externa, formando imagens curiosas por causa das gotas de chuva.

Durante a subida para o quarto, sentiu uma pontinha de traição vindo de Wendy. "Vou pensar no seu conselho", ele havia acabado de responder para Willcox. Não queria aprofundar no assunto, mas talvez pudesse entender (um pouco) a atitude de Wendy. Ele também era repórter. Teria até rido diante de tanta criatividade. Um morto encontrar a cápsula em algum lugar debaixo da terra? E quem sabe ele fizesse o mesmo que Wendy, se morasse em uma cidade com a vida social tão agitada quanto a de um mosteiro.

Chamar a atenção é tudo que um jornalista deseja!

E se não conseguia concordar plenamente com tudo isso, é porque ele tinha se envolvido demais com o caso. Um erro.

De repente lhe ocorreu que várias pessoas pareciam interessadas em suas atividades. Com o aprofundamento da investigação, Daniel se tornaria o *centro das atenções* nas ruas daquela pequena cidade. Em paralelo, seria cada vez mais difícil confiar em quem o cercava, como ele havia feito poucos minutos antes com Willcox.

Ou será que estava ficando paranóico?

Daniel estava quase adormecendo novamente quando ouviu batidas na porta. Reclamou sozinho e se levantou. Seus pés estavam pesados.

Abriu a porta. Era Jessica.

— Sei que está tarde, mas podemos conversar?

Daniel ficou sem jeito diante da presença dela. Jess estava vestida com um conjunto longo de seda e seus braços se cruzavam um pouco abaixo dos seios. O cabelo desarrumado como se tivesse desencostado a cabeça do travesseiro instantes antes. Ainda havia sinais da maquiagem borrada pelas lágrimas.

— É claro! — disse ele.

Ela entrou. Daniel encostou a porta.

Jessica ia falar algo quando percebeu parte da tatuagem de Daniel exposta através da camisa desabotoada. *Os círculos concêntricos.*

— O que é isso?

— Não é algo bom de se lembrar.

— Há quanto tempo?

— Um ano. Desde Veneza.

— Posso ver?

Houve um momento de absoluto silêncio. Daniel sentia-se inseguro, envergonhado. Fazia muito tempo que não conversava sobre aquilo com alguém. Sempre cobrindo o tórax, escondendo aquela tatuagem indesejada, sendo que ela já havia se tornado uma cicatriz em seu corpo. Todavia, refletiu no bem que falar sobre o assunto poderia fazer.

Desabotoou os botões que restavam.

Jessica contorceu o rosto com a tatuagem malfeita. Ele a entendia. Ao contrário do que esperava, ela não perguntou quem fez aquilo ou o que aconteceu para ele ganhar aquele desenho bizarro e mal-feito.

— Prometi à minha esposa que cuidaria disso, mas a remoção de tatuagens não é tão simples assim — explicou.

— Você diz... financeiramente?

Daniel concordou levemente com a cabeça. Não queria que ela oferecesse mais dinheiro por causa disso, apenas o combinado. Nunca aceitaria.

Sem querer ou não, Jessica encostou os dedos no peito de Daniel, como se quisesse sentir o relevo da tatuagem na pele dele. Ela se inclinou e se aproximou tanto que o rosto ficou a poucos centímetros da sua face.

O perfume adocicado sequestrou as entranhas de Daniel. Ele paralisou, pensando no limite que existe para o cérebro, aquele ínfimo instante em que não sabemos se o que prevemos há poucos segundos irá se concretizar ou não, se a pessoa vai virar o rosto ou se ela seguirá em frente. Para Daniel, estava claro que era aquele o limite.

Ele a observou. Devia fazê-la parar.

Ela segurou os seus braços e fechou os olhos.

Ele sabia exatamente o que iria acontecer.

Em breve, os lábios dela estariam roçando nos seus.

***

— Por favor, não faça isso! — disse Daniel.

Jessica acendeu os olhos, espantada. Ela deu um passo para trás e trocou o olhar dele para o chão, despencando violentamente para a realidade. Estava envergonhada, mais até do que Daniel antes de abrir a camisa. Não se esqueceria do momento tão cedo.

— Daniel... me... desculpe — disse.

Daniel mexeu a cabeça mostrando que a compreendia. Abotoou a camisa e enterrou a tatuagem novamente. O desenho era como um amuleto de azar. Uma maldição. Enquanto isso, muitos pensamentos vieram à mente envolvendo Nilla. Pensamentos pesados.

— É melhor que eu vá embora amanhã — ele disse.

Jessica olhou para ele intensamente, pálida.

— Você também vai me abandonar?

— Não sei se é uma boa ideia permanecer por aqui.

— Não vai acontecer outra vez, eu prometo!

— Não tenho a mesma certeza que você. — Daniel podia compreendê-la, mas não era responsável por esta parte da vida de Jessica.

— Você foi contratado. Uma semana. Já recebeu metade do dinheiro. — O maxilar dela tremeu levemente.

— Eu devolverei.

— Mas você precisa honrar seu compromisso! Vocês não devem estar habituados a isso, mas nós, ingleses...

— Não me fale em compromisso — interrompeu Daniel. — Você disse que queria descobrir o que aconteceu com sua mãe. Pensei que este seria o nosso foco.

— Nunca houve algo que eu quisesse tanto em minha vida.

— Esse deve ser seu problema — comentou ele. — Você está obcecada, Jess. Deprimida e obcecada. Talvez seu pai estivesse certo em esconder o bilhete de você.

Daniel sentiu-se mal logo após o comentário. Por Deus, Humphrey Child havia morrido em menos de vinte e quatro horas! Mas ao contrário de todas as suas expectativas, Jessica não replicou em nenhum momento. Estava fraca demais para responder bravamente às suas palavras. Ela apenas pediu:

— Não vá. — E se virou, escondendo o rosto.

Antes do movimento, lágrimas haviam reaparecido nos olhos de Jessica, como se ela tivesse estragado tudo ao vir para o quarto dele. Mas havia algo entre eles para ser estragado?

Rejeitá-la só colocava por terra toda a esperança de bancar o tratamento de Nilla. Invariavelmente, Daniel não podia se sujeitar àquilo. Seu ato fora como um movimento instintivo, vinha de dentro. E, junto dele, o julgamento agudo de não querer continuar. Agudo não apenas por aquele instante, mas porque, mesmo que continuasse a investigação, não conseguiria se concentrar com Jessica ao seu lado.

Ela agarrou a própria roupa à altura do pescoço. Moveu-se em direção à porta, tão encolhida quanto antes.

— O que você queria conversar comigo? — Daniel precisou perguntar antes que ela saísse.

Jessica o encarou por um instante. Depois, fechou a porta. E ele percebeu que não havia nada de importante que ela pretendia falar.

***

Por alguns segundos, Daniel continuou sentado na cama com o celular na mão, tentando se livrar das implicações da visita inesperada de Jessica e ensaiando em sua mente como contaria para Nilla que estava determinado a voltar para casa. Quando se sentiu obstante, discou o número e colou o aparelho no ouvido. Àquela hora, com a diferença de fusos, ela já devia estar deitada.

Nilla atendeu com a voz trôpega, mas interessada, como sempre.

— *Quer me convidar para uma ceia na terra da realeza?* — ela brincou. Em outra oportunidade ele teria rido, mas a carga em suas costas tinha ficado pesada demais naquela noite.

— Como estão as coisas por aí? — ele perguntou.

— *As petúnias ainda vão demorar para nascer.*

— Voltarei para casa.

Houve um breve silêncio antes de Nilla balbuciar:

— *Por quê?*

— Estou com saudades — disse ele, e não havia nenhuma mentira nisso. — Você não está se sentindo sozinha?

— *É claro* — replicou ela —, *mas não quer segurar as pontas?*

— Não estou vendo solução para o caso.

— *Você está aí há apenas três dias. Disse que não era nada perigoso.*

— Não, não é.

— *Não minta. Tem certeza?*

Até agora, sim.

— Acredite em mim, não é esse o motivo.

— *Então...?*

— A investigação provavelmente não vai dar em nada. Me sinto um idiota, sem saber direito o que fazer. O que eu estava pensando quando vim para cá?

— *É por causa da cápsula do tempo? Quer me contar?*

— Não, não tem mais importância. Posso resumir quando estiver aí.

— *Talvez você só precise de um pouco mais de tempo* — insistiu.

— Tempo?

— *As coisas podem mudar de uma hora para outra, sabe disso.*

Daniel quase murmurou, concordando. Uma parte dele não desejava desistir. Sem querer, pegou-se recordando vividamente de uma ocasião em que estava dividindo espaço na mesma poltrona de Nilla e ela lia seu celular em uma manhã de domingo. Uma manhã fria e cinzenta, quase igual à que fazia todos os dias em Pocklington, e eles não tiveram coragem de colocar o pé para fora de casa. Ela interrompeu a leitura e o beijou sorrateiramente no cangote. Podia sentir o hálito do chocolate quente matinal vindo da boca da sua mulher. Daniel se virou e começou a beijá-la com entusiasmo. Não chegaram até o quarto. Se amaram ali mesmo, naquele espaço diminuto e desconfortável, mas na verdade, isso pouco importava.

Depois que Nilla foi para o banho, ele percebeu o estopim para aquela atitude. Pegou o celular dela. Havia saído uma matéria que devolvia autoestima às mulheres que sofreram abortos inesperados e que se tornaram férteis novamente. Isso não tornou o sexo menos interessante e nem trouxe a eles uma nova gravidez, mas naquele momento, Daniel percebeu que Nilla tinha formas de contar as coisas sem precisar falar uma única palavra.

Infelizmente, não era o caso para o momento.

— Nilla, o que foi que houve? — perguntou.

Daniel a ouviu suspirar profundamente e imaginou-a deitada na cama com os cabelos desgrenhados.

— *Eu me precipitei.*

— Com o quê? — Daniel desconfiou.

— *Com o dinheiro que receberemos. Eu utilizei para dar entrada no tratamento. Não tive coragem de te contar antes.*

Os ombros de Daniel despencaram. Nilla devia estar esperando que ele dissesse alguma coisa. Como permaneceu calado, ela surgiu com a explicação:

— *Da última vez que nos falamos, você disse que estava tudo bem por aí.*

— Sim, mas também disse que o caso não era tão simples.

— *Eu me senti tão empolgada... além disso, estava certa de que receberíamos a segunda parte. Desculpe.*

Daniel começou a retroceder rapidamente à decisão de momentos antes e resolveu não deixar que aquele contratempo destruísse a sua confiança. Mas enquanto continuava segurando o telefone sem conseguir relatar o que havia acontecido, sentiu o desânimo retornar. Podia quase ver o rosto confuso de Nilla do outro lado, um pouco por causa do banho de água fria que ela havia acabado de tomar ao saber que ele desejava partir dali. Só que apesar da atitude precipitada de sua esposa, não conseguiria reprimi-la nem em 300 anos. E se alguém devia algo ao outro naquele instante, Daniel achou que era ele.

— Está tudo bem — disse um pouco amargo. — Daremos um jeito nisso.

Nilla não perguntou qual havia sido a sua decisão final. Não faria diferença. Daniel sabia que, mesmo se retornasse, ela o apoiaria, embora não tivesse a menor ideia de como eles devolveriam o dinheiro à Jessica e pagariam a outra parte do tratamento.

Sem clima para continuarem a conversa, se despediram.

De repente, Daniel se sentiu extenuado e desejou nunca ter aceitado aquele caso.

19.

Na manhã seguinte, Daniel despertou com um açoite do cérebro. O sono havia sido tão profundo e vazio que se não fossem as pálpebras pesadas, desacreditaria que havia passado as últimas oito horas fora da realidade.

No primeiro segundo, ele estava sentado na cama, com a impressão de que tinha subido rapidamente para a superfície. No seguinte, planejava sua fuga rápida daquela casa.

Recolheu as roupas e objetos pessoais de higiene. O cansaço ainda o dominava, mas não cederia à tentação de se deitar novamente. Muitas obrigações passavam pela sua cabeça, portanto, deixou a mala pronta para seguir para o aeroporto e saiu de dentro do quarto. Quem sabe, da aeronave, ele conseguisse pensar numa solução para recuperar o dinheiro.

Seguiu para a cozinha. Estranhamente, não se deparou com ninguém, nem mesmo os funcionários da casa. Deviam ter sido dispensados por causa da morte do patrono.

Teriam Jessica e Willcox voltado para o necrotério? E Joshua?

Tanto faz!

Ia colocar as chaves do carro na mesa da cozinha quando encontrou o Pocklington News esquecido por Willcox e sua manchete para cima. De novo, aquela sensação de mal-estar. Tudo por conta de Wendy Miller. E também dele, é claro.

Queria dizer que o calor que sentia ainda vinha do aquecimento mal ajustado da casa, mas não passava de uma desculpa tola. O incômodo expandia a partir do centro do seu estômago retorcido. Então Daniel se lembrou da promessa que havia feito no dia anterior à repórter de cabelos prateados e unhas pretas. *Encontrá-la.* Quis se convencer de que não necessitava de uma prorrogação. Poderia ir embora de uma vez e encerrar a partida. Simples e sensato.

Só que o cérebro parecia não querer se ajustar a isso. E ao invés de deixar as chaves na mesa, decidiu que permaneceria com elas por mais algum tempo.

***

Daniel dirigia até o Pocklington News imaginando mil e uma maneiras de confrontar Wendy. Por vezes, achou que estava exagerando. Ou talvez quisesse descontar em alguém tudo que havia acontecido na noite anterior, mais especificamente, a atitude que Jessica tivera em seu quarto. Mas a verdade era que a repórter poderia ser acusada de várias coisas negativas, exceto que, às vezes, era certeira.

Quando chegou à sede do jornal, Daniel ainda tentava se controlar. Dessa vez solicitou à loira de decote que chamasse Wendy até a recepção, mas foi informado de que ela ainda não havia chegado. A mulher perguntou se ele desejava aguardar. Daniel olhava para a mulher, mantendo-se concentrado acima da linha do pescoço.

— Obrigado. Esperarei lá fora.

Aguardou na porta do Pocklington News. Carros passavam de vez em quando pela avenida, sem pressa. Uma zona comercial na hora do rush. Que inveja!

Quinze minutos depois, Wendy chegava caminhando tranquilamente. Parecia modelo de um anúncio de publicidade para geeks: óculos de hastes verdes grossas, os cabelos sempre prateados e um casaco todo colorido.

— Não esperava que fosse vir tão cedo assim — disse ela, mastigando Daniel-já-sabia-o-quê.

— Depois do que escreveu, acho que está até tarde demais — Daniel incitou.

Levantou a publicação do Pocklington News até metade da altura do rosto. Wendy continuou impassível. Ele ficou esperando que ela abrisse os braços ou fizesse qualquer gesto similar dizendo que não tinha culpa de nada, que seu editor promovia aquele tipo de história, que a manchete havia chegado às prensas por engano no último minuto, mas nenhum desses efeitos esperados por Daniel partiram dela. Pelo contrário, ela apenas o fitou nos olhos e pronunciou com bastante naturalidade:

— Então é isso?

— Isso?

— Está magoado?

— Com a matéria? Imagine — ironizou.

— Pensei que você fosse maduro para aceitar uma crítica moderna de uma jornalista conceituada na cidade em que está.

— É uma piada, não é?

— Eu pareço estar rindo? Nem sequer citei o seu nome aí dentro. Pra que tanta preocupação?

— Digamos que seja por respeito às pessoas, ou quem sabe, um pouco de ética. Mr. Child morreu ontem! Você esteve na funerária, lembra-se?

Wendy cruzou os braços.

— Você está preocupado com Jessica Child, não está?

— Não fale o nome dela. — Daniel fechou o jornal e o atirou em uma lixeira próxima.

— O que vocês dois estão escondendo?

— Não continue. Sei onde quer chegar. Para seu conhecimento, estou retornando para minha casa.

Wendy não se espantou. Nenhuma crítica, nenhum embate. Nada. Se estivesse com chicletes ao invés de balinhas Tic Tac na boca, estaria fazendo bolas.

— Foi um prazer, Mr. Sachs — disse ao dar as costas.

Daniel disparou em voz alta antes que ela entrasse na redação:

— Tenho minhas dúvidas se não é você quem persegue os Child.

Wendy se virou, o semblante da impaciência.

— Agora sou eu que pergunto... é uma piada ou o quê?

— Como pode ligar a matéria ao sumiço da cápsula do tempo?

— Pensei que estava preocupado somente com a fotografia das luzes. Foi para isso que me pediu ajuda, não é? — divagou. — Por que se importa tanto com a cápsula do tempo?

Daniel se recordou do que havia contado a Wendy até agora. Não teria nenhuma boa explicação sobre o assunto a não ser que mencionasse o bilhete 19. Porém, embora não se interessasse por mais nada daquilo, não desejava deixar Pocklington com tanta poeira levantada. Então percebeu que abria e fechava as mãos nervosamente, criando uma armadilha para si mesmo. Precisava mudar logo de assunto e só lhe veio uma coisa à cabeça:

— Disseram para que eu ficasse longe de você.

— Ora, me conte uma novidade! Quem foi, a queridinha Jessica Child? — Ela sorriu movimentando apenas um dos cantos da boca.

Daniel balançou a cabeça. O olhar de Wendy pareceu atravessar a sua mente.

— Willcox — concluiu ela.

Daniel não apostava que ela descobriria numa segunda tentativa, tampouco ficou surpreso. Porém, havia falado demais?

Tentou permanecer indiferente. Não conseguiu.

— Willcox é mais do que aparenta ser — Wendy recomendou.

— Bem, estou farto de conselhos misteriosos. Por que vocês todos não...

Daniel interrompeu a fala quando percebeu algo diferente.

Wendy mirava por seus ombros, os olhos estagnados.

Ele se virou para trás. E viu uma van branca se aproximando.

***

A van brecou com a roda dianteira em cima do meio-fio. Outra vez, lacrada com os vidros escuros até o topo. O motor roncava como um búfalo engasgado. Ainda assim, era um búfalo.

Daniel forçou a visão. Via apenas uma sombra disforme no lugar do motorista, nada mais. Fez um movimento rápido de se colocar à frente de Wendy Miller por pura reação — o que não o impediu de pensar se adiantava alguma coisa.

— Ah, sim, obrigada! Sinto-me mais segura agora.

Daniel ignorou o sarcasmo de Wendy. Tinha certeza que ela fazia aquilo para disfarçar a apreensão pela visita inesperada.

O vidro dianteiro se abriu. À primeira vista — e para surpresa de Daniel —, a presença no interior da van não tinha nada de assustadora. Bastou testemunharem que quem dirigia era um velho magro e septuagenário para Daniel presumir que se tratava de Mr. Baker. Usava um boné vermelho com um símbolo de andorinha e a barba branca emaranhada devia estar sendo cultivada há pelo menos dois anos.

O velho apoiou o cotovelo direito para fora da janela.

— Entrem no carro.

Daniel e Wendy se entreolharam.

— Minha mãe sempre me disse para não falar com estranhos! — Wendy disparou.

— Não estou para brincadeiras, mocinha.

— Por que obedeceríamos a você? — perguntou Daniel.

— Os dois não foram até minha casa ontem?

— Sim. E você não nos atendeu. — Daniel deixou bem claro agora que havia percebido a presença de alguém dentro dela. *O movimento na cortina.*

Wendy não se manifestou. Mr. Baker engatou uma marcha.

— Tenho algo para falar para os dois. Querem saber o que é ou não? Não ficarei esperando por muito tempo.

Daniel e Wendy voltaram a se entreolhar. O velho parecia estar sozinho, embora a van fosse enorme e com espaço de sobra para caber duas gerações de uma família escondidas dentro dela. E ele tinha pressa.

Dessa vez, o senso de perigo de Daniel não disparou, ao contrário da primeira vez que viu o veículo enferrujado.

— Tudo bem.

Daniel deu preferência a Wendy. Embora continuasse calada, ela não iria dar para trás. *Não a corajosa Wendy Miller.*

Subiram no carro e sentaram-se na cabine, espaço para três. A situação por dentro da van não era melhor do que por fora. Cheirava a pelo de cachorro molhado e óleo queimado.

Mr. Baker levantou o vidro e pisou no acelerador. A roda desceu do meio-fio e a marcha guinchou como uma hiena. Aquela lata velha era uma verdadeira fauna.

— Como a prefeitura de Pocklington permite que seu carro ande na rua? — perguntou Wendy de forma direta.

— Eu nunca mais andei com ele até o dia em que soube que iriam retirar a cápsula do tempo.

— Percebo pela forma como dirige.

— Você tem que ver como eu cozinho, mocinha.

Mr. Baker dobrou a esquina e ligou o rádio. Em volume alto, no momento em que Rod Stewart cantava com sua voz rouca e áspera o refrão de *Lost in you*. Ou seja: bem alto.

— Pra que isso? — perguntou Daniel, subindo a voz.

— Como vou saber que não estão carregando gravadores dentro de suas roupas?

— Acha que porque somos repórteres andamos com gravadores ligados nos bolsos?

— Na minha época era assim.

— Adianta algo se eu confirmar que não estamos? — Daniel quase gritou, mas Rod Stewart ganhava fácil.

— Celulares. Desliguem seus celulares e me entreguem.

Daniel se virou para Wendy. Era melhor obedecerem. Desligaram e deram os aparelhos para o velho. Ele finalmente baixou o volume do rádio.

— Como sabia que estávamos aqui? — Daniel perguntou.

— Eu segui a mocinha engraçada com cabelos de velha — explicou. Wendy ia falar algo, mas Daniel fez um gesto pedindo calma. — Eu sei o que vocês queriam comigo ontem. Esta maldita fotografia das luzes na floresta. Eu nunca devia ter me envolvido com isso.

— Pensei que fosse a fotografia da sua vida. Pocklington inteira a conhece.

— Pocklington? — Mr. Baker deu uma risada. Ela veio seguida de uma tosse seca. — Sem modéstia, garoto. Esta imagem ultrapassou os limites de York! Conheci gente em Londres que me perguntou sobre ela, sem saber que eu era o responsável. — Mr. Baker olhou para o relógio do painel e depois para o espelho retrovisor. Fez outra curva. Não pretendia sair do quarteirão. — Escute, não temos muito tempo. — Ele arranhou mais uma marcha. A van sacolejou. — Sei que você e a filha de Humphrey Child estiveram no Woodgate College atrás da cápsula do tempo.

— Sim, e o senhor nos seguiu.

— Grande coisa — replicou Mr. Baker. Daniel mal o via movimentar a boca através daquela barba. — Vocês não encontraram a cápsula, mas ela continua lá.

Daniel balançou a cabeça.

— Eu observei bem o buraco. Não tinha nada dentro dele.

— O que você é, garoto, um idiota? — bufou Mr. Baker. — Eu estou dizendo: a cápsula sempre esteve lá. E está, até agora.

Daniel considerou ser insanidade, mas permaneceu firme:

— Não, não está. Tenho certeza.

Mr. Baker fez mais uma curva. Pela paciência que parecia se esgotar rapidamente, só havia mais uma ou duas curvas pela frente.

— Você não está levando isso a sério — disse o velho.

— Com certeza.

— Talvez seja melhor eu conversar com a mocinha ao seu lado.

— Eu ainda estou pensando no que o senhor fazia ao me seguir — reclamou Wendy, atônita. — Desde a minha casa? Sério?

Mr. Baker ignorou:

— É tão difícil assim acreditarem em mim?

— Mesmo se o senhor estiver certo... como explicaria? — Daniel comentou.

— Não existe outro jeito. Você terá que provar por si mesmo.

— Isso é uma resposta ou mais um conselho?

— O cimento que lacrava a borda da tampa não era o mesmo de 25 anos atrás. Você não reparou?

— Então o senhor quer dizer que a cápsula do tempo foi arrancada e o buraco fechado novamente? É isso?

Mr. Baker balançou a cabeça negativamente. Seu rosto se contorcia em desapontamento. Perturbada com a indefinição, Wendy abriu a bolsa e abocanhou suas famosas balinhas Tic Tac. O perfume de hortelã sobressaiu como bálsamo para o ambiente. Enquanto isso, Daniel começava a perder a paciência. Queria expor que achava tudo aquilo uma loucura! A idade já teria afetado o raciocínio de Mr. Baker? Sua memória? Afinal, tinha por si mesmo presenciado a abertura do buraco. Não havia nada dentro dele. Nada.

Mais uma curva e Mr. Baker parou novamente o carro à frente da sede do Pocklington News. Devolveu os celulares. Sem cerimônia, destrancou a porta do carro para que descessem.

Wendy saiu primeiro.

Ainda sobressaltado com a conversa inesperada, Daniel não conseguiu sossegar. Assim que desceu, perguntou da calçada:

— O que quis dizer com "provar por si mesmo"?

Mr. Baker lançou em sua direção:

— Eu abri o buraco e enterrei a cápsula novamente. Só que mais fundo.

O velho fechou a porta com pressa. E a van branca disparou pela rua.

20.

— Você ainda pretende ir embora?

As palavras de Wendy, embora simples, produziram um efeito angustiante na cabeça de Daniel. Os dois se encontravam sentados dentro de uma cafeteria chamada The Coffee Bean, próxima à sede do jornal. Wendy decidiu dar um pouco de tempo a si mesma antes de começar a trabalhar para se recobrar do passeio inesperado pelo quarteirão dentro da van de Mr. Baker. Já Daniel, calado, repassava na mente cada detalhe da conversa com o velho fotógrafo até que escutou a pergunta de Wendy. Ele desviou os olhos da xícara de café e pousou-os sobre a garota de óculos verdes e casaco colorido à sua frente.

— Acha que isso muda alguma coisa?

— Você deve estar brincando, não é? — replicou ela. — O velho vem até nós com uma informação dessas e você continua pensando em voltar para casa?

— Não sei se tem mais importância.

— Espere! Tudo isso é por causa da matéria que escrevi?

— Não, claro que não. O assunto é outro, bem diferente.

Uma ruga surgiu entre as sobrancelhas de Wendy.

— Olha, não sei o que aconteceu para que tomasse essa decisão, mas você é um repórter. Ir embora agora é *jornalisticamente* imperdoável.

— Remexer no passado de uma cidade como esta? Isso sim, é imperdoável.

— As pessoas desejam respostas.

— Isso é papo de quem quer vender jornal. É o que fazemos, mas não quer dizer que estejamos certos.

— Ainda assim...

— Preste atenção à sua volta, Wendy — interrompeu. — Você reside em um lugar maravilhoso. As pessoas não precisam saber do que aconteceu há 25 anos. Tirando a cápsula do tempo, elas não querem o passado de volta. Nunca percebeu isso?

Daniel falava com convicção das palavras. Para onde olhasse, só via tranquilidade. Aquela cafeteria, por exemplo, não poderia ser mais convidativa. Um local impecavelmente limpo, iluminado pelas vidraças que iam do teto até o chão. Um balcão pintado de verde-água com bandeirinhas da Inglaterra penduradas como enfeites de Natal. Em um canto mais discreto, uma mãe amamentava seu bebê. Na mesa dela, havia ovos cozidos e uma sopa caseira dentro de um prato vermelho com bolas brancas pintadas capaz de causar inveja à Minnie Mouse.

Por que aquela cidade precisaria se recordar de fatos tão bizarros?

— Eu sei o que você procura — disse Wendy.

Daniel desviou o olhar de volta para ela.

— Como assim?

— Você foi contratado para descobrir o que aconteceu com a mãe de Jessica Child. As luzes na floresta são apenas uma conexão entre os fatos. Eu já disse isso.

— Você está certa. E enxergo agora que não há motivos para esconder mais nada de você. Peço desculpas por tê-la envolvido nisso.

— Desculpas aceitas, mas não posso esquecer o assunto assim tão facilmente — ela expôs. — Eu não conseguiria colocar a cabeça no travesseiro e dormir tranquilamente. Um assassinato é um assassinato, não importa onde e quando ocorra.

— Nem sabemos se houve assassinato. Por que está convicta disso?

— Da mesma forma como a polícia não soube explicar o que aconteceu. Garnham era o investigador responsável naquela época. Sabia disso?

A notícia não causou estranhamento a Daniel, mas o levou à outra questão:

— Quem encontrou o corpo?

— Não sei ao certo. Parece que, na ocasião, houve uma mobilização pública em torno do desaparecimento. Cidadãos comuns de Pocklington. E a polícia criou uma força-tarefa em busca de Sarah Child.

— Força-tarefa?

Wendy fez que sim.

— Acho que a palavra é meio exagerada. Foi Garnham quem liderou os poucos policiais que existiam na cidade. E alguns moradores.

Daniel percebeu a intenção de Wendy em querer amarrá-lo àquela história. Já que estava tão interessada, decidiu revelar:

— Tenho que lhe confidenciar sobre o bilhete 19.

— O que é isso?

— Mr. Child escondeu de todos que havia algo endereçado para ele dentro da cápsula do tempo. Um objeto marcado com o número 19. Jessica descobriu o papel recentemente, antes de me chamar. Ela acha que lá dentro pode estar a chave para saber o que aconteceu com a mãe.

Wendy estalou os dedos.

— Então a resposta pode estar na história que acabamos de escutar de Mr. Baker, não vê?

— Não lhe parece loucura afundar ainda mais a cápsula para escondê-la?

— Loucura, sim. Mas não é impossível.

— Não, não é.

Daniel desviou os olhos para além das vidraças, mirando onde a van havia parado anteriormente. Lembrou-se bem das frases de Mr. Baker, "abri o buraco" e "enterrei".

Daniel caiu em si. Estava de novo se envolvendo naquilo. *Droga!*

Quase estapeou a testa com a palma da mão. Wendy estava certa. Ir embora seria imperdoável. Até que soltou:

— A pergunta certa é... se Mr. Baker contou a verdade e a cápsula ainda está por lá, o que é o objeto 19?

Wendy sorriu ao perceber que ele estava de novo no jogo.

— Eu arriscaria tudo para descobrir. E você?

21.

Desde que viu a van branca se afastar, Azul marcava seu lugar a certa distância do The Coffee Bean, observando pela vitrine o casal que conversava numa mesa. Ele estava curioso e até um pouco tenso, mas adorando tudo aquilo.

A clareza com que o rapaz de jaqueta mostarda movimentava a boca tentando falar um inglês perfeito era suficiente para ele compreender sobre o que conversavam. Não havia tido tanta sorte com a mulher de cabelos prateados e casaco colorido, já que ela havia se sentado de costas para a rua, mas não fez tanta diferença assim. Dentre tantas falas que conseguiu identificar saindo da boca do repórter, agora tinha certeza de que eles discutiam sobre o ocorrido há 25 anos e, mais ainda, sobre a recente descoberta de um bilhete 19. Estava relacionado a algo escondido dentro da cápsula do tempo, enterrada mais fundo do que antes — uma surpresa e tanto.

Distraído, não percebeu uma jovem loira se aproximar. Azul quase se encolheu tentando não chamar muita atenção com o seu tamanho, mas não teve tempo de fazê-lo. Ela passou à sua frente, em linha reta, enquanto ele fazia esforço para não olhar para ela.

Foi inevitável.

A jovem não o encarou, mas Azul percebeu o olhar de soslaio largado para ele e um breve sorriso desenhado no rosto de porcelana. Não só tinha mais uma prova que a sua maquiagem funcionava perfeitamente como era notório que ela havia simpatizado com ele.

Porém, aquilo cortava seu coração ao meio como uma faca. Gostaria que não fosse assim, que a jovem pudesse enxergá-lo por baixo de toda aquela camuflagem e que não visse um monstro, apenas um homem silencioso.

Enquanto ela se distanciava, observou as nádegas firmes por baixo da calça dela. Uma sensação quente e aveludada subiu por sua pelvis. E ele amaldiçoou o silêncio por nunca ter sentido o roçar de uma pele feminina, o perfume barato e cítrico de perto, o gosto da língua ou do sexo molhado.

Os dois jovens saíram da cafeteria em direção ao carro, tirando sua atenção da mulher. O coração de Azul acelerou com eles, ainda com a fúria manchando seus pensamentos. Sentiria até mesmo os pelos das mãos se arrepiarem caso não os tivesse raspado para que a mistura de tintas da cor de pele fixasse com mais facilidade.

Os dois juntos, agora, a essa distância... seria perfeito!

Uma pressão tomou seus tímpanos. Ele respirou fundo e conteve a ansiedade. Poderia pegar seu *brinquedo* e acabar com aquilo naquele instante. Bastava dois sopros.

Visualizou o rapaz de jaqueta mostarda caindo como um tronco de madeira seca no solo, e depois atingiria a repórter antes que ela soubesse o que havia acontecido, quando se agachasse para ajudá-lo. Ao pensar nisso, chegou a roçar os dedos pela *zarabatana* encaixada na parte interna do sobretudo. No lado oposto, um estojo com um arsenal de dardos no bolso. Os mais letais eram capazes de matar um animal de médio porte em um minuto ou dois. Tudo organizado com tanta destreza que ele seria capaz de sacar qualquer um daqueles dardos em menos de cinco segundos, e de atirá-los em menos de três.

Não. Não agora. Eles querem que eu leve isso até o final.

Os dois entraram no carro do repórter e Azul respirou com mais facilidade. A pressão nos ouvidos foi embora junto com o casal. Com o espelho de mão, observou se alguma gota de suor teria manchado a sua maquiagem e revelado a sua cor original de volta ao mundo, mas nada havia acontecido.

Ele sabia aonde estavam indo.

E conhecia um atalho.

22.

Estavam há tanto tempo na frente do Woodgate College observando as pessoas saírem do lugar que Daniel achou que Wendy desistiria. Quanto a ele, mesmo dentro do carro, o frio castigava suas bochechas, porém ele seguia firme. As pernas adormecidas, o pescoço quase travado, nada importava. Daniel pensava somente em verificar se a cápsula estava mesmo enterrada mais profundamente do que deveria.

Próximo da meia-noite, com a adrenalina crescendo a cada instante, ele já superava qualquer incômodo físico que fosse. Wendy havia saído para urinar umas três vezes, reclamado de fome e do seu estoque de Tic Tac que havia acabado. E Daniel nem precisava ser um excelente observador para perceber que as pernas balançando com frequência e uma coceira irritante alertavam para o nervosismo dela. Até mesmo o cabelo prateado parecia perder o brilho a cada segundo.

Dois dias de conversas, mas ele tinha certeza de que conhecia perfeitamente a personalidade da mulher ao seu lado. Devia ter ido sozinho, mas seria mais fácil ligar um micro-ondas com a cabeça de Wendy dentro dele do que convencê-la disso. Ao menos ela concordou em ficar do lado de fora enquanto ele cumpriria sua missão no interior do Woodgate College.

Depois de um bom tempo, Daniel perguntou:

— O que acha? Foram todos embora?

— Acho que sim. Nenhuma luz ou sinal de vida inteligente do lado de dentro.

— Pelo menos, não de *vida terrestre*, não é?

Pôde ver nos olhos de Wendy que ela queria dar um tapa nele pela sua babaquice, mas não iriam perder tempo, sobretudo porque ela entendia o motivo da ironia de Daniel ficar cada vez mais contundente. Afinal, por que diabos as luzes no céu não apareciam agora? Quem explicaria, nem mesmo nos últimos 25 anos?

— Tem certeza de que não tem nenhum segurança rondando por aí?

— Estamos em Pocklington. Você está brincando, não é?

— Mesmo assim, existem câmeras. Tecnologia. Já deve ter chegado por aqui.

Wendy fez cara de nojo com a observação.

— Só verificarão as câmeras se souberem que *algo* foi extraído. E se este algo *não estava enterrado* onde deveria estar... — explicou ela, demonstrando uma lógica pra lá de simples e convincente.

— É melhor resgatarmos apenas o objeto 19. Não vamos criar mais confusão.

— Pode ser. — Wendy pensou por alguns segundos. — Onde fica o buraco em que está a cápsula?

— No estacionamento. Não é tão longe, mas não dá para ver daqui. — Daniel observou bem o terreno, tentando relembrar o caminho traçado com Jessica. — É melhor que eu entre pela lateral.

— Boa sorte! — Wendy fez o sinal de figa à frente da boca.

Daniel, em silêncio, desceu do carro. Um muro baixo de plantas, como em tantos outros lugares daquela cidade, circundava boa parte do estacionamento. Já a iluminação fraca provava que não gastavam energia à toa na cidade.

A área onde ficavam os prédios era fechada com grades, assim mesmo, facilmente superáveis por uma criança de 12 anos ou até menos. Nada mais convidativo para uma invasão.

Daniel se aproximou do estacionamento. Por precaução, preferia chegar próximo do buraco para então ligar a lanterna. Além dela, carregava uma pá de mão para jardinagem, provida após uma rápida parada na Barnett's, em York, a 13 milhas de distância dali. Afinal, tiveram tempo de sobra. E um turista e uma mulher de cabelos prateados não desejavam despertar a curiosidade de ninguém dentro de Pocklington comprando uma pá e uma lanterna.

Após pisar no concreto do estacionamento, Daniel começou a acreditar que a história de Mr. Baker podia, de fato, ser verdadeira. A facilidade com que se entrava naquele lugar chegava a ser escandalosa. Quando Wendy disse o que estava pensando na cafeteria — ou mais precisamente, sobre a *invasão* —, a possibilidade não lhe pareceu tão absurda assim. Então, três outros pensamentos dominaram a sua mente: o primeiro, que agora parecia uma boa ideia esconder um objeto mais fundo do que se esperaria, criando uma camuflagem perfeita; o segundo, como Mr. Baker poderia ter feito isso; e o terceiro e mais estranho... por que o velho passaria essa informação adiante, especialmente a dois repórteres?

Daniel se aproximou da tampa de bueiro no chão e conferiu que o funcionário da universidade que vira antes não havia pensado em lacrá-la de novo, um pouco porque devia ter parecido óbvio a todos. Ele acendeu a lanterna e a prendeu com os dentes. Levantou a tampa e conferiu outra vez o buraco de terra por baixo dela. Havia profundidade para quase atolar seu braço, apenas. Então colocou a lanterna de lado e deitou no chão frio, o ombro pouco acima do nível do chão. Com a pá, começou a retirar a terra para fora do buraco.

Depois de um tempo, fez uma pausa e olhou para o seu relógio. Quinze minutos de escavação com o braço esticado. Mas deveria levar tanto tempo assim? A que profundidade estava a cápsula? Se é que ela estava ali?

A terra grudava nas vias respiratórias. Com os ouvidos atentos, escutava ruídos típicos de animais e insetos noturnos, além do vento que soprava pelos galhos das árvores. Imaginava Wendy esperando do lado de fora, o coração prestes a escapar pela boca por causa da demora.

Exausto, estava para fazer uma nova pausa quando a pá esbarrou em algo metálico. Ele usou a lanterna para enxergar dentro do buraco e encontrou parte de uma alça de ferro.

Era verdade.

A cápsula do tempo.

É, a diversão só estava começando.

***

Daniel escavou mais um pouco até visualizar toda a alça. Eliminando a terra das extremidades, percebeu que a cápsula possuía forma cilíndrica. Levou alguns segundos para recuperar o fôlego. Tinha várias perguntas para fazer a si mesmo, mas decidiu libertá-la antes de tudo. Então agarrou firme a alça e puxou o pesado objeto.

Ele deitou a cápsula no colo e espanou a terra em volta dela. Embora o impacto visual fosse arrepiante, parecia sistematicamente simples, apenas uma tampa com fecho de rosca na extremidade da alça e mais nada, muito parecido com uma grande garrafa térmica.

A curiosidade agarrava Daniel pelo pescoço. Chegou a ficar tentado em levar a relíquia correndo para o carro, mas só interessava um objeto ali dentro: o 19. Deveria retirá-lo logo e devolver o cilindro ao buraco, cobrindo todos os vestígios de sua passagem.

Com a impressão de que violava um túmulo, Daniel rosqueou e arrancou a tampa. Começou a retirar os objetos do interior da cápsula, um por um. Surpreendeu-se com o que encontrou; sem contato com a umidade, os itens encapsulados, cada um deles etiquetados com um número, demonstravam estar em perfeito estado de conservação. Identificou-os como se fosse uma professora fazendo a lista de presença da classe: 5) Bíblia. 13) Fita cassete. 11) Anel. 9) Selo. 2) Medalha. 8) Dente de criança. E assim por diante. Apesar de serem coisas de pequeno valor, era como assistir o passado dobrar o presente. Humanos que tentaram enganar o tempo enquanto envelheciam ou morriam, destinando objetos a si mesmos no futuro ou às próximas gerações. Recordações apagadas de suas mentes, agora reveladas por um estranho, sem nenhum reconhecimento, celebração ou algo parecido.

Daniel afastou a abstração. Concentrou-se na procura pelo objeto 19. Colocou a mão dentro da cápsula e continuou retirando os itens.

Ali estava.

Enfim, segurou.

Um envelope lacrado.

Daniel deitou a cápsula no chão. Ela rolou alguns centímetros para trás enquanto ele catalisava toda a sua expectativa para aquele momento. O que tinha nas mãos? A solução para a morte de Sarah Child?

Um som diferente, porém, fez sua mente acordar para o local onde estava.

Arrepiou-se. Ele pegou a lanterna. Ficou de pé e olhou à sua volta.

— Wendy?

Não identificou a mulher de cabelos prateados, tampouco qualquer anormalidade. Talvez sua concentração estivesse tão latente àquela altura que uma simples faísca significasse a explosão de uma bomba atômica.

Não era hora de bancar o medroso.

Respirou devagar. Voltou a colocar a lanterna no chão, pegou o envelope e abriu o lacre. Quando retirou seu conteúdo, Daniel teve um misto de espanto e resignação. Ele poderia dizer que segurava mais um objeto comum, sem importância, mas era justamente o contrário. Ao menos, para a investigação que fazia.

Retirou o papel que carregava no bolso para comparar com a nova imagem que havia descoberto agora.

Era a mesma fotografia publicada no Pocklington News, 25 anos antes.

A mesma foto...

Sem as luzes no céu.

A investigação dava uma guinada. E forte. Isso tornava o assunto mais assustador, pois estava em suas mãos a prova de que a fotografia do jornal havia sido alterada.

Num primeiro momento, sentiu que algo estava fora do controle, mas se antes tinha dúvida se prosseguiria ou não, sabia agora que não poderia abandonar aquele caso. Ou como Wendy mesmo disse, "nunca se perdoaria". Permaneceu parado, em êxtase, tentando enxergar as evidências que se desenhavam com aquela nova imagem.

Infelizmente, isso sequestrou toda a sua atenção do Universo, tanto assim que, quando Daniel percebeu alguém se aproximar pelas costas, já era tarde demais.

Ele começou a se virar. Dessa vez, sem tempo de pegar a lanterna.

Antes que pudesse identificar o que acontecia, algo duro como pedra ou tijolo atingiu sua nuca. Um golpe surdo.

Daniel despencou como um boneco sem cordas, de lado, próximo do buraco. Não apagou de imediato. A centímetros de sua cabeça, o barulho de metal se chocou com o cimento. Mesmo com a visão turva, reparou a cápsula do tempo rolar pelo piso até parar a um palmo de distância de seus olhos.

Havia sido atingido com ela.

Que grande idiota!

Este foi seu último pensamento.

23.

Daniel acordou com a luz brilhante da lanterna fustigando seus olhos enquanto a língua incomodava por parecer grande e desajeitada. Uma dor latejante na nuca pedia para que ele continuasse sem mover um milímetro do seu corpo.

Quando abriu as pálpebras por completo, a luz desapareceu e percebeu que Wendy agarrava sua mão, agachada ao seu lado. Ele ainda estava deitado no chão frio, só que, agora, com a barriga virada para cima. Era impossível dizer quanto tempo havia se passado, mas se recordava do que tinha ocorrido.

— Graças a Deus! O que aconteceu?! — perguntou Wendy.

— Minha cabeça. Estou ferido?

— Espere. — Ela periciou seu crânio. — Não, nenhum corte ou sangue. Eu o encontrei caído no chão, Daniel. O que houve?

— Alguém me atacou.

Wendy travou por alguns segundos. Depois, largou a mão de Daniel.

— O que você está dizendo?

Daniel sentou no chão e esfregou a nuca. Se houvessem o atingido no crânio, certamente estaria com um tremendo galo ou pior. *Deus, como dói!*

— Qual parte você não entendeu? Eu disse que alguém me atacou.

— Eu ouvi, mas estive vigiando o tempo todo da rua. Ninguém entrou aqui, a não ser... que tenha vindo do céu! — falou, desconfortável.

— Talvez você não tenha visto. Tenho certeza que fui golpeado com a cápsula do tempo.

Wendy olhou para o objeto caído no chão. Como se precisasse provar algo, empurrou-o com as duas mãos para medir o peso. Fez esforço.

— Espere aí... alguém levantou isso até a altura da sua cabeça sem que você percebesse?

— A cápsula havia rolado para trás de mim. Depois que senti o baque na nuca, ouvi o barulho do metal contra o cimento. Você não escutou?

— Sim, um barulho metálico.

— E por que não veio me socorrer?

Wendy se levantou e abriu os braços.

— Como você queria que eu soubesse o que estava acontecendo? Ainda demorei alguns minutos pensando se deveria entrar ou não. Quando resolvi gritar pelo seu nome, você não respondeu e eu tomei a minha decisão — explicou ela. — Você viu quem lhe agrediu?

— Não, eu estava de costas. Tinha acabado de encontrar a... — E foi então que percebeu. — Onde está a fotografia? Você pegou?

Wendy olhou para Daniel de forma estranha. Imediatamente, ele entendeu a confusão dela. Ele negligenciava explicações suficientes para que ela pudesse lhe dar uma resposta sensata, mas não deu atenção.

Daniel se levantou e pegou a lanterna. Mesmo sentindo-se tonto, vasculhou cada item caído no chão. Nem a fotografia, tampouco o envelope em que ela estava. Para completar, a folha com a imagem impressa que recebera de Willcox também havia sido levada.

Então era isso.

— Eu sei o que era o objeto 19 — pronunciou enquanto esticava a coluna e tentava se sentir mais firme. Ansiou por um analgésico. — A fotografia original das luzes. Alguém a roubou.

— Por que guardariam o original dentro da cápsula do tempo?

— Como prova — explicou.

— Prova de quê? Todos já viram aquela fotografia.

— A imagem original não possuía as luzes no céu.

Wendy abriu a boca para dizer algo, mas a fechou em seguida. Sua expressão foi tomada por rugas.

— Você duvida? — Daniel perguntou pausadamente.

— Não, eu acredito em você. Mas repito que ninguém entrou aqui.

— Então acha que não fui atacado? É isso?

Wendy engoliu em seco, os olhos esbugalhados. Logo Daniel percebeu o que ela tentava dizer. Se ninguém entrou no Woodgate College, é porque possivelmente já estava lá dentro. E, é claro... ainda podia estar.

Ele falou com a voz baixa:

— Quanto tempo demorei sozinho aqui dentro?

Wendy alisou a sua testa, nervosa. Sua mão tremia em pequenos espasmos.

— Uns 25 minutos.

Pelas suas contas, excluindo-se o período que havia cavado, ele havia passado uns seis ou sete minutos desacordado, o suficiente para que alguém buscasse a foto no chão e se escondesse em algum ponto até Wendy chegar.

Daniel ficou com uma sensação desconfortável, em alerta, como se estivessem sendo observados através das câmeras no pátio do estacionamento. Infelizmente, sua percepção ainda estava fraca por causa da agressão, como se os pensamentos estacionassem em algum lugar do seu centro nervoso e não na sua consciência.

De repente, sentiu a boca seca como deserto e muitas náuseas. A pancada na nuca o impediria de reagir se alguém atacasse eles.

— Temos que ir embora daqui.

— Acho que nunca escutei você dizer algo tão sensato! — retrucou Wendy. — Eu te levo pra casa.

Daniel concordou sem pestanejar. Ele só queria deitar numa cama e se recuperar. Mas não podiam simplesmente dar o fora do Woodgate College; ainda tinham que eliminar as evidências de sua passagem por ali, por isso, pediu que Wendy segurasse a lanterna enquanto ele recolhia os itens do chão e depositava-os novamente dentro da cápsula. Depois rosqueou a tampa e jogou o recipiente metálico de volta no buraco. Por fim, fez o melhor que pôde para devolver a terra na forma que estava antes e fechar a tampa do bueiro.

Retornaram para o carro, em alerta, mas nada aconteceu com a integridade de ambos. Quem quer que havia agredido Daniel, parecia que tinha conseguido o que queria: aproveitar-se da sua prova ou simplesmente impedi-lo de ficar com ela.

***

Daniel dirigiu apenas o trecho entre a casa de Wendy e a de Jessica. Voltou para o quarto após subir silenciosamente os degraus, com a dor de uma faca imaginária pressionando intermitentemente a sua nuca. Pensou na cápsula do tempo enterrada. Se descobrissem o que havia acontecido com ela após sua desastrada proeza, com certeza, a dor que sentia agora seria insignificante.

Abriu a porta e entrou no quarto. Com os olhos inchados e pesados, viu a mala que havia deixado arrumada, pronta para retornar para casa. Instantaneamente se lembrou de Nilla. Queria que ela estivesse deitada naquela cama, esperando-o com o melhor dos sorrisos.

A luz do corredor extinguiu a iluminação do quarto quando ele fechou a porta, deixando os devaneios presos do lado de fora.

No momento, só precisava dormir para esquecer o péssimo dia que havia tido.

Não necessitou de muito esforço.

24.

No dia seguinte, o dia em que os homens ficariam felizes em saber que ele havia recuperado a fotografia, Azul tinha uma tarefa mais importante para realizar logo cedo. E dessa vez, seria por sua própria conta.

Havia passado a noite acordado, apenas ele e o silêncio.

O silêncio.

De início, ficou pensando que esteve muito perto de acabar com tudo, bastando ter acertado a nuca do repórter idiota com mais força com aquele objeto cilíndrico ou, quem sabe, ter-se utilizado da sua zarabatana. Ainda assim, depois que o viu caído no chão, teve vontade de quebrar o pescoço dele com sua bota e enfiar a cabeça dentro do buraco, lotando-o de sangue, mas desistiu quando refletiu nas implicações que isso traria para o Woodgate College e que seriam devastadoras para o plano dos homens. De qualquer forma, agora que estava em poder da fotografia, não havia nada que o deixasse mais feliz naquele instante. A não ser, é claro, a outra surpresa que Azul trazia em suas mãos, a mesma que um deles havia lhe dado.

Azul abriu a porta de vidro do Pocklington News e adentrou no local. Sentada à mesa da recepção, uma loira de seios fartos como uma personagem de pintura renascentista olhou para ele. Colado ao corpo, Azul carregava uma caixa embrulhada sem muito cuidado com um papel pardo comum em uma das suas mãos. Na outra, postava um lenço branco à frente do rosto, cobrindo quase todo o nariz, boca e bochechas.

— Encomenda para... Wendy Miller.

Ele espirrou no lenço e fungou sem tirá-lo da frente do rosto.

A mulher colou as costas na cadeira, assustada.

— Me desculpe... — ele disse.

Azul colocou a caixa em cima da mesa com o nome da repórter em destaque. Puxou de seu macacão cinza uma folha de papel e pediu que a recepcionista assinasse o recibo.

Madeleine perguntou:

— Onde está a sua identificação? — Com os olhos, ela caçou o documento por cima do trapézio volumoso de Azul. O disfarce de entregador que ele tinha conseguido era justo demais para o seu tamanho, mas pelo visto, uma ótima distração para ela.

Azul simulou uma verificação em todos os bolsos com a mão livre.

— Devo ter deixado no carro... por favor, não me faça voltar para buscá-lo. — E espirrou.

— O que você tem?

— Uma *daquelas* gripes. E febre. — Ele revirou os olhos. — Oh, Deus, eu devia ter colocado a máscara! Espere um minuto, por favor.

Azul virou o corpo de forma que a mulher não pudesse enxergar seu rosto. Retirou do bolso uma máscara medicinal de prevenção contra a gripe e esticou as alças para atrás das orelhas. Guardou o lenço e se voltou para ela.

— Sabe, eles nos dão isso aqui para não respirarmos o ar poluído. Onde eles acham que estamos, em Londres?

— Sei como é...

— Bem, de qualquer jeito, acho que encontrei um motivo melhor para usá-la, não é? — Espirrou outra vez, colocando a mão por cima da máscara e fungando. — Oh, Céus, me desculpe! A empresa devia ter mandado outro cara no meu lugar. Afinal, nós dois não queremos afetar a sua *saúde*, não é... docinho?

Ele olhou para o decote com o par de grandes seios e piscou para ela. A mulher deixou escapar um sorriso que Azul julgou ser lisonjeado. Depois pegou o embrulho e assinou o papel na linha pontilhada. Esticou para ele.

— Nunca o vi por aqui, grandão. Qual é a sua empresa? Quem sabe eu preciso telefonar para lá daqui a alguns dias — insinuou. Fez menção de trazer o papel de volta para perto a fim de verificar, mas Azul puxou-o e guardou-o rapidamente no bolso de trás do macacão.

— Oh, eles são rígidos com estas coisas! E a ligação cairia direto no meu superior. Um inglês bastante arrogante, sabe? Meu nome é John. Mas é melhor que *você* me dê seu telefone.

— É claro. — Madeleine pegou um cartão do Pocklington News e escreveu seu telefone particular atrás dele.

Azul pegou o papel e colocou-o também no bolso. Depois, caminhou para a saída.

— Espere! — gritou ela.

Ele já estava na porta quando sentiu um calor incômodo percorrendo as suas costas até a nuca. O coração endureceu.

O que essa idiota quer agora? Será que desconfiou de alguma coisa?

— O que foi? — perguntou.

— Os seus olhos... eu nunca vi essa cor antes. Eles são azuis ou cinzas, grandalhão? — E colocou a ponta da caneta entre os dentes.

Ele deu um largo sorriso por baixo da máscara, ao mesmo tempo sincero e malicioso. Nunca poderia esperar por aquela pergunta.

— Eles são azuis, docinho — respondeu. — Azuis como as penas de uma ave.

E foi embora.

25.

Wendy Miller havia acabado de desligar o celular quando chegou à redação e percebeu, entre as correspondências do dia, uma caixa. Um pacote malfeito, embrulhado em papel pardo, com seu nome escrito em cima e nada mais. Sobressaltada, pegou o embrulho e ergueu com cuidado. *Leve*. Balançou, algo farfalhou lá dentro, e logo tornou a baixá-lo.

Tolice. Não havia necessidade de alarde.

Ou havia?

Wendy levantou acima de sua cabeça o pacote repousado na palma da mão, teatralmente, esperando que olhassem para ela. Perguntou para os que estavam à sua volta:

— Ei, isso é alguma brincadeira de vocês?

Mas Kate, Stratmann, Fisher e os outros deram pouca atenção, limitando-se a fazerem negativas com a cabeça, quando muito. Depois, voltaram para suas tarefas.

Wendy desistiu deles. Por um instante, girou a caixa nas mãos. Então, levantou os olhos e deu um suspiro.

— Ok, vamos lá.

Ameaçou abrir o pacote esperando que alguém imitasse o barulho de uma bomba explodindo e que todos gargalhassem em seguida, mas ninguém se manifestou. Entretanto, não se sentia nem um pouco boba. Afinal, quando se trabalha cercada de repórteres com a metade da idade que aparentam ter e com tantas gozações rolando pela redação, essas situações parecem previsíveis e inevitáveis.

Ela começou a descolar as pontas do embrulho. Quando liberou a caixa que havia por baixo do papel, abriu a tampa e olhou em seu interior.

Ao ver o que era, o sangue sumiu de sua face.

Num susto, Wendy afastou a caixa e despencou na cadeira, horrorizada. Ficou sentada sem tocar no que estava à sua frente, tentando se livrar dos arrepios e ensaiando em sua mente quem, por Deus, mandaria uma coisa dessas para ela!

Tomou coragem e olhou novamente para o objeto. Havia vestígios de terra grudados nele e espalhados pela caixa, o que a deixou mais intrigada. Mas ia além disso. Wendy percebeu pequenos e profundos sulcos feitos nele com a ponta de alguma peça cortante, como um canivete ou faca. Do ângulo que observava, ficava difícil compreender o que tinha escrito ali. Então pegou um pedaço de papel e, com algum resquício de coragem, levantou o objeto na mão. Utilizando a luminária em sua mesa, jogou um facho de luz em cima dele e riscou com uma esferográfica a informação em uma outra folha de papel.

"53.970 -0.726".

Wendy limpou as mãos na roupa soltando um grunhido. O episódio afetou-a de maneira inesperada. Por que alguém mandaria uma coisa daquelas para ela? Seria uma represália à manchete com a morte de Mr. Child? Afinal, morte por morte, não parecia ser coincidência, e os dois eventos deviam estar vinculados. É claro que existiram muitas outras oportunidades e manchetes ligadas à família Child, mas nenhuma com consequências tão bizarras. E não lhe passava pela cabeça quem pudesse ter se sentido tão ofendido a ponto de mandar *aquela coisa*.

De repente, ela percebeu que não estava fazendo o papel da sempre eficiente Wendy Miller. Mas foi por pouco tempo. Ainda no processo de controlar a confusão instalada na sua cabeça, uma voz interior a saudou com a resposta ao que havia escrito na folha de papel:

"Coordenadas."

26.

Daniel abriu os olhos lentamente para a luz pálida que invadia as paredes do quarto. Não tinha a menor ideia das horas. Rolou para o lado, ainda sentindo o incômodo na base do crânio, mas um pouco melhor. Foi quando uma pressão tenebrosa surgiu por trás dos olhos e ele avistou Jessica sentada numa cadeira. Ela estava de óculos escuros e o observava.

Num puro reflexo, Daniel impulsionou o tórax para cima.

Talvez desconcertada pela reação (menos do que ele, com certeza), ela se levantou e abriu as cortinas.

— Você gosta tanto dessa jaqueta mostarda a ponto de dormir com ela?

Daniel terminou de sentar-se na cama. Estava com a mesma roupa do dia anterior. E do dia anterior a ele. Era impressionante como conseguia falhar nas coisas mais simples.

— Cheguei exausto — respondeu.

— Você não disse que iria embora ontem?

Ela apontou para a mala feita. Seus gestos eram brutos, sem a delicadeza dos dias anteriores. O rosto, ainda que tivesse as bochechas rosadas e os lábios cheios, possuía a naturalidade de um boneco de cera. Jessica continuava magoada.

— Tenho novidades para lhe contar...

— Não sei se iremos muito longe na nossa conversa, Mr. Sachs.

Mr. Sachs! Que maravilha!

— Então, por que veio até o quarto? Só para me ver... dormir?

Agora sim, ela havia alterado sua expressão.

Daniel tentou identificar se para melhor ou pior.

— Eu entendo que esteja assim — ele falou com todo cuidado possível. — Realmente, eu me precipitei ontem. Não devia ter sido tão intransigente com você.

Jessica cruzou os braços sem demonstrar nenhuma comoção.

— Nós já sabemos o que aconteceu. Recebi um telefonema de sua amiga.

— Wendy Miller? — perguntou ele, tentando fazer o nome parecer o mais impessoal possível. A garganta queimava por causa da terra aspirada no dia anterior. Precisava tomar um pouco de água. — Desculpe... posso ir até o banheiro um instante?

Jessica fez sinal para que ficasse à vontade. Ele deu um pulo até a pia, lavou o rosto e a nuca dolorida. Urinou no vaso. Depois, bebeu água da torneira. Durante todo o tempo, aproveitou para fazer anotações na cabeça sobre o que Wendy poderia ter contado a Jessica. Devia ter tido bastante coragem para telefonar para ela, uma vez que o relacionamento com a família Child não parecia ser dos melhores. Mas, afinal de contas, o telefonema poupava se estender com boa parte das explicações. Neste instante, porém, o melhor seria tomar cuidado para não cair em contradições.

Retornou para o quarto enxugando as mãos com uma toalha. Jessica ainda mantinha os óculos escuros no rosto. Ele sentou outra vez na cama, de frente para ela. Então Daniel caiu em si que ela estava vestida inteiramente de preto. De luto. O enterro de Mr. Child aconteceria em poucas horas.

— Como você está?

O nariz de Jessica ficou ruborizado na ponta, e claramente ela fez um enorme esforço para não voltar a chorar.

Daniel compreendia muito bem o que ela sentia. O arrependimento que toma conta de uma pessoa depois que um parente morre é algo doloroso demais. Irrecuperável.

— Você realmente viu a foto? — perguntou Jessica.

Daniel fez que sim, compreendendo que Wendy não havia sido nada evasiva nas explicações.

— Alguém a roubou. Sinto muito.

Jessica tornou o rosto mais suave. Nada de rugas.

— Acha que foi esse tal de *Mr. Baker* que colocou a fotografia dentro da cápsula?

— É possível. Você já ouviu falar dele?

— Não, nunca.

— Bem, alguém encaminhou o bilhete 19 para o seu pai. Sendo Mr. Baker um homem com idade semelhante, não seria nenhuma surpresa. E tudo indica que foi ele quem tirou aquela foto.

— O que aconteceu, na sua opinião?

— Não sei. Várias perguntas me intrigam. Para começar, por que alguém esconderia a fotografia na cápsula para ser revelada apenas 25 anos depois? Ou para *não* ser revelada, se seu pai não quisesse? Ele já sabia o que havia lá? Por que nunca contou para você? Será que ele contou para alguma outra pessoa?

— Meu pai está morto, Daniel. Infelizmente não teremos essas respostas de forma fácil.

Daniel fez que sim. A resposta dela veio seca. Ele se preparava para prosseguir com as elucubrações quando Jessica se moveu para frente e apoiou os braços nas pernas. Ela usava um vestido acima dos joelhos, uma virtude considerável para quem possuía um corpo comparável a uma jogadora de tênis. Seus cabelos estavam impecavelmente alinhados, bem diferente de quando apareceu na porta do quarto dele no meio da noite. Imediatamente o entrave entre eles retornou à sua cabeça — o que deixou Daniel sem palavras. Uma incompatibilidade nas emoções que o deixavam desconcertado para o momento.

— Não quero que você vá embora — disse ela. — Desde o início, percebi que confiaria em você. Não mudei minha opinião. Quero que você descubra o que aconteceu com a minha mãe. A sua investigação lhe trouxe até aqui. Foi muita coragem ter desenterrado a cápsula. Mas agora sabemos que alguém *não quer* que a verdade apareça. Alguém que o agrediu. E isso pode colocar a sua integridade em risco. Por isso, tome a melhor decisão que quiser.

Assim que ela terminou de falar, sem esperar pela resposta e sem nenhuma intenção de fazer contato físico — o que deixou Daniel, de forma muito leve, desapontado —, ele refletiu sobre aquele monte de palavras. Ela tinha razão em mencionar o perigo que ele estava correndo, e ele começava a compreender que a morte de Sarah Child tivera um papel decisivo naquela família. Deviam ter tido tantas reuniões familiares, tantas conversas, tantas viagens, e aquele assunto rodeava-os como uma assombração, como um espetáculo macabro.

Jessica se levantou de uma só vez e caminhou pelo carpete até a porta, com todas as suas pulseiras e braceletes estalando pelo ar. Daniel refletiu o quanto devia estar apagado ou teria escutado quando ela entrou.

Ela segurou na maçaneta. Antes de deixar o quarto, perguntou:

— Se existem duas imagens semelhantes... então qual delas é a verdadeira?

27.

A maneira como Jessica expunha a pergunta deixou Daniel confuso. *Qual delas* é *a verdadeira?* Antes presumia que a imagem que havia encontrado dentro da cápsula era a original, mas agora não fazia a menor ideia. Respondeu com sinceridade absoluta antes que ela deixasse o quarto. Por enquanto, ele só conseguia chegar a uma conclusão: sendo as duas da mesma época, uma delas havia sido copiada e alterada. Qualquer uma. E isso levava à questão seguinte...

Aquela fotografia teria sido tirada de propósito?

No final das contas, não passava pela sua mente, nem por um segundo, que pudesse descobrir o que realmente havia acontecido com Sarah Child somente com a nova imagem que vira.

Daniel dirigia novamente até a casa de Mr. Baker. Sozinho, agora. Era hora de retribuir a surpresa do dia anterior. O velho tinha muitas respostas a dar e ele não aceitaria a porta fechada na sua cara dessa vez. Foi quando o celular tocou. Podia apostar que sabia de quem se tratava.

Encostou o carro e atendeu o telefone.

— *Preciso que me encontre agora!* — disse Wendy, eufórica.

— Ah, sim, eu estou melhor, obrigado por perguntar.

Wendy respirou fundo do outro lado da linha.

— *Você-está-melhor?*

— Eu não acredito que você telefonou para Jessica.

— *Alguém tinha que cuidar de você, não é? Nada melhor que a queridinha.* — A linha zumbia como se o sinal estivesse muito fraco. — *O que você está fazendo?* — ela perguntou.

— Estou prestes a fazer uma visita surpresa.

— *Isso não é tão importante quanto o que eu tenho para lhe mostrar. E falo muito sério.*

— Onde você está?

Wendy tratou logo de dizer: Millington Wood.

A floresta.

Antes que Daniel perguntasse qualquer coisa, uma afirmação

acompanhada de uma manchete virtualmente promissora para o Pocklington News se anunciava por trás do comentário que ela deu a seguir. Ele coçou o queixo. Refletiu por alguns segundos, surpreso com o que tinha acabado de escutar. Perguntou a si mesmo se Wendy estava enganada ou se exacerbava os fatos, mas a voz dela não se mostrava indecisa nem hesitante, apenas esbaforida, como se fosse pelo esforço de uma caminhada. Os detalhes, apenas se ele seguisse sua orientação e se encontrasse com ela naquele exato instante.

Mais uma vez, Wendy vencera. A visita de Daniel até a casa de Mr. Baker ficaria para mais tarde. Ele engatou a marcha.

— Vou descobrir como chegar até aí. Estou a caminho. — E desligou o celular.

28.

Millington Wood ficava a 3 milhas de Pocklington, ao lado da estrada secundária entre Millignton e Huggate. Não era longe, mas Daniel demorou bastante para encontrar o caminho, o que o deixava com saudades de sua cidade. Ele só se situou realmente quando passou pela Stamford Bridge e pegou uma pequena estrada sinalizada como Givendale, dobrando à direita e depois à esquerda, o que o levou próximo da Igreja de Millington. Mais uma milha e encontrou o estacionamento junto à entrada da floresta.

Estacionou o carro. Wendy o aguardava com roupas adequadas para encarar a vegetação fria. Já Daniel, protegido apenas pela sua inseparável jaqueta mostarda e as luvas que Willcox dera a ele ainda no aeroporto, batia os dentes só de olhar para o interior do lugar.

Wendy tinha uma caixa nas mãos.

— Não pergunte nada. Apenas venha comigo — ordenou ela.

Entraram na floresta. Havia uma trilha bem definida, onde pessoas deviam circular com alguma frequência — um caminho de pedras que ia até uma clareira com um forno de queima de carvão, a mais ou menos 400 metros de distância. A partir de então, a passagem aumentava abruptamente para o início das madeiras dos pinheiros.

A qualquer momento, Daniel esperava encontrar Robin Hood pulando de trás de cada árvore que eles superavam. Não conseguiu se manter calado por muito tempo. Achou que Wendy não se importaria de narrar alguns fatos sobre a floresta, ao invés da caixa misteriosa:

— Pode me contar sobre o lugar?

— Millington Wood é chamada de *floresta cinza*. Uma das últimas sobreviventes dos vales arborizados da região e considerada a melhor madeira do condado.

— Parece ser bem protegida.

— Sim. Registros mostram que remonta de 1086. Ao longo dos séculos, a maior parte da cobertura natural da floresta foi perdida com o resultado de mudanças nas práticas agrícolas. Muitos destes pinheiros foram adicionados durante a década de 60. Apenas uma pequena parte permanece original.

— Isso quer dizer que temos plantações por perto?

— Sim, algumas fazendas no entorno da floresta, especialmente pastagens com ovinos e bovinos, além de poucas plantações. Mas nem todas estão ativas. Quem quiser se hospedar, somente no vilarejo de Millington. The Ramblers' Rest e The Gate Inn, próximos da igreja, são dois ótimos lugares.

Passaram por um terreno de caminhada moderada a difícil, com declives íngremes. Isso tornava os passos estreitos para se chegar ao topo do vale, pois Daniel notava que subiam agora. Cada passo para dentro da floresta o fazia lembrar da decisão de morar em uma casa de campo, aproximadamente dois anos antes. O dia em que levou Nilla para conhecer o lugar onde iriam residir quando um acidente com o carro interrompeu a gravidez dela. Um ato estúpido, de continuar em frente, quando ela o pedia para voltar, evitando que chegassem a tempo em um hospital.

Até hoje Daniel não sabia se sua dor era levemente suportável porque depois descrobrira que o acidente não fora ocasional, o que o isentava de parte da culpa. Mas aquelas eram lembranças enterradas, quisera ele, mais fundo que a cápsula do tempo, e não as tomaria de volta em sua vida.

O caminho de pedras havia ficado para trás. Daniel reparou que os pinheiros ficavam cada vez mais escassos. Passavam por uma mata rasteira.

— É aqui — disse ela, para alívio de Daniel.

Ele quase pisou numa carcaça de corvo. Alguns besouros e formigas se alimentavam da carne que havia restado do pássaro. Wendy, à sua frente, ignorava a cena. Qualquer mulher desejaria vomitar ao ver aquilo, mas Wendy era diferente das mulheres que ele conhecera — uma forma mais suave de dizer que ela era quase anormal.

— Agora pode acabar com o suspense e me dizer o que estamos fazendo neste lugar antes que eu congele?

— Eu recebi uma encomenda hoje de manhã, Daniel.

— É isso que está na caixa? — Ele apontou para as mãos dela, confuso.

— Sim.

— Um admirador secreto?

— Antes fosse.

Wendy apoiou a caixa no chão depois de se ajoelhar. Daniel se agachou para ficar na altura dela. Ele só pensava em passar um sermão por ela não ter simplesmente falado o que aquilo significava pelo telefone e poupado ele de todo aquele frio; mas Wendy tinha o rosto mórbido demais, quase tanto quanto o objeto que ele viu no interior da caixa quando ela abriu.

Era um *osso*.

Um pequeno pedaço de osso.

Daniel não chegou a cair para trás, mas precisou se sentar.

— Um osso?

— Você ficaria surpreso se fosse humano?

— Humano? Quem diabos te enviou isso?

— Não sei ao certo. Fui atrás de informações e Madeleine disse apenas que foi um entregador. Um sujeito alto e forte. Atraente, pelo que ela me contou. Mas eu não diria que o gosto dela é dos melhores.

— Madeleine, a recepcionista decotada do The Pocklington Post?

— Parabéns. Você não é nada sutil, mas acho que me compreendeu direito.

— Me desculpe. O que mais?

— Ela disse que o entregador parecia gripado. Não conseguiu ver o rosto dele.

— Gripado?

— Dá pra parar de repetir o que eu digo?

— É que estou surpreso. Muito surpreso! — desculpou-se outra vez. — Você reparou que tem terra dentro da caixa?

— Sim. Mas olhe direito. Veja as marcações nele.

Daniel observou. A mensagem não era mais arrepiante que o destinatário, mas tão enigmática quanto. Nada além do que duas coordenadas: latitude e longitude. Não era esforço nenhum presumir que Wendy havia procurado o local depois de pesquisar para onde os dados apontavam no Google Maps ou algum aplicativo parecido. E ali estavam. Daniel faria o mesmo que ela. Ainda assim, ele perguntou:

— Como você sabe que é este o local?

— Fiz o caminho antes de você chegar. Utilizei a bússola do meu celular para me guiar com exatidão.

— Certo. Mas o que você acha que tem neste ponto? — Daniel

olhou para o solo. A carcaça do corvo o incomodava, mas nada ia além dos insetos que a comiam e da mata rasteira.

Wendy, aproveitando que a bolsa estava aberta, catou alguns Tic Tac. Depois soprou as luvas das mãos em forma de concha, afastando o frio.

— Não sei *quem* ou *o que* me enviou o osso, mas ele queria que nós dois soubéssemos de algo antes de todo mundo. E um osso... bem, as coordenadas me dizem algo bem explícito sobre ele. Pode ter sido retirado deste exato ponto.

— Eu quero entender, mas não consigo.

— Eu também. Você sabe que precisaremos contar a alguém, certo?

— Acho que sim. Mas não é essa a pergunta que me incomoda.

— E qual seria?

— Se nossa conclusão for verdadeira... e esse osso for humano... quem diabos está enterrado aqui?

29.

Azul havia ganhado bastante tempo deixando ao menos um dos repórteres ocupados para que pudesse dar o próximo passo.

Dentro da casa de Mr. Baker, sabia que existia algum lugar onde o velho fotógrafo guardava seus segredos. Embora tivesse recuperado a fotografia enfiada há muito na cápsula do tempo, precisava se certificar que destruiria todas as outras provas que pudessem ter alguma ligação com aquele dia em Millington Wood, 25 anos antes.

Mr. Baker estava agora jogado aos seus pés, no centro da sala, com as mãos e pés amarrados.

Azul se agachou diante dele e retirou o dardo cravado em seu pescoço, próximo da barba. O velho voltou a respirar sofregamente, com uma expressão de alívio de quem acaba de ser salvo de um afogamento.

Azul deixou que o oxigênio ventilasse por suas narinas e boca, que ele se deleitasse com aquela sensação de estar seguro, antes de encaixar sua enorme mão no pescoço enrugado do velho e assustá-lo outra vez.

— Diga-me onde estão os negativos.

— Por que... está fazendo isso?

A vibração que vinha do homem acabado era de quem tremia todo o corpo, apavorado. Azul poderia segurar o pescoço dele o dia inteiro, afinal, velhos amigos mereciam toda a atenção. Mas ele não iria conseguir ficar tanto tempo assim longe do silêncio, por isso, decidiu acelerar as coisas.

Seus longos dedos apertaram ainda mais a garganta de Mr. Baker. Observava sua mão desbotar com o suor e manchar o pescoço dele com tinta cor de pele. Sua verdadeira cor começava a aparecer. Deixou apenas um pouco de pressão vazar pelos dedos para que o velho conseguisse responder de vez a sua dúvida:

— Conte-me o local agora ou queimarei a casa inteira. Com você dentro dela.

Azul ouviu o velho revelar, entre engasgos, ser a cozinha, o mesmo cômodo por onde ele havia entrado na casa. Então, sem piedade, Azul cravou o dardo no pescoço de Mr. Baker, na mesma região inflamada de antes. Viu os olhos do homem quase saltarem das órbitas e a língua se contorcer dentro da boca aberta.

Sim, a mesma sensação outra vez, meu velho!

Arrastou-o pelos pés até a cozinha; quando chegou no local, largou as duas pernas no chão, deixando elas se chocarem com o solo como se fossem sacos de arroz.

— Aponte.

Mr. Baker não tinha voz. Quase todo arroxeado e com chances de estar temendo a morte iminente, fez sinal com as mãos amarradas para a geladeira. Azul não entendeu de imediato. Será que ele já estava perdendo os sentidos? Talvez devesse arrancar o dardo mais uma vez e deixá-lo falar antes que sufocasse.

Ou não.

Ele abriu a porta da geladeira e começou a vasculhar entre os mantimentos.

Azul sorriu. O velho tinha dito a verdade.

Abriu um pote que estava hermeticamente fechado e encontrou os negativos. Retirou-os e acendeu o fogão que ficava logo ao lado. Deixou que as chamas devorassem rapidamente o material.

Enfim, já podia pular para o próximo passo do plano. Olhou novamente para Mr. Baker, que agora revirava os olhos e estrebuchava, quase morto. A nitidez das veias pulsando nas têmporas dele demonstrava que uma explosão estava a caminho. Mas sabia que se acontecesse um acidente vascular cerebral, a exemplo de antes, seria pouco para o homem. Traidores como ele não mereciam boas mortes. Então retirou novamente o dardo e deixou que ele respirasse.

Não, ele não morreria daquele jeito.

Sempre havia uma morte melhor a executar.

30.

— Preciso voltar para o Pocklington News! — disse Wendy, já dentro do carro, com a caixa acomodada no colo.

Daniel havia visto aquela expressão aflita centenas de vezes. Repórteres só possuem um motivo para exacerbarem suas ansiedades no horário de trabalho: quando querem publicar uma exclusiva. O que levava à conclusão seguinte...

Você sabe que precisaremos contar a alguém, lembrou-se.

— Você não pretende criar uma matéria sobre isso, não é? — perguntou ele. — Tirou fotos do local? Antes que eu chegasse?

Wendy não respondeu, nem mesmo desviou os olhos fixos da frente. Porém, agarrava o celular como se fosse o Santo Graal descoberto. Daniel podia ver a notícia pulando na sua frente: "Possível corpo misterioso enterrado próximo à floresta em que Sarah Child foi encontrada morta". Isso, digamos, para uma manchete mais suave. E Jessica não ficaria nada bem.

— Wendy, não sei se é uma boa ideia... — resumiu.

— Ei, não se meta nisso! — disparou ela. — Seu foco é a investigação. O meu, tornar isso mais interessante. Estamos ajudando um ao outro. Temos um acordo, lembra?

Daniel não replicou. Por vezes, se esquecia do real objetivo dela. Não podia reclamar. Sabia que qualquer ajuda dada por Wendy não seria a troco de nada. E ela o havia chamado assim que havia verificado o osso e as coordenadas. Ponto para ela. Além disso, ele precisava começar a enxergar o lado positivo das coisas: uma matéria como aquela cairia como uma bomba na cidade, podendo trazer até mesmo revelações inesperadas após sua publicação.

Contradições. *Quem sabe?*

— Ok, estamos a caminho do seu jornal — disse ele, convencido. — E então?

— Então o quê? — perguntou Wendy, mais calma.

— Mais uma coisa *estranha* para a nossa coleção de coisas *estranhas*, certo?

— Sim.

Daniel sentiu que a palavra, por si só, causava arrepios. Com a conclusão que tinham chegado há pouco tempo, o efeito dela estava potencializado ao cubo. Ainda custava para acreditar. Já Wendy parecia naturalizada com o episódio.

— Wendy, existe um milhão de perguntas que desejo fazer, principalmente sobre essa misteriosa entrega. De qualquer forma, não pode ser um mero acaso *você* receber um osso com coordenadas que levam próximo ao lugar onde Sarah Child foi encontrada morta.

— Acha que isso é um aviso? Uma ameaça?

Daniel não tinha certeza. Se fosse, era uma forma bem estranha de se fazer isso. Se bem que nada lhe parecia mais absurdo naquela cidade, nem mesmo o aparecimento de misteriosas luzes no céu. É claro que preferia pensar na razão ao invés de crer em eventos inexplicáveis dentro dos parâmetros normais. Porém, sem que pudesse evitar, lhe tomaram a mente as palavras que Willcox lhe fizera sobre ceticismo assim que os dois pisaram em Pocklington. Mas por que ele se lembrava disso agora? Estaria ele, ao regredir até aquela conversa, desencadeando algum processo que colocava em dúvida seus princípios? Isso assustou Daniel com franqueza, mais do que a possibilidade de ameaça. Era como se uma parte selvagem da mente tomasse o comando e fizesse ele crer que alguma coisa extraterrestre estaria rondando eles. Antes, um completo absurdo. Mas e depois de tudo?

Wendy cortou seus pensamentos pelo meio:

— Ei, aonde você estava indo quando eu telefonei?

— Para a casa de Mr. Baker. Ele nos deve boas explicações quanto à cápsula. Depois preciso ir ao velório de Mr. Child.

— Certo — Wendy articulou, torcendo a boca.

Daniel pausou por alguns instantes.

— Acabei de pensar numa coisa...

— O que foi?

— Mr. Baker, Mr. Child, Garnham... Todos eles com idades próximas, não é mesmo?

Wendy se remexeu no banco, interessada pelo assunto. Colocou a caixa no chão do carro e fechou os olhos como se pescasse lampejos de memória de algum lugar profundo. Depois, abriu-os com uma boa revelação:

— Quando eu era criança, minha tia costumava me levar à Igreja Pentecostal. Sempre via esses homens nas missas. Sei que todos se conheciam. Só que isso não chega a ser nenhum absurdo em uma cidade como a nossa — respondeu com veemência. — Você acha que pode existir alguma ligação a mais entre eles?

— É algo que deveríamos levar em conta. Você consegue verificar?

— Bem, eu não sei quanto tempo demorarei para produzir a matéria, mas procurarei descobrir assim que for possível.

Daniel, planejando desaparecer com a cortina de fumaça à sua frente, disse:

— Faça isso, Wendy. Por favor, faça isso logo.

31.

Depois de visitar Millington Wood, Daniel deixou Wendy na sede do Pocklington News e partiu em direção à casa de Mr. Baker. Reparou nas horas: passava de meio-dia. Havia dormido mais tempo do que planejava durante a noite. Ao menos, serviu para ele se recuperar da dor na nuca, que agora desafiava seus movimentos apenas como um pequeno incômodo.

Daniel estacionou em frente à casa do velho. Assim como antes, não percebeu nenhuma movimentação. Bateu à porta. Ninguém atendeu, mas já esperava por isso. Ainda assim, insistiu. Nada. Caminhou até a garagem pensando que não se daria por vencido. Chegou até as portas verdes, empurrou-as, mas não encontrou a van guardada ali dentro. Dessa vez, parecia que o lugar estava mesmo vazio.

Talvez Mr. Baker teria ido até o funeral. Mas, vivendo reclusamente, a atitude implicaria na resposta para a dúvida que Daniel tinha antes: por terem idades próximas, ele conhecia Mr. Child tão bem assim?

Daniel retornou para o carro e aguardou por 10 minutos. Aproveitou para telefonar para Nilla. Precisava atualizá-la dos últimos acontecimentos, evitando, é claro, contar detalhes sobre a agressão. Mas ela também não atendeu. Na mente de Daniel, Nilla cuidava das petúnias no jardim e não havia escutado o telefone. Sentiu uma saudade avassaladora no peito. Queria voar de volta para casa, mas sabia que ainda não podia fazer isso.

Uma viatura da polícia passou ao lado do carro dele. Não era nenhum dos dois Garnham, porém, não desvirtuava de Daniel a impressão de que estava dando bandeira. Além disso, não podia demorar muito. Nada mais de fazer campana, por ora. Decidiu voltar em outro momento, talvez à noite.

Daniel ligou o carro e saiu para o velório. Precisava encarar todas aquelas pessoas. Antes, lembrou-se de Wendy retorcendo a boca.

Dessa vez era ele quem fazia o gesto.

***

Assim que chegou ao cemitério, Daniel ficou tentado a dar meia-volta. Odiava locais como aquele, o cheiro nauseante de flores vindo de todos os cantos e o silêncio fazendo serenata para os mortos. Porém, seguiu em frente. Varreu os olhos pelas cercanias. Havia um grupo bastante numeroso reunido à leste, onde as lápides se intensificavam. A não ser que a morte estivesse guardando alguém mais importante que Mr. Child em seus armários, ele apostaria suas fichas que era ali. E se tocou que deveria ter comprado flores.

Caminhou ao longo da aléia central do cemitério. Era inevitável observar as lápides e suas placas. Os nomes, as datas, as mensagens saudosistas... Fez cálculos de quanto tempo não visitava os túmulos de seus pais. Envergonhou-se por se lembrar daquilo somente agora, a milhares de quilômetros de distância, mas não devia ser a única pessoa a passar por isso, a bem da verdade.

Quando chegou perto do grupo, o pastor já estava fazendo os ritos finais. Poucas pessoas levantaram a cabeça para vê-lo, incluindo Jessica e Willcox. Ela demorou alguns segundos a mais olhando para Daniel por trás dos óculos escuros, o percurso do rímel manchado pelas lágrimas nas maçãs do rosto. Mesmo sem ver os olhos de Jessica, ele sabia o que ela queria dizer...

"Você resolveu ficar. Obrigada! Muito obrigada!"

Daniel deu um leve aceno com a cabeça.

Ele se manteve a certa distância para evitar que interpretassem seu envolvimento com Jessica como algo que ia além da amizade. Não tinha certeza se todos pensariam desta forma, mas, enfim, precisava se resguardar. Como havia previsto, o enterro contava com as desconfortantes presenças do bigodudo Garnham-pai e do reitor Cornwell. Os dois se revezavam em contemplar Daniel, desejando abaná-lo dali como a uma incômoda vespa. Já Mrs. Thacker, a adorável senhora de cadeira de rodas, também estava presente, mas sua risada fácil tinha sucumbido à tristeza. E Emily havia levado Joshua para caminhar antes que o caixão desaparecesse dentro da terra, poupando-o daquele terrível momento. Uma atitude até louvável para a peculiar garota. Porém, não havia nenhum sinal de Mr. Baker.

Daniel tentou manter a cabeça baixa até o fim do sepultamento. Garnham-pai abandonou o local antes disso, talvez porque não desejava deixar a delegacia aos cuidados do filho por muito tempo. Reitor Cornwell saiu alguns minutos depois.

Quando as pessoas começaram a se despedir da lápide, Jessica e Willcox vieram até o encontro de Daniel. O osso com as coordenadas gravadas dava voltas em seu cérebro como se fosse um carro de corrida. Pausadamente, ele disse:

— Preciso contar algo importante a vocês dois.

— O que foi? — perguntou Willcox.

— Acabei de retornar de Millington Wood.

— Millington Wood? — frisou Jessica, surpresa.

Daniel fez que sim, e sua concordância fez com que ela abraçasse o próprio tórax.

Ele continuou:

— Não sei qual a melhor forma de dizer isso, então pretendo ser direto: existe uma possibilidade de alguém ter sido enterrado em um lugar próximo de onde o corpo de Sarah Child foi encontrado, há 25 anos.

Jessica ficou perplexa como se visse alguém ser atropelado por um trem. Já o semblante de Willcox se fechou como a conjunção da mesma linha férrea imaginada por Daniel. Em seguida, ele cruzou os braços de forma pouco aristocrática. Daniel podia saber quase nada sobre interpretação de gestos, mas tinha certeza que havia agressividade ali, o que se confirmou com a frase que o inglês soltou de repente:

— Não me venha com besteiras!

Uma animosidade destilava nos olhos de Willcox. Não havia nada mais sincero do que o que o homem tinha acabado de dizer.

— Desculpe, mas não estou entendendo — relutou Daniel.

Willcox passou a contar nos dedos:

— Primeiro roubam uma suposta fotografia que apenas *você* viu. Você diz que foi atacado, embora me pareça estar em plena saúde. No dia seguinte, Jessica recebe uma ligação de Wendy Miller preocupada, mesmo que eu tenha lhe advertido para ficar longe dela. Agora, você me informa que existe alguém enterrado em Millington Wood. Vamos, o que é isso? Um circo de horrores?

— Eu não tenho motivos...

Willcox interrompeu:

— O que vocês dois, repórteres, pretendem? É um plano? Querem fazer disso um *show business*, como em Veneza?

Daniel olhou para Jessica, que permanecia congelada. No início, ele teve uma ligeira impressão de que até mesmo ela havia ficado espantada com a atitude de Willcox, mas para ser franco, se pensasse em probabilidades percentuais, não chegaria à metade da certeza que teve. Quem sabe ela estivesse absorvendo as palavras que seu secretário cuspia e procurando algum sentido nelas? Afinal de contas, há quanto tempo os dois se conheciam? Daniel era apenas um cara de quem haviam ouvido falar, é claro. E tinha que reconhecer que a investigação não ia nada bem. Entretanto, Daniel não esperava por nada daquilo, ainda mais depois que havia decidido ficar e ajudá-los. Não merecia.

Embora sentisse o pânico como um soco dado no seu estômago, não podia transpirar, nem deixar que Willcox continuasse. Nesse caso, o melhor era contra-atacar:

— Vamos, Willcox, é hora de me dizer.

— Dizer o quê?

— Sobre Wendy Miller. Qual é o seu verdadeiro problema com ela? Não devem ser apenas as manchetes sensacionalistas ou o cabelo prateado dela, não é?

Os olhos de Willcox deram uma leve derrapada. Apenas isso.

Willcox finalmente respondeu:

— Sempre que se der ao trabalho de abrir a boca, Mr. Sachs, tente fazer algum sentido com as palavras.

— Não é a resposta que espero. Que tal não fugir do assunto?

Daniel teve a sensação de que Willcox estava prestes a engatar uma reação furiosa. O homem começava a se desestabilizar, o que o deixava ainda mais intrigado. Quando o inglês deu um passo à frente, pressentiu que a coisa ficaria pior. Foi o ponto exato onde Jessica saiu da inércia.

— Willcox, o que está fazendo? — perguntou ela, puxando o ombro dele.

O inglês, que parecia ter o dobro do tamanho de Daniel agora, despertou do transe. Seu rosto pálido havia sido pincelado por tintas rubras e grossas, o sangue todo concentrado no rosto. Ele ajeitou o paletó e se virou para Jessica.

— Sinto muito, Jess — disse.

Daniel baixou a guarda. Achou que deveria ter sido incluído no pedido de desculpas, mas estava feliz pela interrupção de Jessica. Mas a reação de Willcox não parecia ser apenas por causa de Wendy. Teria o inglês a ciência do que acontecera outra noite entre ele e Jessica?

Porém, a sensação durou pouco tempo. Os três foram surpreendidos pela visão de Emily correndo sozinha em sua direção, as pernas esguias e cambaleantes se desviando das lápides. De longe, Daniel podia enxergá-la com os joelhos e parte do braço esfolados, como se tivesse caído no chão. O semblante dela estava aterrorizado.

E foi quando a escutou gritar, que o pânico deu outro soco no seu estômago.

— Eles o levaram! — exclamou ela. — Levaram Joshua dentro de uma van!

32.

Parecia que as surpresas não teriam fim.

Daniel estava na enfermaria do cemitério, acompanhado de

Jessica e Willcox, onde haviam passado a última meia hora assistindo uma das enfermeiras fazer curativos em Emily e esperando ansiosamente que a jovem desse explicações. Enquanto isso, a luz fraca do lugar contribuía para o seu sombrio e generalizado estado de ânimo. Sem saída, Jess havia convocado Ted Garnham e todos aguardavam pela presença dele. Antecipando-se à chegada do policial, Daniel lutava contra os efeitos negativos de precisar encará-lo novamente, porém, o momento delicado pedia por ajuda especializada, e ele não se manifestaria contra.

— Conte-nos o que houve, Emily — pressionou Willcox.

— Eu já falei — articulou ela, apreensiva. — Levaram Joshua dentro de uma van.

Jessica mordeu os lábios. Via-se no rosto dela uma máscara de pavor depois que todos os cosméticos foram diluídos pelas lágrimas doloridas. Parecia que ela desabaria em instantes. Devia carregar o peso do arrependimento nas costas.

Daniel desejava segurá-la firme, auxiliá-la, mas continuou mantendo distância. Ainda digeria a atitude de Willcox, momentos antes.

— Emily, você viu quem fez isso? — Jessica perguntou.

A resposta foi uma negativa com a cabeça. Depois, ela travou. Seu olhar escapuliu rapidamente na direção de Daniel e ela se voltou constrangida para Jessica.

— A única coisa que sei é que Joshua estava tendo uma de suas crises, dizendo aquelas coisas sem sentido.

Um silêncio retumbante se instalou na sala. Daniel percebia agora o motivo do olhar coagido de Emily. O que ela queria dizer com "aquelas coisas sem sentido"? Bem, algo que ele ainda não tinha ciência, ou talvez fosse proibido para pessoas alheias à família, como ele. Mas que crise era essa e por quantas vezes ela havia ocorrido?

— Eu estava quase conseguindo controlar Joshua quando uma van avançou em nossa direção. Tudo aconteceu muito rápido! Eu empurrei ele e nós dois caímos no asfalto. Eu me machuquei. Continuei deitada, tentando compreender o que estava acontecendo. Quando olhei para o lado, Joshua havia desaparecido e a van estava indo embora.

— Você não conseguiu ver quem dirigia? — adiantou-se Willcox.

Ela balançou a cabeça outra vez.

— Emily, por que você não gritou? Pediu por ajuda? — perguntou Jessica, nervosa.

— Eu senti... medo. Pavor! Assim que consegui me levantar, vim correndo avisar vocês. O que mais queriam que eu fizesse?

— Como era essa van? — perguntou Willcox.

— Eu não sei. Branca e velha. Desgastada, talvez.

Jessica olhou para Daniel, mas nada disse. Ele se lembrou de Wendy Miller cantando a pedra: Pocklington não estava acostumada a ter carros como aquele desfilando pelas suas ruas. Ter mais de uma van com as mesmas características andando por aí era quase como ganhar na loteria duas vezes seguidas. As regras de trânsito eram rígidas. Provavelmente, Jessica estava tendo pensamento semelhante.

Os três se afastaram momentaneamente de Emily. Foi então que Jessica perguntou:

— É a van do outro dia, não é? O fotógrafo? Mr. Baker?

— Estou convencido disso — respondeu Daniel. — Ele não estava presente no sepultamento.

— O que acha que ele pretende com Joshua?

— Eu não sei.

— Talvez queira a fotografia de volta? Pode achar que ela ainda está com você — intercedeu Willcox, parecendo ainda um pouco descrente.

— Não creio — contestou Daniel. — Mr. Baker sabia onde estava a cápsula todo o tempo. Por que ele mesmo não a pegaria? Além disso, creio que ele queria que mais alguém visse a fotografia, por isso contou para mim e Wendy.

Nesse instante, Ted Garnham chegou no local, sozinho e afoito. Chaves que incluíam a viatura penduravam em seu cinto e tilintavam com o andar apressado. Ele seguiu até parar no centro da sala com as mãos na cintura, enorme como uma trave de rúgbi.

— Onde está Joshua? O que aconteceu?

— Ted...

— Conte-me, Jessica.

— Preciso que você escute o que direi com calma — respondeu ela. — Pretendo explicar tudo que houve, desde o início.

— Estou ouvindo.

Jessica respirou fundo. Foi quando Daniel percebeu que ela falaria e nada, nada mesmo, seria deixado de lado. Tentou avisá-la com um gesto de cabeça: "Tem certeza do que está fazendo?". Porém, a realidade era que Joshua havia sido sequestrado e isso transpunha todos os bons motivos que poderia listar dentro daquela sala para que ela não falasse.

Sem titubear, Jessica fez um relato minucioso desde o princípio. O contrato com Daniel, o bilhete 19, a cápsula, a fotografia sem as luzes... Tudo, tudo.

Ted Garnham aparentou ter muitas dúvidas, mas escutou atentamente. Quando ela terminou, ele disse:

— Eu não acredito nisso. Você chamou um repórter estrangeiro por causa de um bilhete encontrado no escritório do seu pai?

Todos os olhares se voltaram na direção de Daniel, como se de repente ele deixasse de ser um vaso de plantas esquecido no canto da sala. Parecia que uma corrente de ar queria arrastá-lo para longe, só que na verdade, ela vinha de algum lugar dentro dele.

A frase de Ted o deixou encurralado. Sem contar com uma investigação promissora depois de alguns dias na cidade, não tinha argumentos. Enquanto isso, Jessica percebia sua aflição. Num ato precipitado, havia colocado tudo por água abaixo ao se declarar a um policial, e Daniel estava a poucas horas de ser preso e deportado de volta para seu país. Pelo menos, era o que ele esperava que fosse acontecer quando Garnham-pai soubesse da história toda.

Ted grunhiu para Daniel:

— Vou levá-lo para a delegacia.

Willcox se manifestou, para surpresa de todos:

— O que você pensa que está fazendo? Importa-se mais em saber o que ele faz aqui do que procurarmos por Joshua?

— Como assim? Não vê que a culpa disso tudo é *dele*? — Ted apontou a enorme mão espalmada na direção de Daniel. — Nada disso teria acontecido se este repórter não tivesse pisado em Pocklington!

Willcox balançou a cabeça.

— Não deposite a culpa em Mr. Sachs. Além do mais, nós sabemos que não se trata apenas disso, não é mesmo, Ted?

Os olhos de Ted Garnham quase pularam de suas órbitas.

— Não se meta comigo, Willcox.

— O tempo está se passando. O que me diz?

Ted se voltou para Jessica. Daniel estava consciente de que o policial se encontrava em um estado perigoso de perturbação, mas algo no gesto de encará-la fez com que ele se acalmasse.

Ted pegou o rádio e falou com outro oficial para que tentassem cobrir todas as saídas de Pocklington e avisassem as diversas unidades do condado de York. Com isso, Daniel se acalmou. Havia saído do foco, por ora. Olhou para Willcox e recebeu um breve aceno de cabeça. O mesmo Willcox que horas antes parecia que o esmurraria sem piedade e que, agora, aliviava sua barra tremendamente.

Ted se armou para deixar o local. Ele disse:

— Vocês deviam ter contado com a polícia desde o início. Torçam para que eu consiga desfazer a besteira que cometeram.

E saiu com a mesma pressa com que havia chegado.

33.

Daniel voltou sozinho ao Woodgate College para fazer uma investigação sobre o sequestro de Joshua por conta própria. Havia combinado com Jessica e Willcox que os três circulariam separadamente pela cidade em busca de alguma pista, mas ele não disse onde pretendia ir exatamente. Ainda existia muita coisa a saber sobre o garoto e não deveria perguntar a eles. Quando Emily disse "aquelas crises", havia ficado óbvio: algo indicava que não se tratava apenas de Distúrbio de Déficit de Atenção. Não com aquele olhar acuado dela.

Durante algum tempo, Daniel esperou o horário de saída. Não seria uma boa ideia circular por dentro da instituição, mas ninguém poderia impedi-lo de conversar com os alunos do lado de fora, por mais estranho que parecesse. Porém, não tinha a menor ideia de quem seriam os colegas mais próximos de Joshua.

Com o início da saída dos alunos, tentou fazer uma seleção através das roupas largas, pinturas nos olhos e piercings que Joshua e Emily utilizavam, além das idades próximas. Talvez conseguisse identificar alguma *tribo*, como os jovens de sua época costumavam dizer. Por sorte, já na terceira abordagem, encontrou um pequeno grupo formado por dois meninos e uma garota que conhecia Joshua. A surpresa ficou por conta de Joshua não ser visto com amabilidade pelo pequeno grupo.

— Sim, nós conhecemos o fedelho. — O primeiro a se manifestar foi o garoto com uma cicatriz que separava uma das sobrancelhas, disfarçada por um piercing.

— Podemos conversar?

— Quem é você, cara? — perguntou o segundo garoto, que tinha um colar estranho no pescoço. Não seria surpresa para Daniel se tivesse sido aproveitado de restos de um arame farpado.

— Eu sou um amigo da família.

— Foda-se! — respondeu ele.

— Joshua acabou de ser sequestrado. Precisamos de ajuda.

O silêncio não demorou mais do que uma encarada entre os dois garotos.

— Foda-se! — repetiram, quase em uníssono.

A jovem permanecia quieta. Parecia ser o contrapeso do pequeno grupo.

— Escutem... eu não sou policial ou detetive. Nem mesmo sou de Pocklington, como devem ter percebido. Não vim aqui para criar problemas para vocês. Eu realmente preciso de um pouco de colaboração.

— De onde você é, cara?

— Brasil. Mais especificamente, Rio de Janeiro.

— Eu já estive lá com meu pai — disse Sobrancelha Cortada. — Terra de maricas! — completou, dando uma cotovelada no amigo. Os dois riram maldosamente.

— É a primeira vez que escuto isso.

— Por quê, você não é maricas? — perguntou Arame Farpado. Mais risos.

Daniel podia ver nos olhos dos dois o desejo que ele se demonstrasse ofendido. Qualquer palavra errada e o embate maior estaria criado. Não iria entrar no jogo deles.

— É bom que estejamos nos entendendo — respondeu, dando um passo para frente. — Eu sou o que vocês quiserem que eu seja, desde que me ajudem. Estou com o carro a poucos metros daqui, mas podemos escolher um lugar melhor. Qual dos dois grandões gostaria de ser o primeiro? — Terminou com uma piscadela.

A dupla estagnou. A jovem parecia querer rir, mas se conteve.

Arame Farpado foi o primeiro a recuar. Depois, Sobrancelha Cortada. Sua mochila tinha tantos *bottons* que Daniel não conseguia contar, assim como os adesivos da guitarra de Joshua.

— Vamos embora — um deles anunciou.

A garota não os seguiu.

— Zoe, o que você está fazendo?

— Sendo um pouco mais madura do que vocês, Ian.

O garoto retornou. Sua marcha afundando no asfalto demonstrava que não aceitaria por bem aquela situação. Ele agarrou Zoe pelo braço. A força excessiva marcou a pele dela. Quando Zoe deu um gemido, Daniel comunicou:

— Se você continuar com o que está fazendo, precisará de ajuda médica para retirar todos os *bottons* da sua mochila de onde pretendo enfiá-los.

Sobrancelha Cortada, ou Ian, arregalou os olhos, espantado. Daniel achou que havia exagerado, mas não se arrependeu. Não importava se eram jovens demais. Zoe era uma garota e ele não admitiria que ela fosse machucada. Mas não precisou ir adiante. O rapaz, enfim, largou o braço dela e voltou a recuar, mas não deixou barato. "Foda-se, maricas!", disse dessa vez mais alto. Deu às costas e seguiu adiante. Ele nem sequer viu os dois dedos médios de Zoe empunhados como ripas de madeira em sua direção.

Realmente, Daniel não sabia lidar com jovens.

Ele trouxe a atenção da garota de volta:

— Obrigado por ter ficado.

Ela deu de ombros.

— Pode me ajudar com Joshua? — perguntou ele.

— Pouco importa Joshua. Eu era amiga da Emily. Como ela está?

— Os dois estavam juntos no momento do sequestro, mas não a levaram. Ela sofreu apenas algumas escoriações.

— Ótimo. O que você quer?

— Pode me contar algo importante?

— Como assim?

— Sei que Joshua age de forma estranha algumas vezes. Isso é frequente?

— Ele *é* estranho — afirmou Zoe enquanto caminhavam. — Todos nós fazíamos parte de uma banda. Eu, Emily, Ian, Nigel e Joshua. Estilo pós-punk, sabe? Como o The Cult. — Ela agitou as mãos no ar como se segurasse baquetas. — Você acredita que os caras surgiram aqui, em Yorkshire, a poucas milhas de Pocklington?

Daniel não tinha a menor ideia, mas aceitou a informação. Aquilo talvez explicasse a referência das roupas, o lápis nos olhos e todo o resto.

— Joshua era nosso guitarrista. Emily ficava no vocal. Eu, na bateria. Nigel era nosso tecladista e Ian, o compositor. Ensaiávamos sempre na garagem da minha casa. Nós começamos cheios de sonhos, como toda banda. Éramos bons, você precisava ver. Porém, depois de um tempo, Joshua surtou. Passou a dizer que via *coisas diferentes* cada vez que tocávamos juntos.

Zoe olhava fixo para a frente, como se o passado dobrasse o caminho em que ela percorria e fizesse um *loop* para trás. Daniel deixou que ela continuasse.

— No início, era suportável. Não nos incomodávamos de interromper os ensaios quando ele via essas coisas. Mas o negócio foi ficando cada vez mais frequente, mais intenso, até que se tornou impraticável. Poucos meses depois da formação, nós brigamos. A banda se separou. Emily continuou com Joshua, afinal, os dois já eram namorados naquela época. Nós não os substituímos, mas também não seguimos em frente. É por isso que Ian e Nigel ignoram tanto eles.

— Desculpe, mas... o que seriam estas coisas diferentes que ele via?

— Eu não sei dizer. Acho que nem mesmo ele sabia o que era. Contava que era como se os sons que emitíamos através de nossos instrumentos se transformassem em formas à sua frente. Sei lá, sem coerência nenhuma. Eu nunca ouvi falar disso antes. Completamente bizarro.

— E o que aconteceu depois da separação de vocês?

— Dizem que Joshua piorou. Passou a falar besteiras sem sentido, que estavam fazendo mal para ele e sua família.

— Eu ouvi algo — disfarçou Daniel, lembrando-se das "luzes mortas".

— Internaram Joshua por um tempo — acrescentou Zoe a poucos metros do carro. — A notícia se espalhou rapidamente pelo Woodgate College. Quando ele voltou parecia estar melhor, mas você pode imaginar o que aconteceu... Ninguém quer ficar do lado de um garoto tão esquisito, não é mesmo? Especialmente vindo da família mais problemática de Pocklington.

— Ninguém exceto Emily — concluiu Daniel. Desta vez, com certa admiração por ela ter ficado próxima de Joshua o tempo todo.

O olhar de Zoe despencou do alto.

— Outro dia, Ian e Joshua brigaram na frente do College. Estava uma confusão danada. Ian acertou dois socos em Joshua. Emily se colocou entre eles. Não ajudei ela, nem sequer olhei nos seus olhos.

O arrependimento de Zoe se pronunciou em um suspiro pesado. Ela não parecia ser uma garota má, apenas havia ficado do lado errado da história, visto os dois imbecis com quem andava. Obviamente, ainda se ressentia por ter abandonado a amiga. Só que pedir perdão seria como carregar consigo uma mancha que destruiria sua popularidade na turma. Uma ideia estúpida que se perpetuava por todas as universidades, até mesmo em uma cidade pequena como Pocklington.

Chegaram bem próximos do carro. Não havia mais nada a escutar.

Daniel ia se despedir de Zoe quando tirou as chaves do seu bolso e elas caíram no chão. Agachou-se para pegá-las.

Quando se levantou, deu de cara com o reitor Cornwell, que o olhava por trás dos óculos com uma singela reprovação.

— É melhor deixar para se ajoelhar quando estiver diante do reinado, Mr. Sachs.

***

— Você já pode ir para casa, Zoe — sugeriu reitor Cornwell, mais parecendo uma ordem. De súbito, o rosto de Zoe ficou vermelho como se tivesse sido atingido por uma xícara de café quente ou algo parecido.

Ela fez um breve sinal de despedida para Daniel e seguiu adiante.

Quando ficaram sozinhos, Cornwell disse:

— Tome cuidado com o que está fazendo, Mr. Sachs.

— E o que *exatamente* eu estou fazendo, reitor?

Cornwell tirou os óculos e devolveu um olhar gélido. Num primeiro instante, Daniel presumiu que discutiriam sobre a sua investigação. Depois, percebeu que o assunto não era tão aristocrático assim. Nem de longe.

— Ah, não! Você não está pensando...

— Nossa instituição não se resume apenas aos prédios, Mr. Sachs. Dedicamos cada segundo de nossas vidas a estes alunos. A protegê-los. Eles são como nossos filhos — adiantou-se.

— Eu estava apenas *conversando* com ela, Cornwell! Zoe não iria entrar no carro, de jeito nenhum.

— Se isso é verdade, sobre o que vocês dois falavam?

— Que tal sobre a preferência musical dos jovens que frequentam o Woodgate College?

— Está brincando comigo?

— Eu juro que não.

Cornwell respirou fundo. As enormes olheiras sobre a pele enrugada indicavam que o homem não devia estar dormindo bem ultimamente.

— Não o conheço, Mr. Sachs, mas acredito que você não faz muito esforço para ser transparente — prosseguiu ele, mantendo o olhar calculista —, e tenho certeza de que Jessica Child está a par dessa sua iniciativa. Mas a minha sensação... eu diria até mesmo uma premonição, Mr. Sachs... é de que acabará se enrolando com sua permanência em Pocklington.

— Correto. Onde é que eu assino? — Daniel perguntou, sarcástico.

O homem manteve seus olhos muito azuis grudados nele.

— Não gosto disso, Mr. Sachs. Não sei o que você está fazendo, mas é a segunda vez que aparece por aqui. Não deixarei que suje o nome da nossa instituição.

Terceira vez, Daniel se lembrou. Mas não o corrigiu de forma alguma.

— Dessa vez, não tem nada a ver com o Woodgate College.

— Nem com a cápsula do tempo? — instigou Cornwell.

— O senhor não deve saber ainda, mas Joshua acabou de ser sequestrado.

Cornwell continuou impassível. Colocou os óculos.

— É uma pena. Eu lamento.

— Lamenta?! Apenas isso? Acabou de dizer que seus alunos são como filhos!

— Você não é um policial, Mr. Sachs. Se eu descobrir alguma informação relevante, telefonarei para Garnham. Agora, por favor, vá embora.

— Ah, claro! Garnham... por que nunca conseguimos manter o nome dele distante dos assuntos da família Child?

— Por favor, Mr. Sachs. Entre no carro e parta imediatamente.

Daniel viu que Cornwell estava decidido e quase impaciente. Ponderou se deveria ficar e instigar mais o reitor, mas... havia algo a ser acrescentado? Tinha sorte de ser uma conversa restrita aos dois. A desconfiança de Cornwell sobre a sua investigação não passava de meras suposições, quase nada, nem sequer parecia saber algo sobre a sua desventura com a cápsula do tempo, ali mesmo, a poucos metros de distância deles, dias antes. Portanto, era melhor obedecer. Daniel já havia conseguido a informação de que precisava com Zoe.

Fez sinal para o reitor, balançando as chaves na altura da cabeça.

Você venceu. Por enquanto.

Ao entrar no carro, percebeu que o céu voltava a ficar parcialmente coberto de nuvens carregadas, quase negras. Uma delas, em especial, era mais baixa e sobrevoava justo a sua cabeça.

Cornwell se movimentou assim que o carro deu partida. Daniel abriu a janela e observou o reitor que começava a se distanciar para dentro da universidade. "Eu lamento." A frase não lhe saía da mente.

— Ei, Cornwell! — gritou.

O reitor se virou.

— Provavelmente você sabe o que falam sobre Joshua por aí, não é?

Cornwell não respondeu, bastante irritado. Não precisava.

Então é isso que *ele significa para você? A ovelha-negra na família?*, pensou Daniel.

***

Dez minutos depois, o celular tocou.

Daniel estacionou o carro. Era Wendy Miller.

— Fiquei sabendo sobre Joshua.

— Deus! O que você faz? Intercepta o rádio dos Garnham?

— Engraçadinho! Não liguei para falar sobre isso. Tenho as informações que me pediu — comunicou.

— Fale.

— É melhor você sentar em algum lugar.

— Fique tranquila. Estou no carro. Acabei de sair do Woldgate College.

— Isso é curioso, porque tem a ver com o que falarei — declarou Wendy, com o suspense de sempre. — O que você foi fazer lá?

— Conto depois. Primeiro, preciso saber o que você tem de tão importante.

— Descobri que Mr. Child, Mr. Baker, o delegado Garnham e mais o reitor Cornwell, que não havíamos comentado antes, mas que agora faz todo sentido possível, se conheciam muito bem.

— A Igreja Pentecostal?

— É o que todos pensam, mas não somente isso.

— O que é, então?

— Você está preparado?

— Wendy, se não me contar logo, uma úlcera dentro do meu estômago dirá "alô" para o mundo a qualquer momento. E a culpa será sua.

— Você era mais engraçado quando nos conhecemos...

Daniel suspirou.

— Wendy...

— Ok! Os quatro Cavaleiros do Apocalipse formavam um grupo que se reunia com bastante frequência, todos eles com idades próximas às que eu e você temos hoje. Ou seja, estamos falando de...

— Uns 35 anos atrás — adiantou-se.

— Só isso? É, acho que eu me enganei em relação a você. Fale por si mesmo. Não sou tão velha assim.

Daniel não se importou com a ironia.

— Que tipo de grupo era esse? Uma seita?

— Não, nada disso. Nada tão macabro. Porém, bastante interessante para a nossa investigação. Todos eles eram estudiosos em um assunto muito peculiar: ufologia científica.

Daniel quase afundou no banco quando escutou aquilo.

— É brincadeira, não é?

— É mais comum do que você pensa. Estes grupos estão espalhados pelo mundo todo. Em Pocklington, não podia ser diferente, especialmente naquela época, não é?

— Eu não entendo... Você disse "ufologia científica", não apenas "ufologia". Qual a diferença?

— Ela é usada quando se propõe a comprovar a existência de vida extraterrena através de estudos em diversas ciências como Astronomia, Exobiologia, Meteorologia, entre outras. Vou arriscar que seja algo menos amador do que a ufologia normal.

— Acha que Jessica sabe disso?

— Eu não sei. O assunto foi encoberto há muito tempo. Você não sabe a dificuldade que tive para encontrar dados sobre eles. Na verdade, foi pura sorte.

— Continue.

— Bem, ouvi você dizer que Mr. Child mencionou a palavra "azul" quando teve um lampejo de realidade. Eu não te contei, mas Madeleine, a recepcionista do Pocklington News, me disse que o entregador da caixa tinha olhos estranhos, de um azul diferente, que ela nunca viu antes, quando eu pedi para ela descrever o sujeito. Coincidência? Pode ser. Mas de repente um estalo surgiu na minha cabeça e comecei a procurar por notícias com a palavra "azul" nos arquivos do banco de dados do Pocklington News.

— Procurar por uma palavra como essa? Não deve ter sido fácil.

— Mais ou menos. Eu diria que foi mais demorado do que complicado. Eu realmente não encontrava nada interessante até que cheguei a uma pequena nota antiga sobre quatro universitários que acreditavam que uma raça de seres diferentes havia circulado por Pocklington em tempos muito remotos. E que por isso terminaram criando uma irmandade. Adivinha quem eles eram?

— Não me subestime.

— Está certo. Então, você sabe como chamavam o grupo?

— *Blue Man Group?*

Wendy desceu o tom da voz, decepcionada com a brincadeira:

— Por favor, não faça isso! Estou empolgada demais. Além do quê, não tem graça. *Blue Man Group* é composto de apenas três integrantes.

— Ok, me desculpe. — Daniel quis realmente rir, mas não seria propício diante da importância da informação. — Qual era o nome?

— A resposta é "Blue Blood" ("Sangue Azul")! Mas parece que os outros universitários não consideraram a irmandade como algo sério e ninguém levou a história adiante.

— Exceto os próprios integrantes, talvez. Por causa disso, o osso já não me parece tão surpreendente agora, embora ainda não tenhamos uma explicação...

Wendy mostrou entusiasmo:

— Isso não é eletrizante?

— Seria, se não fosse essa confusão toda em que nos metemos — Daniel refletiu.

— É, eu sei. — Wendy fez um barulho com os maxilares destruindo balinhas Tic Tac. — Qual é a sua próxima pergunta?

— Até onde este grupo ufológico foi levado adiante? Você mesma disse que é uma nota antiga. Acha que os quatro homens pararam de se reunir depois do que aconteceu com Sarah Child?

— É bem possível. Como eu disse, não encontrei mais nada, especialmente posterior ao fato. Mas eu não posso deixar de citar... será que Jessica Child escondeu isso de você? Tudo bem que ela devia ser muito pequena na época... mas quem sabe ela tenha resquícios na memória de alguma reunião entre eles?

Daniel torcia para que não. Esperava que as reuniões fossem mais um evento que Mr. Child ocultou de Jessica durante a vida dela. E se os quatro homens conseguiram quase enganar toda uma população, qual a dificuldade que teriam com uma garota de apenas seis anos de idade? Nenhuma. Mas, por outro lado... e quanto a Sarah Child? Até que ponto a esposa dele tinha conhecimento dessas reuniões? Ou será que tinha alguma *participação* nelas? Daniel pensou se realmente podia desenterrar alguma lembrança da cabeça de Jessica, algo que o ajudasse na investigação, mas logo mudou de ideia. Poderia ser mais uma revelação desastrosa para o momento.

Ele confidenciou a Wendy:

— Acho que as últimas atitudes de Jessica e Willcox têm sido bem estranhas. Antes de sair da delegacia, presenciei um entrave entre eles e Ted Garnham. Não parecia ser apenas assunto policial. Ted se mostrava preocupado demais com o desaparecimento de Joshua. Talvez, no mesmo nível que eles.

— Bem, ao menos essa é fácil de explicar.

— Como assim?

— Todo mundo sabe que Ted Garnham namorou Jessica há muitos anos — explicou. — Não há certeza, mas Joshua pode muito bem ser filho dele.

34.

A última notícia de Wendy Miller havia deixado Daniel realmente intrigado.

Ted Garnham podia ser pai de Joshua? Era uma informação nova, considerável, e fazia um moderado sentido devido ao último encontro que presenciou entre ele e Jessica na delegacia, mas Wendy não tinha dados relevantes sobre o assunto e não podia parar e pensar naquilo agora. Por isso, Daniel desligou o telefone e resolveu continuar procurando por Joshua, agarrando-se à única pista real que possuía: a van branca envelhecida de Mr. Baker. Por pior que parecesse a tarefa, não havia outra coisa a fazer além de tentar localizá-la. E o mais conveniente era determinar um ponto de partida — que não podia ser outro, senão a própria casa onde ela ficava estacionada.

Próximo do local, ficou imaginando qual o interesse que Mr. Baker teria para raptar Joshua. Esperava que não fosse por causa da investigação, mas para quem Daniel estava mentindo? Ainda assim, algo não cheirava bem. O velho septuagenário mal conseguia controlar o volante da van, então, o mais provável é que Joshua seria capaz de se desvencilhar da captura facilmente. Ou será que Mr. Baker havia conseguido a ajuda de alguém? Ambos teriam obrigado Joshua a dirigir enquanto apontavam uma arma para sua cabeça?

Daniel chegou à frente da casa e estacionou. Nenhuma viatura policial parada nas proximidades. Estranho. O homem barbudo era o principal suspeito por causa de sua van e a polícia ainda não havia chegado?

Levando os olhos até a entrada, Daniel observou a garagem completamente escancarada e nenhum sinal do automóvel. Dentro dela, além das várias caixas, móveis e entulhos, uma segunda porta, semiaberta, ligava com o interior da casa.

Demorou dois segundos para Daniel avaliar as suas opções. E apenas um para ele se decidir.

Daniel desceu do carro e caminhou em direção à garagem. O ar dentro dela cheirava a óleo diesel, como se fossem impressões digitais deixadas pela van. Aproximou-se da segunda porta. Algo se estatelou no chão, perto de seu pé direito. Olhou para baixo e ficou irritado ao perceber que tinha derrubado uma ferramenta similar a uma grande talhadeira, comprida e pesada, outrora apoiada sobre um banco.

Deixe tudo exatamente como encontrou!

Pegou-a e recolocou-a em cima do banco. Levantou disposto a puxar a porta com a mão quando parou o gesto em pleno ar. Prendeu a respiração.

A fechadura aparentava ter sido arrombada.

Seus sentidos se uniram, alarmados.

Então aquela talhadeira não estava ali à toa.

Daniel aproximou seu ouvido da porta, porém, não escutou nada. Olhou pela fresta. A casa não devia receber muita luz natural, levando-se por base as cortinas cerradas sempre vistas pelo lado de fora. Mesmo através da escuridão incômoda, podia identificar que a passagem dava para uma cozinha.

Pensou em chamar a polícia. Todavia, podia ser tarde demais.

Daniel arrastou a porta com cuidado. As dobradiças rangeram um ruído longo. Parou um momento, aguardando o resultado da sua ação. Nada aconteceu.

Daniel deslizou seu corpo pela abertura tentando não pensar muito no que fazia ou não conseguiria bloquear o medo. Soube que algo estava errado quando identificou, através da pouca iluminação que vinha da porta semiaberta, objetos de despensa espalhados pelo chão.

Caminhou com cuidado, tentando não tropeçar em nada. Ele esquadrinhou as paredes, o teto, o móvel embaixo da pia, a mesa de fórmica. Tirando a bagunça alastrada pelo piso, tudo era aparentemente normal.

Cedo demais.

Adiante, seu corpo inteiro travou quando viu as prateleiras de plástico que deveriam estar no interior da geladeira empilhadas ao lado dela. Logo se deu conta que os objetos no chão deviam estar no interior da geladeira, e não em alguma despensa.

Algo dizia a Daniel que ele deveria correr dali, mas naquele momento, mais do que tudo na vida, precisava abrir aquela porta. E foi exatamente o que ele fez.

Do interior da geladeira, uma poça de sangue quase negro escorreu e batizou seus dois pés.

O estômago de Daniel quis pular até a sua boca!

Mr. Baker estava encolhido, com os punhos dobrados para trás, quebrados com tanta força que as veias haviam sido partidas, de onde provavelmente todo aquele sangue tinha se esvaído. Os olhos dele, revirados para cima, combinavam com o rosto contorcido. Sofrimento.

Daniel não sabia quanto tempo fazia, só que ele fora assassinado. Talvez, torturado.

Mas... por quem?

De repente um guincho ecoou pela atmosfera, causando uma onda de pânico que encobriu Daniel. Um som estridente, animalesco, que ele não conseguiria identificar nem em um milhão de anos. Parecia vir do cômodo ao lado, a poucos metros de distância.

A surpresa que havia tomado conta da sua mente como névoa densa se dissipou com rapidez e deu lugar a uma realidade aterradora.

Existia algo desconhecido dentro daquela casa, algo que possivelmente acabara com Mr. Baker. E ele estava sozinho, bem próximo daquilo.

Não podia mais continuar ali!

Daniel tentou correr, mas o apuro em que se encontrava — ainda que não tivesse qualquer consciência de qual fosse a origem daquele som — fez suas pernas fraquejarem com tanta estupidez que mal conseguiu dar alguns passos em direção à porta. Sua doença se manifestou. O nariz sangrou de imediato, adicionando mais pavor à sua mente. O Epistaxe queria avisá-lo de que estava em perigo — como se ele já não soubesse disso.

De repente, uma dor lancinante percorreu a parte de trás do seu ombro até os ossos. Sem equilíbrio, Daniel caiu para frente, chocando seu rosto contra a porta e depois contra o chão. Algo se esmigalhou dentro da sua face.

Um mundo de poeira e dor girou ao seu redor.

E ele desmaiou.

***

Daniel abriu os olhos, mas a escuridão permaneceu.

Não sabia onde estava, só que continuava caído, mas seus sentidos diziam não ser mais a cozinha de Mr. Baker. Observou o cheiro de urina e sangue misturados, possivelmente seus. O chão áspero e frio como concreto queimava um dos lados do seu rosto. Os pés, descalços, quase congelavam. O nariz explodia em dor, tanto quanto o enorme buraco na omoplata direita.

— Alguém... pode me... ajudar? — esforçou-se em dizer.

Ninguém respondeu. Daniel tentou se sentar, mas não conseguiu. Suas mãos estavam amarradas. Aos poucos, se deu conta da situação.

Havia sido sequestrado.

Sem obter resposta, tentou virar seu corpo devagar, o suficiente para ficar em uma posição menos desconfortável. Seu cérebro tinha sido esmagado por um trator, era difícil pensar. Se não fossem as dores — bastante reais, por sinal —, acharia que estava morto.

— Por favor...

Daniel submergiu em um longo silêncio. Segundos, minutos, horas... aos poucos, perdia a noção do tempo, apenas tentava controlar as dores para não apagar. Tinha que pensar, fazer algo. Quando conseguiu forças para levantar levemente o corpo, apalpou os bolsos tentando encontrar o celular, mas estavam vazios. Também sentiu falta do seu cinto. Ao menos, sua jaqueta não havia sido arrancada.

O que querem de mim?

Logo veio à mente o corpo de Mr. Baker na geladeira. Ele tremeu de pavor. Será que teria o mesmo fim? Os pulsos quebrados com tanta violência, o corpo abandonado, encolhido, sangrando na escuridão até morrer?

Que tipo de *criatura* seria capaz de fazer uma coisa dessas?

Ficou imaginando Nilla regando os bulbos de petúnias no quintal de casa. Ela sorria feliz ao pensar na gravidez que planejavam conseguir com o tratamento. Daniel podia ver o rosto luminoso de sua esposa e aquela expressão quase pueril de quando ficava indecisa quanto ao nome da criança.

Aos poucos, o sono foi consumindo tudo que tinha consciência, e a imagem de Nilla ficando mais distante.

Nilla... me... perdoe.

***

Daniel recobrou seus sentidos e viu que Nilla não *estava* mais ali. Além disso, sua bochecha manchada pela saliva ressecada indicava que ele havia apagado outra vez. Tinha a sensação de que um dia inteiro havia se passado, mas não podia afirmar.

Será que alguém procurava por ele?

Não podia esperar por isso.

Precisava se salvar.

Mas como?

Seu corpo sacudia por completo. Sentia-se quente, com febre e frio ao mesmo tempo, desejando se cobrir até o último fio de cabelo. Naquela escuridão, não havia nada que pudesse aquecê-lo por perto, contava apenas com a sua velha jaqueta mostarda.

Ao olhar para o lado, quase demente, Daniel enxergou com dificuldade uma tigela de cerâmica antiga com água até a borda. Havia visto um artefato parecido, mas não se recordava onde. A garganta encolhida pedia a Deus que não fosse uma alucinação causada pelo mal-estar.

Utilizando o ombro e as pernas, arrastou-se como serpente pelo chão. Seu corpo inteiro suplicava para parar, mas não iria escutá-lo. O burcao em suas costas o engoliria. Enfiou sua boca na cumbuca e conseguiu beber um pouco de água. Ela escorreu pelo interior da sua garganta. Daniel sentiu um alívio inimaginável, como se a sua alma estivesse sendo devolvida. E, por consequência, urinou na calça.

Tossiu várias vezes. O nariz reclamava a cada movimento, assim como a região da omoplata direita. Tinha sido atingido por algo perfurante. Uma bala? O osso não estava quebrado, conseguia movimentar o ombro. Quem sabe uma faca? Mas se ela havia sido cravada na sua carne, já haviam retirado.

Ficou tremendo e esperando o corpo curar sozinho a febre. Por várias vezes sentiu os pulsos serem quebrados e dobrados para trás. Abria os olhos e via que ainda estavam inteiros. Amarrados, mas inteiros. Estava delirando.

— Quanto... tempo... mais....

O pavor psicológico impedia Daniel de falar sem gaguejar. O que viria depois disso? Estava sozinho, ferido, amarrado, mijado e doente. Em resumo, inoperante. A sensação era de que não tinha mais a menor importância para o mundo, então, por que não acabavam logo com a sua agonia? Qualquer coisa era melhor do que aquela humilhação, até mesmo um tiro na cabeça.

Só preservem os meus pulsos, por favor.

Uma leve lufada de ar soprou seu rosto. Daniel abriu os olhos e percebeu uma luz surgir de uma abertura — uma porta ou janela —, sem saber a que distância ela estava. Enquanto a visão se ajustava à luminosidade, viu uma sombra negra e disforme sob o umbral.

Alguém.

Alguma coisa...

...azul?!

Depois de um segundo, outro vulto surgiu no mesmo lugar, mais baixo e menos encorpado. Este trazia mais familiaridade a Daniel, embora não pudesse definir exatamente o porquê. Então, a sombra alta tocou a menor com o braço, parecendo que afagava as costas dela. Os dois encararam Daniel por um tempo interminável até que ele fechou os olhos. Quando abriu, voltou a identificar apenas a sombra maior.

À primeira vista, ela parecia inofensiva. Daniel não esperava encontrar respostas às questões que o assombravam, mas não conseguia parar de perguntar: o que era aquele ser? De onde vinha? Por que o interesse em ficar observando ele?

De repente, o som. O mesmo guincho longo e aterrorizante que escutara na casa de Mr. Baker. Agora ele tinha certeza que vinha da direção daquela coisa horrenda, era ela quem o havia sequestrado e que produzia aquele barulho.

Daniel se encolheu. Um medo profundo se arrastou através da escuridão, mais rápido do que uma aranha, pior do que qualquer pavor que sentira na sua vida até então.

— Por favor... pare... pare...

Daniel desistiu de falar.

Contraiu seu corpo o máximo que conseguiu e esperou pela morte.

35.

Daniel não sabia dizer como aconteceu.

Sua passagem da vida para a morte progredia de forma rápida e confusa, como se o teletransportassem para outro lugar. Ele nunca tinha pensado que seria assim. Porém, ainda continuava sentindo dores inveteradas, o que lhe trazia uma contradição sem tamanho. Durante a passagem, não deveria ter se livrado delas? Como poderia continuar em outro plano dessa forma?

Eu estou morto, não estou?

A luz apareceu somente depois. Nenhum túnel, apenas o brilho ofuscante que feria os olhos. Apertou as pálpebras com força. Não desejava caminhar em direção a ela, queria se manter no mesmo lugar, preso à matéria que ainda o envolvia. Preso ao medo, ao sofrimento, à escuridão.

Foi quando percebeu a diferença.

Suas costas não estavam mais encostadas no chão duro e frio. As mãos estavam desatadas. Ele não fedia mais. A febre havia passado e seu corpo parecia coberto por um cobertor aconchegante.

O que aconteceu comigo?

— Daniel? Você me ouve? — alguém sussurrou.

Uma voz familiar. Feminina.

Nilla?

— Willcox, feche as cortinas, por favor.

Jessica!

Então era isso. Ele continuava em Pocklington.

Vivo, mas no inferno.

— Quanto... tempo? — perguntou com dificuldade.

— Fique calmo.

Embora sua garganta e seus pulmões ardessem, aos poucos sua voz voltava a querer sair. Outro som, porém, ainda ressoava em sua mente: um guincho longo e agudo. Junto dele, a imagem do ser estranho parado na porta, como um filme em câmera lenta.

Devagar, Daniel abriu os olhos e permitiu que a luz invadisse suas córneas, o mínimo necessário para se afastar daquela criatura.

Sentou-se na cama. Vestia uma calça de moletom e uma camiseta que havia trazido na mala de viagem.

— Não sei se é uma boa ideia se levantar — disse Willcox, nitidamente incomodado.

— Por favor, deite-se! — pediu Jessica.

— Não. Estou melhor... — Daniel tentou disfarçar a voz espessa. — Vocês ainda não me responderam... quanto tempo?

— Dois dias — disse ela.

Finalmente Daniel conseguiu enxergar onde estava.

Os três estavam reunidos no quarto que ele ocupava desde o dia em que tinha pisado naquela casa. Viu claramente os rostos de Jessica e Willcox. Ambos pareciam demonstrar uma preocupação sincera, do tipo: "Onde foi que nós nos metemos?".

Ele não devia estar com o semblante muito diferente. Com a roupa trocada, mas sem a...

— Onde está... a minha jaqueta?

— Não havia a menor condição de você utilizar aquilo. Nós colocamos toda sua roupa para lavar. Logo estará pronta. E não se preocupe, foi Willcox quem fez a sua troca de roupas.

— A jaqueta... ela é meu... — pensou em dizer *amuleto*, mas se aquietou. — Como vocês me acharam? — perguntou.

— Você apareceu caído na frente de casa ontem à noite, com as mãos amarradas — disse Jessica, escondendo o remorso na voz trêmula. — Pensávamos que havia largado suas coisas e ido embora. Só quando o encontramos e vimos o seu estado é que percebemos o que aconteceu.

— Caído? Como foi que cheguei aqui?

— Você deve ter sido raptado — declarou Willcox. — E, pelo visto, devolvido. Não me pergunte, pois eu também não entendo.

Daniel colocou a mão na testa.

— Fui jogado em um lugar escuro. Lembro-me apenas de ter tomado um pouco de água... Por falar nisso, alguém pode me conseguir?

Willcox serviu um copo com a jarra que estava sobre a cômoda. Daniel inclinou o copo sobre a boca e a borda de vidro bateu de leve no seu nariz enfaixado. Seus olhos lacrimejaram com a dor enquanto esticava a mão até a face.

— Foi apenas uma pequena fissura no nariz. O médico disse que basta tomar cuidado — comunicou Willcox. — Fora alguns hematomas e o ferimento nas costas, você parece bem, apenas demorou para acordar.

— Minha omoplata. O que houve?

— Parece que você foi atingido por algum objeto perfurante. Não se preocupe, a ferida é quase insignificante, só um pouco profunda. O local só está inchado.

Com tanta dor nas costas, Daniel quis perguntar a ele se tinha certeza, mas desistiu. *Um objeto perfurante? O que seria?* Algo que o atingira de longe, com certeza. Ninguém encostou nele na casa de Mr. Baker.

Meu Deus! Mr. Baker! O que eu digo para eles?

— Daniel? — Jessica interrompeu seus pensamentos, livrando Daniel de todos os seus dilemas por um instante. Quase agradeceu a ela por isso, se não fosse o questionamento que ouviu a seguir: — Você encontrou Joshua?

A pergunta o incendiou por dentro, fazendo seu sangue borbulhar nas veias. Agora Daniel se dava conta de quem era a segunda sombra, ligeiramente familiar. Joshua! Como não havia se tocado? Fez uma breve lista dos acontecimentos. O garoto havia sido sequestrado no meio da tarde. Toda aquela confusão com Emily. A conversa com Wendy sobre o Blue Blood. Horas depois, Daniel encontrou o corpo de Mr. Baker na geladeira, mas não tinha a menor ideia de quanto tempo havia se passado desde a morte do velho, se ocorreu antes ou depois do sequestro. O que levava à inevitável pergunta: Joshua teria assistido a tudo?

Ainda que parecesse necessário expor aquilo, Daniel relutou em dizer a verdade para Jessica ou explodiria de uma vez por todas com o desespero dela. Então, tomou mais um gole de água, respirou fundo e falou:

— Não. Sinto muito.

Jessica se encolheu como se de repente as paredes estivessem pressionando seu corpo numa pequena caixa. Daniel observou a cena, constrangido. Ficou perdido por um instante, mas não muito. Sabia o que devia fazer. Só havia uma pessoa a quem podia recorrer agora e nada no mundo o impediria de procurá-la.

Ele se levantou.

— Sei que vocês têm problemas com Wendy Miller, mas não vejo mais ninguém que possa nos ajudar. Precisamos falar com ela.

— Não creio que seja necessário — expressou Willcox. — Ted Garnham nos garantiu que estão procurando por Joshua.

— Desculpe, Willcox, mas às vezes os repórteres conseguem informações de forma mais eficiente do que a polícia. Temos que agir logo. — Olhou para Jessica. — Você vem comigo?

Willcox se inquietou:

— Mas é claro que ela não vai! Não deixarei...

Jessica colocou a mão no ombro dele, interrompendo-o. E falou, decidida:

— Não diga mais nada, Willcox. Daniel tem toda razão, precisamos fazer alguma coisa, e logo. Enquanto você acompanha o trabalho da polícia, eu irei com ele.

Os olhos do secretário pareceram perder um pouco do brilho.

— Tudo bem — respondeu ele, derrotado.

— Certo. Vou apenas trocar de roupa — comunicou Daniel. — Se for possível, podem trazer a minha jaqueta de volta?

36.

Daniel pediu um segundo prato de sopa quente, pretendendo recarregar as energias enquanto ele e Jessica aguardavam a chegada de Wendy Miller. Sentado na cadeira do The Coffee Bean, observava Jessica evasiva. Ela continuava sem mexer na sua xícara de café, certamente incomodada por estarem ali enquanto seu filho permanecia desaparecido há quase dois dias. Mas Daniel só desejava fazer uma pergunta a ela...

Afinal de contas, Ted Garnham é o pai de Joshua?

Os cabelos prateados de Wendy despontaram na entrada assim que o segundo prato de sopa repousou na mesa. Nitidamente a contragosto — pela forma com que travou os maxilares —, ela sentou-se ao lado de Jessica. Houve apenas um breve aceno de cabeça entre as duas mulheres.

Uma visão memorável, as duas juntas.

Wendy olhou fixamente para o nariz enfaixado de Daniel.

— Pelos Céus, Daniel, onde você esteve?

— Eu fui... raptado.

— O quê?! — disparou ela, arregalando os olhos.

— Meu relato pode ser longo e complicado. Está pronta para escutar?

— Normalmente eu pediria para você abreviar, mas dessa vez, prometo que darei toda atenção aos detalhes.

Daniel afastou o prato. Atualizou Wendy sobre tudo de que se recordava desde que chegara à casa de Mr. Baker, agora sem esconder a terrível visão que teve do corpo dele encolhido na geladeira de sua casa. As palavras sangravam de sua boca, da mesma forma com que se recordava dos punhos do velho. Sem conseguir controlar a ansiedade enquanto falava, tropeçou algumas vezes e teve que pausar e recomeçar. Também não conseguiria esconder mais o fato de ter visto os dois vultos na porta, ou não se perdoaria.

Ao final do relato, Wendy estava pasma. E Jessica, petrificada.

— O que está dizendo? A polícia esteve na casa de Mr. Baker! Não havia nenhum corpo por lá! — disse Wendy.

— O corpo dele pode ter sido retirado e a casa limpa. Até mesmo a geladeira pode ter sido levada, caberia facilmente dentro da van, pois havia outra pessoa lá. Ou talvez, alguém da polícia esteja ocultando informações. Não sei o que pensar.

Wendy empinou o corpo para frente.

— Sou uma repórter, lembra? Tenho minhas fontes lá dentro. Você sabe, uma notícia dessas não passaria indiferente!

— Bem, eu estou confuso quanto a um monte de coisas, mas nem um pouco em relação a isso. Tenho certeza do que vi. E escutei.

— E o que você sugere que façamos?

Jessica finalmente interrompeu:

— O que estão dizendo?! Devíamos contar tudo para Ted Garnham! Aliás, se você tivesse nos relatado antes, Daniel, Willcox poderia estar comunicando Ted neste exato momento! — disparou na direção dele.

— Sinto muito, Jessica, mas como eu disse, não sei quem são os envolvidos, e peço desculpas por não ter lhe falado antes. — Daniel não quis complementar que ainda não havia digerido muito bem as últimas atitudes de Willcox, mas parou no meio do caminho. — Precisamos focar no nosso principal objetivo: encontrar Joshua. Ou seja, localizar a casa onde fui colocado. Apenas nós. Por favor, confie em mim.

— Você tem alguma ideia de onde seja? — perguntou Wendy.

Daniel fez que não.

— Não tenho ideia de como cheguei, nem como saí de lá. Lembro apenas de um lugar muito escuro e dos dois vultos na porta. Depois, surgiu aquele som terrível.

— Acha mesmo que um deles era Joshua? — Jessica se afobou.

— Suponho que sim, mas não consigo explicar mais do que isso. Está tudo nebuloso em minha mente, como se eu tentasse me recordar de um sonho muito antigo.

Ele coçou a omoplata no exato local onde a dor o extenuava. Não havia nenhuma outra informação que fosse deixar as duas mulheres mais estarrecidas do que há pouco.

Jessica recolheu as mãos e as juntou sobre o colo. Wendy olhou para ela, talvez analisando até que ponto ia a sua fragilidade. Nervosa, sacou as já famosas balinhas Tic Tac da bolsa e dessa vez abocanhou mais do que um par, sem lembrar de oferecê-las.

— Precisamos de uma pista — disse ela.

— Vai ser difícil. Wendy, o que você descobriu desde a nossa última conversa?

— Quase nada — respondeu olhando de soslaio para Jess.

Daniel entendeu que Wendy não iria falar sobre Mr. Child agora ou as coisas poderiam se complicar. Ele quase se arrependeu de ter trazido Jessica com ele.

Ou não.

— Jess, precisamos conversar sobre o seu pai — pronunciou.

Jessica olhou para ele, confusa.

— Mr. Baker fazia parte de um grupo chamado Blue Blood. Você já ouviu falar?

— É claro que não! O que quer dizer?

— Uma irmandade. Descobrimos que ele, seu pai, o pai de Ted Garnham e o reitor Cornwell estavam interligados na juventude. Era como uma aliança.

Houve uma breve pausa.

— Você está brincando?!

— Todos eles estudavam sobre ufologia científica, uma espécie de ciência que se mistura com outras. Você nunca soube nada sobre isso?

— Já disse que não! — Jessica replicou, contrariada.

Daniel examinou as reações dela. Considerou continuar com a sua linha de raciocínio. Podia ser impressão, mas parecia que um caminho se abria à frente deles.

— Seu pai disse a palavra "azul" antes de morrer.

— Sim, e daí?

— "Blue Blood" — associou. — Isso não é óbvio? Não lhe remete a nada?

De repente, Jessica se levantou. Seus lábios se contraíram como se estampilhasse a saída das primeiras palavras que lhe surgiram na mente. Ela apoiou os braços sobre a mesa, firmes como duas toras de árvores. O gesto fez com que parte da sopa caísse do prato. Até mesmo Wendy se retraiu, surpresa.

— O que está fazendo comigo, Daniel? Não acredita em mim?

— Não é bem isso, mas você sempre parece ter algo a mais a dizer. Assim como Ted Garnham.

Ela olhou para ele com um misto de espanto e dureza.

— Ah, mas é claro! Tudo por causa daquela noite? É uma retaliação? — perguntou, descontrolada. Depois apontou o queixo para Wendy. — Que tal a sua amiga puxar um bloquinho e uma caneta? Tenho certeza de que ela se interessaria muito pelo assunto.

Wendy se manteve calada. Mas Daniel não duvidava que ela aceitaria a ideia, se não fosse tornar tudo pior.

— Acalme-se, Jessica. Por favor, nos ajude.

Alguns segundos se passaram até que Jessica retornou ao seu estado normal. Daniel precisaria de muito empenho para ter pensamentos negativos sobre ela, mesmo depois de sua reação, então deixou que seu olhar passasse tranquilidade e confiança para as retinas dela, embora o momento não fosse dos melhores. E estava dando certo. Agora, Jessica parecia impulsionada pela coragem.

— Não sei se consigo ajudar. Lembro-me apenas de uma cena entre meu pai, Garnham e Cornwell dentro da Igreja Pentecostal enquanto eu segurava firme a mão de minha mãe. Eu ia completar seis anos, ou talvez já tivesse, não sei. Eles pareciam estar discutindo. Eu me senti bastante assustada.

— Assustada?

— Eu não sei, parecia haver um entrave entre eles. Foi a única vez que vi os três realmente juntos, mas agora percebo algo diferente. É uma daquelas lembranças que ficam guardadas na memória, em algum lugar que não remexemos muito. Se vocês não comentassem o assunto, talvez eu não me recordasse disso.

— Mr. Baker estava presente?

— Não. Tenho certeza, nunca ouvi este nome antes. Eu cresci conhecendo a maioria dos homens importantes dessa cidade. Garnham e Cornwell, inclusive. Mas Baker, nunca.

— Sabe do que se tratava a conversa entre eles?

— Naquela época, perguntei à minha mãe. Ela me disse que era algo ridículo e que eu não deveria incomodar meu pai com isso. Uma discussão sobre artefatos romanos, eu acho.

— Artefatos romanos? Como assim?

Wendy interveio:

— Pocklington é um grande berço arqueológico de antiguidades romanas. Isso não é nenhuma novidade. Há diversas evidências de sinais de romanização pela cidade, inclusive, casas de banho ou colunas daquela época. É muito comum os próprios moradores procurarem por objetos enterrados em toda a região de York.

— Eu só sei — Jessica continuou seu relato — que meu pai possui algumas dessas peças. Ele tinha mania de colecionar antiguidades, e um grande ciúme dessas coisas. Sempre as guardou em um local especial dentro da fundação.

Daniel refletiu por um momento. Wendy fixou os olhos nele.

— O que foi? — perguntou ela.

— Enquanto eu estava abandonado naquele local, havia uma tigela de cerâmica com água ao meu lado. Mesmo na escuridão, percebi que era pequena e circular, além de ser muito antiga. Não compreendo nada de arqueologia, mas...

— Acha que pode ser uma antiguidade romana? — perguntou Jessica.

— Talvez.

Wendy arqueou as sobrancelhas, confusa.

— E qual a importância disso? Acabei de dizer que Pocklington é um grande berço delas.

Alguma coisa estalou na cabeça de Daniel. Uma informação normal para as duas mulheres, mas completamente nova para ele. Então olhou para Wendy. *Antiguidades romanas?* Tratava-se apenas de uma suposição, é claro. Na verdade, seria bastante sorte! Mas, imediatamente, compreendeu as vantagens da ideia que teve.

— Jessica — virou-se para ela —, em quanto tempo conseguimos examinar a coleção do seu pai?

37.

Wendy Miller se despediu de Daniel e Jessica. Enquanto ela observava o Aston Martin se afastar da cafeteria, relembrava a desculpa banal que dera para não prosseguir com eles: sentia-se *muito mal* em pisar na fundação depois de tudo que havia escrito sobre a família Child. Jessica chegou a lançar um olhar passivo, de trégua, mas Wendy se preocupava mais com sua credibilidade frente à Daniel e a desconfiança que poderia surgir de um súbito desinteresse dela pelo caso. Se pudesse convencê-lo a admitir que era melhor ficar distante — não importando qual fosse o problema, o seu relacionamento com Jessica ou não —, não iria parecer uma nova manobra. E foi exatamente o que aconteceu.

Assim que finalmente percebeu estar sozinha, Wendy pegou o celular da bolsa e teclou. Agarrada ao aparelho, ela mal deixou que a outra pessoa respondesse do outro lado da linha.

— Acho que não podemos demorar mais para agir — disse ela.

— *Sim, nós dois já imaginávamos* — confirmou a voz.

— É, acho que sim — rendeu-se. — Que faremos?

— *Precisamos nos encontrar agora. Eu levarei nosso amigo.*

— Você pretende revelar o problema a ele?

— *Sim, Wendy, é o momento certo. Não podemos estender mais* — concluiu. — *Dada as circunstâncias, acho que o repórter ficaria aliviado.*

— Você pretende contar tudo a Ted? Tudo mesmo?

— *Estou pensando nisso.*

Wendy suspirou.

— Eu não sei... A coisa ficou muito perigosa... Nem quero imaginar o que pode acontecer com Jessica e Daniel!

— *É por isso que necessitamos de ajuda. Não há mais espaço para riscos. Vou convencer nosso apoio a seguir comigo.*

— Você acredita que possamos fazer mesmo algo?

O telefone emudeceu.

— Alô? — disse ela. — Você ainda está aí?

— *Sim* — a voz respondeu. — *Você precisa entender, Wendy... nós já estamos fazendo, desde o início* — explicou. — *Estarei aí o quanto antes.*

A ligação se encerrou. Wendy guardou o celular na bolsa, tentando controlar a mão trêmula. Por que se sentia assim? Seria insegurança pelo que viria pela frente? Ou um súbito sentimento de *traição*?

Aproveitou a bolsa aberta para remexer em seu interior. Encontrou as últimas balinhas Tic Tac que tinha e as pingou dentro da boca enquanto observava nuvens pesadas tomarem conta de todo o céu de Pocklington.

38.

Daniel chegou à Fundação Child com o rosto ainda inchado, mas um cérebro muito vivo trabalhando por trás dele. Haviam limpado a sua jaqueta mostarda e, embora tivesse sido furada por sei-lá-o-quê nas costas, isso não incomodava a ponto de ele querer se desfazer da peça. Tirá-la seria como se despir do seu alter-ego de *repórter investigativo* (nunca pensou que seria um, mas agora lhe parecia inevitável).

Jessica o levou até uma sala que não era o escritório dela. As duas ficavam próximas, à distância de apenas um corredor, mas Daniel não havia reparado naquela porta da última vez. Bem, parecia proposital a todos os visitantes. A nova entrada sugeria ser mais restrita que a outra, com duas trancas reforçadas e nenhuma placa ou indicação.

Jessica já estava com as chaves nas mãos. Ela abriu a porta com cuidado para não a escancarar. Entraram. Bastou alguns passos para Daniel sentir-se como se invadissem um cofre de banco. Apesar disso, o clima da sala devia ser o melhor daquele andar; nem frio, nem calor, como se fosse regulado com extrema precisão.

Luzes fluorescentes espalhadas pelas extremidades do teto pintavam sombras duras dos quadros nas paredes. Abaixo deles, para cada canto que Daniel olhava, havia uma estante com aproximadamente um metro e meio de altura. Sobre as prateleiras, uma vasta coleção de objetos tão organizados como sapatos ou roupas coloridas dentro de um imenso closet.

Jessica se manifestou:

— O acesso aqui dentro sempre foi restrito. Eu mesma tive poucas oportunidades enquanto meu pai estava vivo. — Os olhos dela umedeceram, mas ela não chorou de fato. — Não duvido que o mesmo tenha acontecido com minha mãe.

— Ele guardou o bilhete 19 aqui dentro?

Jessica fez que sim, mas não indicou onde. O cofre devia ficar escondido atrás de um daqueles enormes quadros.

Os olhos de Daniel dardejaram sobre os objetos alinhados em uma das estantes. Soltou um suspiro de alívio quando viu que sua ideia não tinha sido em vão. Tudo isso porque ele havia se recordado, no final da conversa na cafeteria, onde tinha visto um artefato antes da tigela de cerâmica: no escritório de Mr. Child, no móvel que ficava atrás da mesa em que Jessica estava sentada, no dia da reunião.

Dentro daquela nova sala existiam vasos, copos, ânforas de armazenamento de óleo e vinho, tijolos cerâmicos, alças soltas e outros objetos que não conseguia decifrar. Alguns deles mostravam figuras humanoides ou inscrições em relevo. Havia também uma caixa feita de madeira e vidro com vários tipos de moedas semi descascadas.

— São moedas romanas?

— Eu não sei. Pela Lei do Tesouro, todos que encontram objetos de ouro ou prata com mais de 300 anos de idade têm obrigação de informar tais itens às autoridades. Eles pertencem à Coroa Britânica.

— Então isso pode estar aqui de forma ilegal?

Jessica fez um leve sinal de cabeça, torturando-se ao afirmar.

— Tudo bem, não é hora para julgamentos. Seu pai devia catalogar estes objetos de alguma maneira. Mas onde?

— Não é tão difícil arriscar — disse ela. — Ele sempre foi avesso a computadores. Certamente, fez tudo de forma manual. Sei onde deve estar.

Jessica caminhou até o centro da sala. Tão amortalhada na luz branda quanto todo o resto, uma mesa com uma luminária desligada e um pano esticado sobre o tampo devia servir de altar para repousar e examinar os objetos, um a um.

Ela abriu as gavetas e retirou vários cadernos.

— É incrível como apenas percebemos a importância dessas coisas quando precisamos delas — concluiu.

Ela espalhou sobre a mesa todos os cadernos de Mr. Child que encontrou.

Daniel ligou a luminária e abriu um deles. Para seu alívio, haviam várias anotações pessoais sobre as antiguidades daquela sala, feitas a próprio punho de Mr. Child. Porém, a forma pouco importava. Daniel só tinha uma coisa em mente: pesquisar os locais onde aqueles objetos foram escavados. Ainda assim, passou bons minutos destrinchando os manuscritos. Quando identificou que estavam separados por seções e subseções adversas, finalmente localizou o caderno que apontava para as antiguidades romanas.

Qual não foi a sua surpresa quando percebeu que o terreno que mais aparecia naquela lista pertencia a um certo endereço em Millington.

Empolgado e confuso ao mesmo tempo, ele se virou para Jessica, mas a notou pálida, absorta em seus próprios pensamentos.

— Jess?

— Hein?

— Você está bem?

— Sim — disse ela, engolindo em seco. — Estou feliz, Daniel. Feliz por ver seu empenho em encontrar Joshua.

— Nós *vamos* encontrá-lo.

— Só espero... que não seja tarde demais.

— Não é. Tenho certeza de que tudo se resolverá — respondeu confiante.

Uma leve compaixão brilhava nos olhos graúdos e agora com pálpebras pesadas de Jessica. Daniel se deu conta repentinamente do sentimento de perseverança gravado no rosto dela. Na última hora, vendo-a colaborar com eles, poucos dias após a morte do seu pai e com o filho desaparecido, Jessica havia começado a dar sinais de que era mais forte do que aparentava no início, digna do seu respeito. E com tantas revelações sucessivas, a morte de Sarah Child acabou deixando de ser um assunto empalhado para voltar ao foco, principalmente depois que Daniel leu "Millington Wood" naqueles cadernos. Mas havia um endereço que ele não reconhecia.

Ele apresentou os manuscritos para Jessica, correndo o dedo pela lista de palavras repetidas que se referiam ao local.

— Você sabe que lugar é este?

— Não, mas não é difícil descobrir. Venha comigo.

Jessica trancou a sala. Eles se deslocaram pelo corredor até o escritório dela. Daniel reparou que a fundação estava extremamente silenciosa àquela hora, contrastando com a excitação deles. Quando chegaram, Daniel sentiu-se em alerta. Agora, este sentimento havia se multiplicado por mil.

Jessica ligou o notebook. Assim que o sistema operacional carregou, ela abriu o *browser* e digitou um site bem conhecido.

— Google Maps. É claro — disse Daniel. — Sempre ele.

Ela digitou o endereço. Em menos de um segundo, o marcador vermelho apontou para uma fazenda próxima a Millington Wood. Próxima demais.

Clicando com o mouse, ela ampliou a imagem. Puderam ver um grande espaço verde com linhas que demarcavam uma plantação. Além disso, um conjunto que parecia um casebre e um celeiro aos fundos, quase despercebidos.

Mesmo sem estar na pele de Jessica, Daniel pôde sentir o arrepio que ela teve ao visualizar aquele lugar.

— Oh, meu Deus... — ela colocou a mão na boca. — Não nesse lugar...

— Jess, precisamos ir até lá. Isso não pode ser coincidência.

Ela concordou. Mas perguntou, preocupada:

— Você tem alguma noção de onde estaremos nos metendo quando cruzarmos a porta desta sala, Daniel?

Daniel não respondeu. Aquela parecia ser uma pergunta escutada por ele inúmeras vezes. E a resposta, por demais óbvia.

Mas ele nunca daria para trás.

39.

As luzes artificiais de Pocklington começavam a aparecer abaixo das nuvens tormentosas. Dessa vez, Daniel dirigia de forma quase imprudente, arrancando em direção à Millington Wood pela estrada secundária. Jessica se agarrava firme onde podia. Os pingos que caíam à frente dos faróis eram quase mercuriais, assim como a água empoçada que as rodas do Aston Martin superavam pelo caminho.

Daniel havia enviado uma mensagem a Wendy Miller informando aonde estavam indo. Algo incomodava com o repentino "desinteresse" de Wendy pelo caso. Esperou por uma resposta dela, que não veio. Então, desde que entrou no carro, manteve-se calado, pensativo. Só rompeu o silêncio quando veio uma frase contundente:

— Acho que precisaremos de ajuda.

— O que sugere? Não me passa outra coisa na cabeça se não ligarmos para Willcox!

Daniel ainda se sentia inseguro, mas não via outra opção.

— Concordo — disse, por fim.

Jessica pegou o celular e ligou.

— Não está atendendo.

— Tente de novo.

Ela repetiu, mas não teve sucesso.

— Nada.

Daniel lamentou. Apesar das atitudes variantes de Willcox, gostaria de contar com o apoio dele. Outra opção seria telefonar para Ted, mas isso o importunaria. Afinal, Jessica havia parado repentinamente de falar o nome dele desde que haviam saído da cafeteria. Seria por causa da citação dura que ela recebera ainda lá dentro? Não sabia dizer. E perguntar qual o motivo poderia desestruturá-la ainda mais.

Bem, parecia que eles não teriam muitas opções dali para frente.

Chegando à Millington, Daniel precisou do auxílio de Jessica e o mapa que ela havia impresso para identificar o local exato. Por todo o caminho, uma neblina se agigantava ao redor deles numa dança quase fantasmagórica.

Daniel apagou os faróis e parou o carro próximo à entrada da floresta, às margens da estrada. Mesmo com a chuva batendo de encontro ao vidro e distorcendo a visão, podia ver a paisagem soturna e preenchida pelas enormes árvores cinzas que riscavam o chão e convidavam para um passeio intimidador por seus caminhos tortuosos àquela hora e com aquele clima. Ele olhou para o relógio.

— Pegue a lanterna — disse para Jessica.

Ela não titubeou e abriu o porta-luvas.

— Daniel, o que faremos?

— Eu não sei direito — respondeu enquanto verificava se a lâmpada funcionava. — Preciso investigar. Quero que fique por aqui.

— Não! — relutou Jessica. — Entrarei com você.

— Ouça, Jess, eu não sei o que encontrarei lá dentro. Pode ser muito perigoso.

— Mas eu *sei* o que tem lá dentro: Joshua. Não queira me impedir.

Olhando para ela, Daniel tinha vontade de dizer: "Não conseguirei protegê-la, Jess. Por favor, fique! Você pode fugir com o carro. Não deposite confiança em mim para defendê-la, pois posso falhar terrivelmente".

Jessica parecia ler seus pensamentos, mas de nada adiantou.

— Vou com você. Isso já está decidido — sentenciou.

Dolorosamente, Daniel acatou a decisão dela. Foi o primeiro a sair do carro, sentindo a chuva pinicar terrivelmente no seu rosto inchado. Jessica colou ao seu lado. Com uma lanterna apenas, teriam que ficar o tempo todo juntos.

Eles suplantaram o portão de entrada e invadiram o terreno, mergulhando numa escuridão tão profunda quanto a visão de um morcego. Por enquanto, a única luz de orientação vinha do facho que a lanterna produzia. Daniel caiu em si de que deixá-la acesa não era nem de longe uma boa ideia, tornando-os alvos fáceis. Mas de que outra forma se movimentariam em direção ao campo de trigo naquele breu?

Daniel se lembrou vagamente da trilha bem definida e, em seguida, da clareira com forno de queima de carvão a qual passavam agora e que tinha conhecido bem no dia em que estivera ali com Wendy. Suplantaram os pinheiros e os declives íngremes, que se tornavam mais escorregadios com a água da chuva. Jessica o seguia com passos apurados. A todo momento, se certificava de que ela estivesse bem. Queria preservá-la, mas não conseguiria impedir o que viria pela frente. Até que chegaram no último e extenso declive que dava para a plantação vista na tela do notebook. Era uma plantação de trigo.

A neblina estava agora por toda parte. Com a altura da plantação ultrapassando suas cinturas, ele imaginou se algo poderia se arrastar pelo caminho. Não tinha certeza do que encontraria ali dentro; uma pessoa, um animal ou coisa pior.

Andaram por muitos metros, imaginando se seria o local correto, quando Daniel viu uma luz branda e solitária ao longe. Era a única referência que tinham para aquele lugar.

— Vamos até lá — comentou para Jessica, a água escorrendo por todos os cantos de seus corpos ofegantes.

Vários metros adiante, a plantação terminava de modo brusco diante da nova situação: encontraram uma casa simples, de um único pavimento, com um celeiro ao seu lado e que Daniel não vira da primeira vez em que esteve ali porque não tinha ido tão longe assim com Wendy. A casa inteira era de madeira, praticamente sem cor ou alma, com apenas uma lâmpada brilhante pulsando ao seu fronte. Uma varanda alongada, janelas cerradas e um telhado por onde a chuva escorria e criava um lamaçal no quintal da frente completavam aquela paisagem sombria.

Daniel desligou a lanterna.

Daqui pra frente, somente quando for necessário!

Jessica estava ensopada pela chuva insistente. Encolhida, ela tremia de forma brutal, e não apenas porque suas roupas estavam molhadas ou por causa do frio. Mostrava-se apavorada, sentindo-se mal pelas circunstâncias. Daniel teve pena dela. Para piorar, tinha a estranha sensação de que estavam sendo observados. Ele se virou e examinou a plantação, agora quase completamente engolida pelas trevas. Alguém podia estar parado, encolhido pelos trigos, observando-os sem ser visto.

Um trovão irrompeu no céu acima deles, fazendo sacudir até o chão.

— O celeiro — sussurrou.

Jessica concordou com a cabeça. Dirigiram-se até a porta do celeiro. Daniel forçou a entrada. Estava trancada.

Ele apontou a lanterna para uma fresta na madeira da porta e acendeu-a. Olhou pelo pequeno buraco e viu apenas o rastro de luz manchar um dos cantos da parede. Moveu o punho tentando enxergar o que tinha lá dentro, mas surtiu pouco efeito.

Outro trovão quase o fez pular para trás.

A chuva apertou e o vento os golpeava como um tornado. Daniel segurou a mão fria e molhada de Jessica e a puxou em direção a uma janela. Tentou abri-la, mas assim como a porta, parecia trancada ou emperrada.

Fez sinal de silêncio para ela. Agarrou a lanterna ao contrário e esperou um novo raio rasgar o céu. Quando veio o trovão, ele estilhaçou a vidraça, torcendo para que o som estrondoso abafasse o barulho do vidro se partindo. Meteu a mão, soltou o trinco e fez sinal para que Jessica entrasse. Com cuidado, ela subiu pelo peitoril e escorregou para dentro do celeiro. Depois, foi a vez dele.

— Tudo bem? — indagou Daniel.

— Sim — respondeu ela. Assim que se levantou, Jessica arregalou os olhos na direção de um dos cantos do celeiro. Ela apontou com o dedo. — O que é aquilo?

Daniel mirou o alvo com a lanterna. Iluminou um pano velho e puído que formava um enorme pêndulo na parede. O pavor fechou sua garganta como sulfato de alumínio. Seu cérebro reagiu rápido. Logo imaginou ser outro cadáver, os pulsos estourados, o sangue escorrido como uma cachoeira seca.

Ele prendeu a respiração e puxou o pano.

Era apenas uma máquina.

Uma máquina *estranha*.

Daniel não tinha certeza, mas parecia com um potente detector de metais, antigo e pesado como chumbo. Estava acoplado a um traje feito de borracha grossa e capacete. Presa na altura do tórax, uma extensa haste se projetava para frente, finalizando com uma bobina circular na ponta. Nas costas, havia uma bateria dentro de uma caixa de apoio, pendurada por alças como uma mochila. Tudo isso sob uma espessa camada de poeira, como se estivesse encostada ali por muitos anos.

Ouviram um barulho vindo da porta.

Alguém mexia no trinco!

Daniel sentiu um arrepio que nasceu na nuca e embalou todo seu corpo. Seu coração congelou. Ele desligou a lanterna e percebeu Jessica, apavorada, movendo-se pelo local. Ela estava a dois passos de se esconder atrás da máquina quando um pequeno pedaço do piso de carvalho cedeu de modo inesperado.

Jess tropeçou e caiu no chão.

Daniel, um tanto desorientado, largou a lanterna e se agachou correndo para ajudá-la, mas não houve tempo suficiente.

Uma sombra tênue, provocada pelo fiapo de luz que vinha do lado de fora, repousou sobre eles.

Daniel ergueu as sobrancelhas em direção à porta e viu a silhueta de um homem. E ouviu a voz, até certo ponto, familiar:

— Vinte e cinco anos e ninguém havia descoberto. Estou impressionado. Parabéns, Mr. Sachs.

40.

Daniel se esforçou para conseguir olhar um traço que fosse no homem que se postava contra a luz que vinha do lado de fora do celeiro e que vestia uma capa de chuva barata por cima do terno. Mas, no fundo, não precisou ver seu rosto para identificá-lo. Depois de um tempo, a magreza e os braços longos eliminaram todas as suas dúvidas.

— Reitor Cornwell — disse, convicto.

O homem deu alguns passos para dentro do celeiro. Pisou no vidro estilhaçado do chão e sacudiu a capa de chuva com uma elegância desbotada. Depois buscou a lanterna caída, baixou o capuz molhado e iluminou o espaço entre eles.

— Como eu disse antes, é melhor deixar para se ajoelhar quando estiver diante da realeza, Mr. Sachs.

— Eu pensei que o senhor *nunca* saísse do Woodgate College, diretor.

— Eventualmente, tenho alguns negócios fora da universidade — ironizou. — Mas eu admiro o seu esforço, meu jovem. Você trabalhou muito para chegar até aqui.

— Em Millington Wood.

— Exatamente.

— Onde tudo começou, há 25 anos, quando Sarah Child apareceu morta na plantação aos fundos do terreno.

— E onde terminará agora. Por favor, seja um cavalheiro e ajude sua parceira a se levantar. Depois, fiquem parados.

— Senão o quê?

Cornwell sorriu.

— Vamos, Mr. Sachs... mesmo que eu seja um homem que tenha treinado um pouco de boxe em momentos esparsos da minha vida, sei que na minha idade não sou páreo contra você. Eu não vou reagir. Vocês vieram atrás de respostas e pretendo fornecê-las. Além do mais, não conseguirão ir longe.

Jessica se levantou antes que Daniel pudesse agir, deixando uma pequena poça de água no chão. Depois olhou para Cornwell, empalidecida e encharcada.

— Eu preciso saber de uma vez por todas, Cornwell, o que houve com a minha mãe. Mas, primeiro, me diga onde está Joshua. Por favor!

Daniel se colocou ao lado dela e murmurou:

— Jess, eu não acho que isso acabará tão bem assim.

— Não, Daniel. Não importa o que haja, eu não consigo prosseguir. Eu entendo sua preocupação, mas sua missão terminou. — Ela abraçou o tórax, as mãos pálidas tremendo de frio. — Cornwell, deixe-o ir embora. Deixe Daniel voltar para a esposa dele. Ele não tem culpa.

— Isso será impossível, Jessica.

— Por quê?

— Não é uma decisão que consigo tomar sozinho.

Daniel repudiaria de todas as formas a sugestão de Jessica, mas a frase de Cornwell serviu para deixá-lo com uma intolerância ainda mais crescente em seu âmago. Imediatamente, ele se lembrou do velório de Mr. Child.

— Ele está vindo — continuou Cornwell antes que Daniel pudesse dizer algo. — Estávamos reunidos dentro do casebre quando Azul reparou no brilho dessa coisa do lado de fora. — Cornwell movimentou a lanterna de Daniel, fazendo o facho de luz riscar as paredes no entorno deles. — Sabe, aquele jovem enxerga melhor do que qualquer um nessa cidade. Eu precisei convencê-lo a me deixar vir antes.

— Azul — Daniel balbuciou. — Então foi aqui que ele me trouxe. A mesma *coisa* que me raptou foi o que me atacou no Woodgate College com a cápsula do tempo, não é?

— Sim, você está certo.

— Azul é um codinome?

— Contenha a ansiedade, Mr. Sachs. Você logo irá entender. Afinal, não era o que pretendia quando veio até aqui?

A voz de Cornwell atravessou a mente de Daniel. "Logo" nunca soaria bem devido à situação em que se encontravam. Era óbvio que a sua condição de repórter desejava revelar todos os acontecimentos, e mais ainda, necessitava encontrar as respostas depois de tudo que havia passado até ali. Já não era apenas um propósito para Jessica, mas também para si. Porém, aquilo contrabalanceava com o pânico que invadia o seu corpo, pois Daniel sabia que não seria tão simples sair daquela situação. Não deveriam ter ido até aquele celeiro sem um plano ou um auxílio especializado. A tática de obter informações garantiria algumas horas a mais, mas não muito. Naquela situação, porém, qualquer vantagem era bem-vinda. Se pudesse convencer Cornwell enquanto pensava numa maneira de livrá-los dali, ele abriria uma mínima possibilidade de fuga antes que alguém aparecesse.

Tempo. Nunca foi tão importante quanto agora.

Daniel precisava apenas de um pouco dele para manobrar na escuridão. E Jessica tinha que compreendê-lo. Ele olhou para ela, que estava tremendo, e calada. Envolveu-a com um dos braços como se quisesse protegê-la do frio avassalador que fazia dentro daquele celeiro, mas na verdade, queria que ela intuísse que pretendia tirá-los dali.

— Sua gentileza me comove, Mr. Sachs — debochou Cornwell, jogando o facho de luz neles. — Conheço Jessica desde que ela era uma criança, muito antes de frequentávamos a Igreja Pentecostal. Ela realmente lembra Sarah Child em vários aspectos aprazíveis. Você devia ter conhecido aquela mulher!

Jessica suspendeu os olhos na direção do rosto dele.

— O senhor e minha mãe...

— Não, Jessica. Nem pense nisso — ele foi incisivo. — Eu nunca mancharia a honra de seu pai, Humphrey. Nós todos éramos amigos até o acidente dela. — Cornwell desviou o facho e iluminou a máquina atrás deles, na parede. — Aquela coisa maldita foi a principal causa dos nossos problemas.

— Um detector de metais? — Daniel se adiantou.

— Bem mais potente do que isso — respondeu Cornwell. — Um detector de longo alcance baseado em sistema de ionização.

— Não sei o que quer dizer, mas por que isso está guardado aqui? Ou melhor, *escondido* aqui? — perguntou Jessica com tom de voz desconfiado.

— Ele não está escondido, Jessica. Se quiséssemos nos livrar dele, já teríamos feito. Esse objeto não tem mais nenhuma relevância, nem pode ser utilizado como prova de qualquer coisa. Muitas pessoas possuem detectores em suas casas, em Pocklington. Mas essa é uma longa história. Talvez, se vocês obedecerem, possamos conversar mais sobre ele.

— Eles são utilizados para encontrar artefatos enterrados como a tigela de cerâmica que eu vi ou os objetos que Humphrey Child manteve todos esses anos no escritório dele, não é? — Daniel concluiu.

Cornwell levantou um dos cantos dos lábios.

— Exatamente. E a tigela que Azul deixou aqui quando raptou você foi um enorme erro, embora eu não acredite que tenha sido apenas isso que o trouxe de volta, Mr. Sachs.

— Talvez não, mas ela foi essencial. Como um *símbolo*.

— Claro. A observância de um repórter investigativo.

Daniel queria rejeitar aquele termo mais uma vez, "investigativo". Porém, de que adiantaria? Pensou em algo que o incomodava naquele lugar, e mais do que isso, depois, quando esteve fora dele, tanto que lhe escapava a ideia de fugir agora.

— Quem me tirou daqui?

— Eu. Levei-o e deixei-o próximo à casa de Jessica Child.

— Por quê?

— Digamos que eu não compactue com todo o plano. Infelizmente, isso não exclui de mim parte da culpa por tudo que vem acontecendo — Cornwell respondeu com um certo pesar, pelo que Daniel pôde conferir. — Mas você tinha que retornar, não é? Eu lhe dei uma chance de escapar e você desperdiçou. Não sabe os problemas que tive que enfrentar por causa disso.

— Nesse caso, por que não nos deixa ir embora agora?

Como se fosse uma resposta imediata, as luzes fluorescentes do celeiro se acenderam, revelando um lugar menos sombrio e abandonado do que Daniel poderia supor. Porém, não menos perigoso, em especial, pela enorme figura que ele visualizava agora embaixo do parapeito da porta, que provavelmente havia ligado o disjuntor antes de entrar — e que fez Daniel comprimir as pálpebras e se arrepiar por inteiro. Era um homem grande que também vestia capa de chuva, com a aparência normal em todos os aspectos, à exceção de uma singular e assustadora cor de pele estranha e olhos igualmente distintos.

E finalmente Daniel compreendeu porque o chamavam de Azul.

A pergunta feita antes a Cornwell, porém, não tardou a ser respondida pelo novo homem:

— Porque não é ele quem está no comando — avisou de onde se apresentava, como se estivesse ouvindo a conversa por um longo, longo tempo.

Ouvindo e se divertindo.

41.

Sem nenhuma solução imediata, Daniel e Jessica deixaram o celeiro e foram orientados a caminhar novamente debaixo da chuva e pela neblina. A cada pisada, os pés chafurdavam na camada de lama escondida pela grama alta. Cumpririam o espaço entre o celeiro e a casa que ficava a alguns metros de distância, cuja única luz solitária no terreno servia como ponto de referência para a fila iniciada pelo Reitor Cornwell e finalizada pelo homem de inexplicável pele azul que os mantinha em profunda observação.

Pelo jeito com que Azul se movia, Daniel podia jurar que ele possuía mais do que uma boa visão, conforme Cornwell havia lhes comunicado anteriormente. Estava em plena forma física, capaz de atravessar uma parede; o que invariavelmente fazia com que Daniel desistisse de mandar Jessica correr e procurar por ajuda para eles antes que fosse tarde. Ela tremia cada vez com mais intensidade, com os olhos fixos na terra molhada, e Daniel se perguntava se Jessica estaria pensando que sua mãe teria dado os mesmos passos que eles no dia em que teve sua morte trágica e ainda enigmática. Por puro reflexo, ele levantou a cabeça e olhou com dificuldade para o céu, mas não viu luz alguma acima dos pinheiros.

Eles entraram pela porta principal do casebre e logo marcaram o chão de madeira com pegadas de lama. Embora a iluminação do lugar fosse encanecida, ela superava a que havia no celeiro. E puderam ver claramente quem os aguardava, sentado de forma confortável na poltrona a meio caminho da lareira acesa, com o quepe apoiado no colo.

Enfim, o homem no comando de tudo.

Garnham-pai.

Não era surpresa para Daniel. Aliás, se não fosse pela roupa encharcada e pesada, não apregoaria o menor movimento diante do velho policial, mas ele precisava eliminar um pouco da água que escorria pelo seu corpo. Enquanto isso, Jessica se adiantou, com as mandíbulas trementes:

— Onde está... Joshua... seu maldito?

— Acalme-se, garota.

— Não deixarei que finalize... a tragédia que começou com minha mãe... entregue... meu filho.

Garnham riu, similar a um espirro de escárnio.

— O que a faz pensar que fui culpado pelo que aconteceu com Sarah?

— Apenas... me entregue... Joshua!

Com os olhos turvos, Garnham inclinou levemente a cabeça para Azul, postado atrás de Daniel e ao lado do silencioso Cornwell. Ambos já estavam desfeitos de suas capas de chuva. O sujeito caminhou por dentro do salão e entrou por um corredor que parecia espremido demais para seu corpo. O único som durante alguns segundos foi o do piso que rangia por causa do peso dele, pois a casa continuava encoberta pela tensão precavida pelos que se colocavam dentro dela. Até que Azul surgiu com Joshua encolhido e desacordado em seus braços, como se fosse uma pequenina criança diante do tamanho do homem. Ao menos, estava vivo.

Azul o depositou em um sofá de três lugares a alguns centímetros de distância de Garnham. Sem que Daniel pudesse impedir, Jessica correu em direção ao filho e se agachou, adicionando seu corpo úmido àquela tela comovente.

Azul se afastou dos dois. Jessica começou a chorar.

— O que... vocês fizeram com ele?

— Joshua não corre nenhum perigo. Nós apenas o mantivemos desacordado para preservarmos o garoto dessa conversa — disse Garnham, como se fosse a coisa mais normal do mundo. — Agradeça a Azul por isso. Ele tem os seus *dons*.

Jessica, porém, parecia não dar mais atenção às palavras de Garnham. Ela apenas segurava as mãos de Joshua e encostava seu ouvido desesperado no peito do garoto — o que preocupou Daniel, pois manter o controle era o que eles mais precisavam naquele instante. Afinal, Azul ter trazido Joshua para ela provavelmente seria a única ordem que Garnham aceitaria naquela noite.

O policial virou o bigode bem aparado na direção de Daniel.

— Sente-se, Mr. Sachs.

— Não, obrigado.

Garnham indicou com o queixo uma cadeira antiga de madeira.

— Sente-se — repetiu.

Daniel achou melhor obedecer.

— Com esse rosto inchado, você não parece tão confiante agora, *jaqueta mostarda*. Aliás, por que não se desfaz dessa vestimenta ridícula?

— Tenho certeza que pensaram em fazer isso quando vocês me sequestraram.

— Sim. E talvez fosse enterrado com ela, se não fosse o Cornwell. — Garnham mediu a força de sua voz com o olhar silencioso do reitor, que não parecia esperar nenhum agradecimento de Daniel por isso.

— As luzes — informou Daniel.

— O que disse?

— Não existiram luzes no céu naquele dia, não é mesmo? "Luzes mortas"! — tomou o foco da conversa. — A fotografia que encontrei na cápsula do tempo era a verdadeira. As luzes foram adicionadas posteriormente por Mr. Baker, de uma forma tão perfeita que, naquela época, ninguém conseguiu determinar.

Garnham não demonstrou surpresa com a observação.

Daniel continuou:

— Mr. Baker quis nos avisar. Nos *provar*. Talvez carregasse um arrependimento de 25 anos. Depois que Mr. Child ficou doente, ele deve ter percebido que o pai de Jessica nunca encontraria o que ele escondeu dentro da cápsula. E só restou confiar na gente — concluiu.

— É uma boa perspectiva sobre tudo, repórter. Mas incompleta.

— Eu sei. Muitas coisas me incomodam. Por exemplo, por que vocês não retiraram a cápsula antes?

— Quando soubemos que Jessica tinha o bilhete 19, nós quisemos, mas nunca esperaríamos que Baker voltasse ao lugar e a escondesse mais fundo do que quando a enterraram. Esse era o segredo daquele ermitão. Seria impossível descobrir quem a havia "roubado", portanto, esperaríamos até o prazo correto para que a cidade tivesse ciência, mas Jessica conseguiu a liminar para removê-la naquele maldito dia.

— Então não foi nenhuma surpresa quando abriram o buraco.

— Sim. Mas graças a você e a sua descoberta, recuperamos a fotografia e todos continuarão sem saber o que houve no dia em que Sarah morreu — destilou. — Entenda, durante muito tempo, a maior parte das pessoas desta cidade lucrou com a história das luzes: souvenirs, turismo, hotéis lotados... Infelizmente isso perdeu força e ficou no passado. Hoje não passa de uma história curiosa. Mas nós mantivemos a tradição.

— Tradição. É claro! Como no grupo que se formou há muito tempo, Blue Blood. Isso, sim, é um nome curioso.

— Essa é a parte excêntrica da história — mencionou Garnham. — E tem a ver com Azul. — Ele estendeu o olhar para o gigante silencioso que estava postado atrás de Daniel.

Garnham passou a alisar o quepe em seu colo de forma singular, sem desviar a atenção de Daniel, como se o estudasse. Daniel olhou rapidamente para Jessica. Ela continuava colada a Joshua, controlando o frio de seu corpo enquanto se agarrava ao filho. Ao menos, a lareira acesa parecia confortar um pouco.

Cornwell intercedeu com a palavra:

— Provavelmente você nunca escutou, Mr. Sachs, mas Azul nasceu com uma disfunção chamada *metahemoglobinemia*. — A voz surgia por trás de Daniel, fazendo com que ele se virasse lentamente na direção do reitor. — Ela faz com que um tipo de hemoglobina que não consegue transportar oxigênio pelo sangue tenha sua concentração elevada, e com isso, o sangue que percorre as veias e artérias torna-se mais escuro. Não traz nenhum problema mais sério, apenas deixa nosso garoto com essa aparência incomum aos olhos de outras pessoas, com essa cor.

— *Nosso* garoto? — confundiu-se Daniel.

— Azul é filho de ciganos que estiveram por essas terras há mais ou menos 35 anos. Ele foi abandonado com pouco mais de cinco anos de idade. Nós nem usamos o seu verdadeiro nome. Por muito tempo, nós nos revezamos para cuidar dele até que se tornasse um homem e tivesse condições de viver neste lugar, sempre escondido e sozinho.

— Blue Blood. Você, Garnham, Baker e Humphrey.

— E Sarah — Cornwell definiu com clareza e espanto de Daniel. — Sim. Ela nunca fez parte do Blue Blood, mas não conseguiríamos sem a ajuda da esposa de Humphrey. Ela nos ajudou a cuidar de Azul até a sua morte. Azul foi o nosso segredo. E dela, também.

— Não seja modesto, Cornwell — Garnham ironizou. — Ele é um de nossos segredos, mas não o maior deles. É apenas o nosso garoto de sempre, não é mesmo?

Daniel se voltou para Azul com uma expressão de receio no rosto. O homem continuava passivo, sem demonstrar nenhuma emoção ao ouvir a sua própria história, apenas carregava uma sombria resolução no rosto. Cornwell continuou:

— Azul é um fantasma. Não possui nenhuma identificação, registro cívil ou qualquer coisa semelhante, Mr. Sachs. Nós somos as únicas pessoas que mantêm contato contínuo com ele. Para o resto do mundo, ele simplesmente não existe. Foi assim que ele chegou até nós, e assim continuará sendo — confirmou.

— Isso é impossível. Ninguém nunca o viu?

— Raras vezes. E quando foi necessário, ele possui uma habilidade notória para maquiar o rosto e as mãos. Acredite, é impossível identificar sua cor de pele original quando disfarçado. Exceto pelo seu tamanho, nada mais chama a atenção.

— Isso é impossível — Daniel repetiu, mesmo sabendo que não era. Não em pleno Século XXI e com todo o mercado de cosméticos desenvolvendo novos produtos a cada dia. — Ninguém percebeu que essa casa estava habitada?

— Com a aparência deste lugar? Eu até concordaria com você, porém, poucos se aventuram a vir até aqui. Muitos têm medo que as luzes reapareçam e outra pessoa surja morta. Nós estamos em uma cidade pequena, Mr. Sachs. Com todas as suas superstições e lendas — confirmou Cornwell.

— Além disso, qualquer triagem do caso pararia na delegacia — Garnham-pai disse com orgulho na voz. — Talvez não fosse possível realizar isso em uma cidade maior, mas em Pocklington, que outra autoridade se importaria em investigar?

— Da mesma forma que vocês investigaram o assassinato de Sarah Child? — acusou Daniel, levemente.

A resposta de Garnham foi de uma excitada prudência:

— Sarah Child tinha uma doença. Uma doença incurável que a matou!

— Mentira! — Jessica finalmente se manifestou, provavelmente ao escutar o nome de sua mãe mais uma vez. A simples menção à Sarah Child funcionava agora como um catalisador para a raiva dela.

— É verdade, Jessica. Nós não sabíamos da condição de sua mãe! — disse Garnham.

— Condição?!

— Humphrey nunca...

Jessica se levantou.

— Chega! Não ouse falar qualquer coisa sobre meus pais, seu maldito! Vocês mataram a minha mãe! Destruíram a minha família! Eu quero saber como e porquê, agora!

O momento de descontrole de Jessica que Daniel tanto temia parecia ter chegado. Ela deu passos em direção à poltrona em que Garnham acomodava seu corpo gordo. Por sua vez, o policial suspendeu o quepe. E só então Daniel percebeu a real intenção dele em permanecer com o chapéu no colo...

Garnham havia escondido seu revólver por baixo do objeto todo o tempo.

Ele apontou a arma para Jessica. Os olhos de Daniel demonstravam pânico por causa do gesto. Um pânico quase selvagem.

— Para trás! — ordenou o velho.

— Não, Garnham. Isso acaba agora! — disse Jessica.

— Espere! — gritou Daniel, pendendo seu corpo para frente num impulso, mas então ele sentiu as mãos fortes e azuis grudarem seu tronco de volta para o encosto da cadeira ao mesmo tempo em que Jessica envolvia seus dedos finos no pescoço duro de Garnham. Enquanto isso, Daniel sabia que os braços que reprimiam os seus movimentos não iriam feri-lo de imediato; eles apenas o impediam de evitar o pior.

— Por favor, não faça... — tentou dizer.

Um tiro.

Um único tiro.

Direto no abdômen de Jessica. À queima-roupa.

— Meu Deus! — Daniel disse por entre os dentes.

O tempo pareceu diminuir de velocidade. Num movimento fluido, Jessica despencou no chão. Daniel, agoniado, só conseguiu observar.

Depois de alguns segundos, o sangue de Jessica iniciou uma corrida lenta para se esconder nas frestas do piso de madeira.

E Daniel quis fugir dali como ele.

42.

À porta da cafeteria e amparada da chuva, Wendy Miller aguardava com ansiedade depois de ter cassado e mastigado todas as balinhas brancas que estavam dentro da bolsa. A falta delas a deixava ainda mais irrequieta, mas a verdade era que cada olhada que dava no relógio do celular trazia a sensação de que o tempo corria depressa demais, e esse era o seu maior incômodo nos minutos que se seguiram desde a ligação. Exceto por esse fato, não se lembrava da última vez em que havia se preocupado *realmente* com alguma coisa, ou até mesmo com *alguém*. Ela não agia assim. Entretanto, a duvidosa e pesada sensação recaía sobre si quando pensava no intrépido repórter que ela mesma ajudou a entrar naquela enrascada.

Wendy finalmente viu os faróis do carro de polícia cruzarem a rua e iluminarem o seu corpo. Um alívio momentâneo a atingiu com a mesma velocidade da água que era espirrada pelos pneus da viatura.

O carro parou bem à sua frente. Não precisava enxergar através do vidro molhado para saber que *ele* havia conseguido, conforme assegurou pelo telefone.

Willcox cumpriu a sua palavra. Trouxe Ted Garnham junto!

Uma cena curiosa para Wendy Miller — e talvez para o resto daquela cidade — ver os dois, lado a lado. O próprio Willcox havia convencido Ted Garnham a ajudá-los? Por pouco isso não lhe pareceria impossível, mas quando Willcox abriu a janela do carro sem se importar com a chuva, ela concluiu que haviam coisas mais urgentes a se pensar naquele instante do que a antiga rivalidade entre os dois homens.

— Venha, Wendy! — Willcox disse, afoito.

Wendy Miller correu e entrou no carro, acomodando-se no banco de trás. Tão logo a porta bateu, a viatura tornou a andar. Ela mal teve tempo de cumprimentar Ted Garnham, postado à direção. Ao menos, não necessitava perguntar para onde estavam indo.

— Eu espero chegarmos a tempo — ela suspirou alto.

— Preciso entender como vocês deduziram sobre o lugar — anunciou Ted.

— Recebi uma mensagem de Daniel dizendo que estavam indo para lá.

— Além disso, temos as coordenadas. Wendy recebeu um aviso dias atrás — completou Willcox.

— Um aviso?

— Sim. As coordenadas indicam Millington Wood, o mesmo lugar onde Sarah Child foi encontrada morta.

— E de onde *veio* esse aviso?

— Madeleine, a recepcionista do Pocklington News, me disse que um grandalhão deixou um pacote endereçado para mim — explicou Wendy. — Ela o achou suspeito, apesar de... bem, chamá-lo de *atraente*. Dentro da caixa, encontrei um pedaço de osso. Haviam coordenadas gravadas nele.

— Que tipo de história esquisita é essa? Um grandalhão? Osso?! — Ted se confundiu. — E por que diabos o sujeito faria isso?

— Nós não sabemos. Portanto, precisamos nos preparar para o que iremos encontrar daqui para frente — respondeu Willcox.

— Quanto a isso, não há menor dúvida — resumiu Ted. — Existe mais alguma coisa que vocês não me contaram?

Willcox virou o pescoço e olhou para Wendy no banco de trás. Ela fez um gesto silencioso com a cabeça. *Sim, acho que é agora.*

Como se estivesse bastante convencido, Willcox se voltou para frente e retirou um papel amarelado do bolso. Desdobrou e entregou para Ted, que o recebeu apenas com uma das mãos e o cenho franzido. Wendy não precisava ler o que estava escrito ali, sabia bem do que se tratava. Mas talvez pela urgência e por estar dirigindo, Ted passou os olhos rapidamente pelo texto e inquiriu:

— Isto é o que eu acho que é?

— Exato. Uma avaliação médica sobre Sarah Child, da época em que estava viva. E é autêntica.

— Por que está me mostrando isso?

— Porque não há mais motivos para escondermos que Sarah Child era *sinestésica.*

— Sines...

Ted se calou de repente! Wendy percebeu que as informações pareciam demais para o pobre policial. Quase colocou a mão no ombro de Willcox para que deixasse a explicação com ela, mas o secretário se adiantou:

— A sinestesia é uma condição neurológica capaz de transformar a informação real transmitida por um sentido de percepção em outro. Letras, palavras, números, sons e vozes ganham cores, cheiros, sabores e até mesmo personalidades para o sinestésico. O que poucos sabem é que atinge cerca de 4% da população mundial. Existem casos simples e outros bem atípicos. Para Sarah, os sentidos dela se misturavam por causa de estímulos externos. Eles podiam ser bastante confusos para a mãe de Jessica.

— É letal?

— Não. A maioria dos sinestésicos aprende a conviver dessa forma.

— Temos outra informação importante — cortou Wendy — sobre Joshua.

Aquilo pareceu abalar de vez o policial, tanto quanto Willcox. Já era ruim o suficiente ela ter imposto o nome do filho de Jessica assim, repentinamente, mas falar sobre Joshua parecia o assunto mais lógico a se tratar — assim como quando Willcox a contou, logo após o sequestro do garoto, sobre os diagnósticos surpreendentes que Humphrey Child havia recebido muito tempo antes. Quisera ela noticiar em letras garrafais no Pocklington Post, mas sua ganância por uma boa história não chegaria tão longe assim. Ao menos, não até que todos estivessem a salvo.

— Joshua sofre do mesmo problema que a avó — acrescentou ela. — Ele também é sinestésico.

— Sim — Willcox tornou a falar depois de engolir em seco. — Joshua é portador de sinestesia, porém com menos intensidade que Sarah. Humphrey evitou que qualquer pessoa soubesse disso, até mesmo Jessica, que parece nunca ter manifestado essa condição genética — confirmou. — Joshua nunca sofreu de Distúrbio de Déficit de Atenção. Mr. Child foi capaz de manipular resultados médicos. Era um preço pequeno para ele.

— Não há lógica! Por que Humphrey esconderia a verdade de Jessica? E somente isso não justifica a morte de Sarah Child, 25 anos atrás. Você mesmo disse que essa condição não é letal. Ela não morreria por causa do problema.

— Eu acho que a resposta tem a ver com o local onde Daniel e Jessica estão nesse exato instante — Wendy interferiu outra vez. — Como Willcox disse, um sinestésico necessita de um estímulo externo para sofrer os sintomas. Achamos que algo aconteceu com Sarah antes de ela morrer, que despertou o problema.

— E sinto dizer, mas algo que envolveu o próprio Mr. Child — acrescentou Willcox.

— Humphrey assassinou a esposa?!

— Eu não disse isso — declarou Willcox. — Mas sei que ele se sentia culpado por algo. Até o final da sua vida, Mr. Child quis preservar a família. Preservar o que aconteceu com a sua esposa, por algum motivo importante.

— Bem, quanto a isso, não estou surpreso. Há muita coisa enterrada nesta cidade, e não estou falando daquela maldita cápsula do tempo.

Willcox olhou novamente para Wendy. Dessa vez, era o momento dela:

— Daniel acha que mais pessoas estão envolvidas na morte de Sarah. Inclusive seu pai, Ted — devolveu. — E nós também achamos.

Um silêncio pairou sobre eles, absolutamente límpido para escutar o ronco do motor da viatura e o roçar dos limpadores de para-brisas gastos que expulsavam a chuva do vidro dianteiro. Da parte de Wendy, parecia mais um silêncio constrangido, ou pior, duvidoso. *Será que Ted Garnham já desconfiava de algo?*, pensou ela com certa dose de preocupação. Obviamente, nem mesmo Ted diria que a amizade entre os homens daquela cidade se restringiria a encontros casuais na Igreja Pentecostal ou discussões sobre campeonatos de Rugby.

Ted, porém, evitou tecer comentários, especialmente os que envolviam seu pai. Ele devolveu o papel para Willcox e tirou o quepe, num claro sentido de que precisava livrar a cabeça de interferências externas para pensar direito enquanto continuava dirigindo com uma das mãos.

— Por que você viajou para o Brasil e trouxe o repórter até aqui? — perguntou para Willcox.

— Foi o mais sensato a se fazer — respondeu ele. — Como eu disse, Jessica não poderia saber de nada do que lhe contei. Aliás, *ninguém* deveria saber. Quando ela me falou do repórter, me obriguei a concordar com ela. A presença de uma pessoa de fora parecia uma boa ideia, apesar de nem tanto para mim. Jessica sempre foi uma mulher de caprichos — disse com certa firmeza na voz, o que fez Wendy perceber Ted lançar um novo olhar resignado para ele. — E achei que após desenterrarem a cápsula no Woodgate College, tudo isso terminaria. Mas foi uma suposição tola! Agora vejo que apenas ajudei a colocar os dois em perigo.

— Sim, isso foi algo irresponsável!

Willcox não reagiu ao comentário. Apenas encarou Ted com imensos olhos de plástico e uma expressão triste e vazia.

— Por favor, Ted. Nós precisamos salvá-los. Eu e você precisamos trazer Jessica de volta — disse.

— E Daniel — interferiu Wendy, preocupada. E só então ela se deu conta que disse aquilo em uma voz alta demais.

43.

Garnham ajeitou os fios de cabelo de volta para o lugar e colocou o quepe na cabeça como se nada importante tivesse acontecido. Só que, dessa vez, permanecia com o revólver à vista na mão direita.

— Por que fez isso?! — indagou Cornwell rispidamente.

— Fique quieto, Cornwell! Eu disse que assumiria o controle esta noite. Você, mais uma vez, sairá ileso — garantiu Garnham.

De forma automática, Azul desprendeu suas mãos fortes dos ombros de Daniel. Parecia perceber, através do toque de seus dedos, o pavor do repórter e que ele não teria nenhuma reação pelos próximos minutos.

Jessica grunhia encolhida no chão frio de madeira da cabana, mas seria impossível Daniel ajudá-la naquele instante — não com uma arma apontada para ele e três homens num raio tão próximo. Restou a ele agarrar os braços da cadeira de madeira. Com um pouco mais de força, poderia despedaçá-los. Foi quando ele percebeu: Cornwell, com os olhos estranhamente inquietos, parecia se incomodar bastante com aquela situação. E não era a primeira vez.

Instintivamente, Daniel sabia que aquilo não seria nada bom.

— Sei que deseja saciar sua sede de informações com o que realmente houve no dia em que Sarah Child morreu, repórter — disse Garnham. — E posso dizer sinceramente que nunca imaginei que apreciaria tanto contar a história para um estranho quanto agora.

Daniel quase pôde escutar "porque você levará a resposta com você para o túmulo", mas a visão aterradora do sangue de Jessica se esvaindo havia virado prioridade. E disse:

— A pessoa que mais se importa com isso está morrendo na nossa frente. Deixe-me ajudá-la, Garnham. Por favor!

— Muito nobre de sua parte, mas dispensável para o momento, rapaz. Você sabe que não existe um caminho de volta. Vocês vieram até aqui por conta própria. Como delegado desta cidade, posso facilmente justificar os motivos do desaparecimento de Jessica Child. Com todos os problemas que essa garota teve em sua trajetória, não seria nenhum absurdo que ela surtasse e quisesse iniciar uma vida nova em outro lugar, logo após a morte do pai. Fugir. Deixar tudo para trás, até mesmo o filho problemático, sem o amparo de Humphrey Child. E adiciono a isso, que tal, apaixonada por um repórter que conheceu há pouquíssimo tempo? Sim, o mesmo que teve a sorte de encontrar uma mulher rica e frágil emocionalmente, longe de seu próprio país — objetivou. — Pense, rapaz. Posso ter alguns problemas no início, mas ninguém nunca os encontrará. Para muitas pessoas desta cidade, isso não será, em absoluto, algo ruim. Você poderá até mesmo ser considerado um herói.

A voz de Garnham ecoava na cabeça de Daniel. *Desaparecimento?*

O coração martelou mais forte e as entranhas travaram.

Daniel começou a sentir a imensa dificuldade em manter a calma. Suas míseras opções se resumiam a fazer o homem falar ou ele próprio desistir e se render de uma vez por todas. "Bem-vindo a toda essa loucura!", disse a si mesmo. Talvez ouvir a história diminuísse seu desespero. Ou talvez descolasse a atenção sobre Jessica até que uma solução milagrosa surgisse.

Só esperava que ela aguentasse até lá.

— Compreendi que a máquina é um aparelho para encontrar artefatos romanos e que Pocklington é um enorme berço deles — arriscou, devagar.

— Sim.

— O campo de trigo se encontra com Millington Wood, logo depois de uma descida. Humphrey possuía anotações sobre o local e uma grande coleção de objetos dentro da Fundação Child. Imagino que a maioria deles partiu daqui.

— Por muito tempo, este lugar foi uma fonte quase inesgotável deles. Mas isso acabou.

— Sim, mas foi o suficiente para vocês enriquecerem com a extração dos objetos. Não é complicado imaginar um mercado negro para esse tipo de atividade. Deve ser difícil até mesmo determinar um valor exato para as peças.

— Nós ganhamos dinheiro, mas não tanto quanto Humphrey — Garnham definiu bem. — A família Child sempre foi a mais influente da cidade. Eles sempre tiveram o controle de tudo, por isso ninguém nos incomodou quando expulsamos os ciganos dessas terras.

— Os ciganos...

— Foram os primeiros a encontrarem os artefatos — adiantou-se. — Assim que fez a descoberta, Humphrey me contou toda a história. Humphrey confiava em mim desde os tempos de faculdade. Eu já era policial e me persuadi pela proposta que ele me fez. Em uma noite, ameacei pessoalmente aquela família de ciganos, e digo, assustei-os bem, mas não perderei tempo explicando como fiz isso. — O olhar crônico de Garnham não descolava de Daniel um segundo. — Percebi que os ciganos eram apenas um bando de bêbados inúteis, tão gananciosos quanto nós. Qual foi a minha surpresa quando vi pela primeira vez o garoto de pele azulada que andava com eles! Eu nunca tinha visto algo assim. Ao mesmo tempo, notei bem o tratamento que ele recebia. Discriminação. Ódio. Ignorância. Era óbvio que a cor de pele o tornava diferente e incomodava até mesmo os malditos progenitores, mas não me importei num primeiro momento. Nós só queríamos eles distantes destas terras, e minha ameaça surtiu o efeito desejado. Eles fugiram antes mesmo do dia amanhecer.

— A família de Azul.

— Sim. Foi quando percebemos que os ciganos haviam deixado o garoto para trás. Humphrey ficou com os artefatos, mas também um grande problema nas mãos. Uma pura ironia, não é?

Daniel olhou para o impassível Azul quando percebeu que eles falavam sobre aquilo como se ele não estivesse presente. Na verdade, devido à frieza que expunha, o homem não estava mesmo — algo que Daniel não considerava tão difícil para quem havia passado boa parte da vida sem contato com outras pessoas, senão aquele grupo. De qualquer forma, era uma história melancólica e assustadora.

Garnham sorriu como um pai amoroso.

— Não se preocupe, repórter. Azul sabe do seu passado, nunca escondemos nada dele. Ele não se importa com sua família anterior. *Nós* somos a sua família. Uma bênção para ambos os lados. Afinal, qual a chance de uma pessoa nascida com metahemoglobinemia aparecer a poucos quilômetros de sua casa?

— Humphrey Child devia ter outros assuntos importantes a resolver. Uma família. Os negócios. A Fundação Child. Sei que esta última tem uma função social importante para a cidade.

— A Fundação Child não existiria se não fosse Sarah. Foi uma exigência que ela fez por tudo que Humphrey havia cometido. Sarah sempre foi o pêndulo daquela família — disse, convicto. — Humphrey nunca mereceu aquela mulher a bem da verdade. Desde que descobriu que Humphrey mandou expulsar os ciganos e abandonaram o menino, Sarah foi impetuosa para cuidar de Azul. Suas visitas eram frequentes. — Garnham disse aquilo com um olhar rápido e firme para o homem às costas de Daniel. — A família Child não podia adotá-lo oficialmente. Um garoto de pele azulada? A história correria daqui a Londres. Pior do que isso, o que aconteceria com os artefatos enterrados? Teríamos que esquecê-los, e isso era algo que Humphrey, especialmente ele, com sua ganância, não poderia suportar! Então o acordo foi manter Azul isolado do resto do mundo por muitos e muitos anos. Escondido.

Cornwell, depois de muito tempo, abandonou o silêncio e se declarou em uma confissão:

— Nós precisávamos de um equipamento confiável para localizarmos os artefatos antes de escavarmos. Eu me incubi de criar a máquina sozinho. Não foi difícil para um bom universitário... porém, ela sempre foi barulhenta demais.

— Mesmo assim, você teve êxito. Sempre foi o mais inteligente de nós quatro, Cornwell. E talvez por isso, o de coração mais mole — Garnham rosnou na direção do homem de braços longos. — Mas vejo que se sente melhor em colocar a história para fora. Vamos, continue, homem!

Cornwell apenas olhou para Garnham como se estivesse atravessado por uma pontada de remorso, conforme Daniel sugeria em sua cabeça.

— Eu, Garnham e Baker trabalhávamos incansavelmente para extrair os artefatos do terreno. Nós éramos jovens, impetuosos, tínhamos uma vida de amizades e transgressões desde a faculdade. Então, passamos a ter um objetivo único. Somente Sarah não se interessava pelo que fazíamos, sua atenção estava voltada exclusivamente para o bem do garoto de pele azulada.

— Exato — Garnham confirmou.

— Qual de vocês a matou? — Daniel foi direto.

Garnham riu.

— Não jogue palavras ao vento, repórter. Ninguém viu Sarah na noite de sua morte. Ela apareceu por aqui sem que soubéssemos de nada.

— É difícil acreditar.

— Na primeira ocasião em que experimentamos o detector, Sarah estava conosco — Cornwell intercedeu novamente. — Como eu disse antes, a máquina era barulhenta demais. Algo suportável para uma pessoa normal, mas não para Sarah. Por causa de sua condição sinestésica, ela ficou completamente desnorteada.

— Sinestésica? — Daniel observou, e a palavra voltou sua preocupação para o estado de Jessica, largada no chão.

— Sim. Humphrey nunca declarou isso publicamente. Sua esposa sofria com uma sinestesia incisiva.

— O que fez com que seu cérebro traduzisse o som do detector em luzes que somente ela via no céu! — Garnham retomou daquele ponto. — Quando percebeu isso da primeira vez, Humphrey ficou apavorado. A partir de então, proibiu que usássemos o aparelho quando ela estivesse por perto, quando vinha visitar Azul. Nossa operação, que significava a procura e extração dos objetos romanos, só passou a ser executada à noite e com certa regularidade. E foi num desses episódios que Sarah apareceu.

Uma ponte pareceu se firmar dentro do cérebro de Daniel. Ele não conhecia a condição como um todo, mas sabia do que se tratava basicamente a sinestesia: a troca de percepção de um sentido por outro. Lembrava-se de ter lido alguns relatos em uma matéria publicada na editora em que trabalhara.

Garnham foi enfático:

— Nós não sabíamos que Sarah viria naquela noite, nem mesmo Humphrey. Ela morreu sozinha. Desorientada, deslizou em um barranco até cair na plantação. Deve ter visto as luzes no céu, como da outra vez. Seguia algo que não existia de verdade. Ninguém tocou na maldita mulher, repórter. Você podia imaginar isso? — Sorriu. — Humphrey, como era de se esperar, se revoltou com o episódio. A culpa foi grande demais para ele. Ele não podia revelar o que realmente havia acontecido para a imprensa ou seria preso por causa da obtenção ilegal dos artefatos. Porém, decidiu que ninguém mais usaria o detector em suas terras. Para ele, a nossa operação estava acabada.

— Mas havia o Azul — lembrou Cornwell.

— Sim. E ainda precisávamos justificar a morte de Sarah de alguma maneira. Foi quando Baker teve a ideia de espalhar a notícia falsa sobre as luzes, uma vez que dentro da cabeça dela, elas haviam ocorrido, como na primeira ocasião em que usamos a máquina. Um nada é melhor do que o todo, não é mesmo? — supôs. — Você deve saber bem disso, repórter. Nada melhor do que tirar a atenção do episódio importante com uma notícia plantada. Então, Baker ficou encarregado de forjar uma fotografia. Ele colaborava com o Pocklington News, e não foi difícil inserirem na primeira página. Quanto a Humphrey, nunca passou pela cabeça dele revelar a doença da mulher, especialmente depois de morta. Isso arriscaria também toda a extração que fizemos. Incriminaria todos. Mas Humphrey nunca perdoou Baker pela fotografia estampada no jornal. E Baker, com tudo isso acontecendo, dias mais tarde, compungiu-se. O maldito arrependimento daquele homem.

— E guardou a fotografia original, antes de ser feita a montagem, dentro da cápsula do tempo. O bilhete de número 19, endereçado a Humphrey. A única prova — concluiu Daniel, externando a linha de pensamento.

— Exatamente.

— Então o enterro da cápsula não passou de uma coincidência, certo? Um evento previsto para acontecer na mesma época, dentro da sua universidade, Reitor Cornwell. Baker percebeu uma brecha para ajudar Mr. Child, mesmo que sua redenção demorasse 25 anos para acontecer.

— Sim, Mr. Sachs. Acho que Baker nem imaginava que todos nós ainda estaríamos vivos 25 anos após o episódio. Ele continuou ao lado de Humphrey e contra nós, mesmo que os dois nunca tenham retomado o contato. E iniciou seu plano de esconder a cápsula logo depois que negociamos com Child.

— Negociaram? Como assim?

— Pense, repórter, pense... — induziu Garnham. — Humphrey havia acabado de perder a esposa e não podia culpar ninguém pelo fato. Jessica era uma menina, órfã de mãe. — Ele apontou displicente com o cano de revólver para Jess, jogada aos seus pés, numa terrível poça de sangue. — Azul continuava sendo um grande segredo para todos. Sem Sarah, ele havia se tornado um enorme peso para o homem mais notório de Pocklington. Não tardaria e alguém descobriria tudo.

Daniel começava a sentir uma enorme repulsa sobre a história.

Era inevitável. Garnham continuou:

— A nossa sugestão a Humphrey foi que eu e Cornwell assumiríamos o problema em troca do controle dessas terras. Nós cuidaríamos pessoalmente do garoto azulado e continuaríamos com a operação. Mas combinamos que enganaríamos Humphrey e ficaríamos com os objetos remanescentes.

— Humphrey não teve escolha e aceitou a oferta — Daniel sentenciou.

— Sim. Porém, a frustração não tardou a chegar. Já não existiam tantos artefatos quanto pensávamos. Ao final, só restaram eu, Cornwell e um garoto azul, além de um monte de terra sem utilidade — disse Garnham, desapontado. — Já a vida da família Child seguiu seu rumo. Jessica cresceu, engravidou e Humphrey teve finalmente algo em que depositar o seu arrependimento, ao invés de continuar remoendo os erros do passado. Aos poucos, ele conseguia livrar a sua mente de tudo aquilo.

Talvez por escutar seu nome, Jessica se encolheu um pouco mais. Ainda tinha alguma consciência. Porém, o tempo se esgotava rapidamente para ela. Para eles dois. Aquilo era loucura. Uma realidade absolutamente angustiante.

Num puro reflexo, Daniel tentou se levantar da cadeira para ajudar Jessica, mas estacou assim que Garnham disse:

— Se você se mover, está acabado. Talvez eu precise mudar a justificativa da morte de vocês, mas pode ter certeza de que pensarei em alguma coisa.

— Eu só quero...

— Você não *quer* nada, repórter! Nunca participou da vida desta cidade! Vem até aqui e acha que pode bisbilhotar uma história que não lhe diz respeito, como fez em Veneza.

Ao ouvir aquela palavra, Daniel piscou, confuso.

Garnham percebeu. Entortou a cabeça.

— Sim, eu solicitei que meus policiais investigassem sobre o seu passado logo depois que nos encontramos no Woodgate College. Sei algumas coisas sobre a sua aventura em terras italianas, principalmente sobre o sequestro da sua esposa — declarou. — Imagino o que lhe fez deixá-la para trás e vir a Pocklington! E o que dizer de Jessica? Uma bela mulher, rica... compreendo que o seu lado emocional por ela tenha ficado mais latente com a proximidade entre vocês dois. O que é engraçado, visto que ainda usa uma aliança em seu dedo anular esquerdo, repórter. — Garnham curvou o tórax para observar a mulher aos seus pés e depois se voltou para ele. — Ela está indo embora, Mr. Sachs. Sinto muito, mas você nada pode fazer quanto a isso.

— Eu não entendo... Sarah está morta, Humphrey também... Por que deseja tanto a morte de Jessica? — indagou Daniel, assustadoramente preocupado.

— Não é por ela, repórter. É pela memória de Humphrey.

— Pela memória...

— Eu finalmente tive a minha vingança.

Daniel não teve tempo de pensar naquilo.

Percebeu um leve tremor sob os olhos de Garnham, que se virou para os dois parceiros e em seguida para o próprio relógio de pulso. Pôde observar aquele gesto explodir à sua frente como uma bomba em um atentado bem-sucedido. Então, o velho policial esticou o braço e mirou o cano do revólver para a cabeça de Daniel, que congelou imediatamente. E falou em alto e bom som:

— Bem, acho que sua viagem a Pocklington terminou, jaqueta mostarda.

44.

Ted Garnham desligou o rádio quando faltava pouco para a viatura cobrir as 3 milhas que separavam Pocklington de Millington Wood. Ele havia acabado de solicitar reforço policial. Enquanto isso, Wendy Miller tentava chegar à conclusão de quanto tempo fazia desde que havia se despedido de Daniel e Jessica.

Quando a viatura estacionou próximo ao local em que o GPS indicava as coordenadas, ela olhou impotente para a chuva do lado de fora e a entrada da floresta. O Aston Martin se encontrava parado a poucos metros de distância deles. *Seria este o exato local em que o carro de Sarah Child foi encontrado há 25 anos?*, pensou ela. Sem as suas poderosas balinhas, Wendy passou a soprar convulsivamente, tentando expulsar o que quer que fosse que a abalava e causava desconforto em seu interior. Nem Ted, nem Willcox se incomodavam com o seu gesto. Suas atenções provavelmente se voltavam para o que fariam a partir daquele ponto, mas nenhum dos dois havia esboçado um plano. Ao menos, um plano concreto.

Ted foi o primeiro a deixar o carro. Willcox, em seguida. Por fim, Wendy.

A tensão entre eles fazia a chuva quase inexistir. Utilizando-se de sua lanterna de policial, Ted fez uma vistoria rápida no interior do Aston Martin com o apoio de Willcox, mas ambos retornaram com as expressões vazias.

— Wendy, permaneça aqui — disse Willcox, superando o barulho da água que caía pesadamente sobre as árvores.

— Nem pensar! — retrucou, encolhida. — Nós viemos juntos e entraremos juntos na floresta.

— Willcox está certo — adiantou-se Ted Garnham. Ele verificava seu revólver, que acabara de sacar do coldre, com o cuidado para não o molhar tanto. — Não há espaço para demonstrações de arrojamento — completou.

Wendy repudiou as palavras de Ted. Willcox percebeu e colocou as mãos molhadas nos ombros dela. Era o primeiro contato que ela tinha em muitas horas.

— Wendy, ao menos uma vez na vida, deixe o seu lado repórter de lado. Nós não sabemos o que iremos encontrar lá dentro.

— Isso é ridículo.

— Não, não é.

— Qualquer criança sabe que três é melhor do que dois — replicou. — Eu quero apenas ajudar. Tenho certeza que o que procuramos está além desta floresta.

— Estamos preservando a sua vida. Prometa que ficará dentro da viatura — solicitou Ted, quase como uma ordem que esperava ser acatada.

— É ridículo! — ela repetiu. — Não há nenhum sinal de Jessica por perto. Ela entrou com Daniel na floresta e ele concordou — comparou com os dois homens à sua frente. — Eu já estive aqui várias vezes. De nós três, provavelmente sou a que mais conhece essas trilhas.

Os homens se calaram. Wendy olhou para Willcox como se dissesse: "Você me deve uma!". Não era exatamente uma súplica, mas ela não se incomodaria que ele considerasse tal ato dessa forma. De súbito, Willcox sacou as mãos dos ombros dela. Wendy tinha consciência que a corrente lógica que havia levado até ele não tinha sido perfeita. Mas, como ela poderia exigir coerência diante de tantos acontecimentos que envolveram a família para a qual ele trabalhava e que ela tanto havia perseguido atrás de manchetes nos últimos anos?

Enfim, Willcox se virou para Ted Garnham e disse:

— Ela está certa, Ted. Com Wendy nos guiando, chegaremos onde quer que seja rapidamente. Devemos ir todos juntos.

Ted balançou a cabeça. Wendy quase podia ler a frase que se formou em repúdio na mente dele. Era óbvio que a responsabilidade nunca ficaria para Willcox, estando uma autoridade policial presente. Embora a colocação de Willcox fosse praticamente uma afirmativa, a decisão final cabia a Ted e a mais ninguém.

Ele passou o olhar molhado do secretário para Wendy. Então se voltou para a floresta e deu um passo para o lado, sem falar nada.

Wendy, mais aliviada, se moveu para a frente. E os três adentraram Millington Wood.

45.

Por alguns segundos, Daniel alternou o olhar entre a arma e os olhos frios de Garnham-pai. Então, fechou bem as pálpebras. Iria perder a sua vida pelas mãos do homem e não queria que aquela fosse a última visão gravada em sua mente. O mísero período que restasse, ele pretendia pensar em outras coisas. Na verdade gostaria de ter mais tempo para rever a sua vida, ou melhor, as suas principais escolhas e os personagens nela envolvidos. Queria voltar a sentar-se em um sofá ao lado de seus pais, escrever a sua primeira reportagem novamente, ou quem sabe pegar no colo o filho que nunca conseguiu ter. Queria dar o seu primeiro beijo, pisar na areia da praia, sentir o sol queimar confortavelmente a sua pele, e então, se convencer de que nunca devia ter viajado até aquele lugar frio e úmido para morrer sozinho. Havia, porém, algo que comprimia a sua atenção e pincelava todas as outras memórias como se fossem imagens difusas em um quadro expressionista. Havia Nilla, é claro. Mais do que tudo, ele queria tempo para se despedir de sua esposa. E o rosto dela foi a última coisa que conseguiu mentalizar antes de preparar o corpo gelado para receber o tiro fatal.

— Espere! — escutou uma voz.

Daniel voltou a abrir os olhos. O velho Garnham olhava agora para alguém atrás da cadeira. Daniel não se virou, mas pressentiu que era o homem de coluna ereta como uma régua e braços longos, Reitor Cornwell.

— O que foi? — perguntou Garnham.

— Não sei se devemos continuar com isso.

Garnham e Azul se entreolharam. O velho policial se levantou da poltrona e alisou a arma na calça como se a polisse enquanto passava a gesticular com a outra mão.

— Qual é o seu problema, Cornwell? Quer salvar o repórter novamente? — observou. — Você já fraquejou uma vez, não vai querer repetir.

— Você acabou de expressar que teve a sua vingança. O que quis dizer com isso?

Garnham deu de ombros.

— É só uma frase, Cornwell. Que importa?

— A minha interpretação, Garnham. Isso é tudo que importa para mim nesse instante. — Cornwell deu alguns passos para frente e se pregou ao lado da cadeira de Daniel, a altura dos ombros um pouco mais alta que os de Garnham. — Confirme que Humphrey Child morreu naturalmente.

Jessica grunhiu outra vez, mas somente Daniel se atentou a ela. Havia uma corda imaginária esticada entre os olhares dos dois velhos e nenhum deles parecia disposto a rompê-la. Azul, entretanto, havia retornado para sua expressão indecifrável e silenciosa. Enquanto isso, Joshua permanecia deitado, inerte, no sofá.

Garnham pareceu decidido a escapulir da resposta:

— Você sempre foi o mais inteligente, Cornwell. Acho que já falei isso hoje, não é? Minha memória...

— Sua memória é excelente, Garnham — avaliou o reitor, impaciente com os rodeios. — Você acabou de comprovar isso com todos os detalhes desde antes da morte de Sarah Child. Infelizmente, Humphrey não pode confirmar nada. Ele está morto. Diga-me apenas que não foi por sua causa.

— Isso não fará diferença alguma.

— Você matou Humphrey, Garnham? Essa foi a sua vingança?

O velho policial silenciou, mas girou os olhos em resposta.

Cornwell cerrou os punhos.

— Meu Deus, Garnham! Como pôde?!

— Não me lembro de ter se incomodado tanto com Baker.

— Você disse que Baker poderia nos incriminar! Ele nunca se importou conosco, mas até ele sabia que o velho Humphrey foi o melhor de todos. O melhor do Blue Blood. Eu não pude impedir você quando enviou Azul atrás de Baker, matou-o e recuperou os negativos na casa dele, mas... Humphrey?! Pelo Céus, ele escondeu toda a verdade por 25 anos. Protegeu a todos nós! — lembrou. — Humphrey estava entrevado em uma cama de hospital...

— Não é hora para crise de consciência, Cornwell.

— Com Jessica em uma poça de sangue no chão e você prestes a matar um inocente? Eu acho que é, sim, Garnham.

— Contenha-se, homem! Estamos velhos demais para esse tipo de discussão na frente de estranhos.

— Nós todos éramos amigos! Íamos à Igreja Pentecostal juntos! Como chegamos a esse ponto?

— Merda! Vai vir com suas besteiras emocionais agora, Cornwell? O plano...

— Esqueça o plano, Garnham. — O reitor retirou um lenço do bolso, grande o suficiente para parecer um acessório de palhaço, e secou as têmporas úmidas de suor. O calor que vinha da lareira parecia inflamar a todos na sala. — Diga logo, qual era o seu problema pessoal com Humphrey Child?

Garnham suspirou.

— Meu neto, Cornwell. Apenas isso. — Ele apontou para Joshua com o queixo.

— O rapaz?!

— Você sabe que Ted teve um breve relacionamento com Jessica. Todos nesta cidade sabem disso. — Garnham disse aquilo como se fossem cascalhos descendo por uma rampa de madeira. — Finalmente chegou a minha hora de tomar conta de Joshua. Ele era a coisa mais importante na vida de Humphrey Child, mais até do que os malditos artefatos romanos ou a fundação. E eu tive que me abster da presença de meu neto. Agora, com Jessica morta, finalmente poderei levar Joshua para casa.

— Eu já escutei fofocas por aí sobre Joshua ser filho de Ted, mas como pode ter certeza que é seu neto?

— Um avô sabe.

— *Como*, Garnham?

Garnham demonstrou impaciência ao elevar o tom de voz:

— Pare com essa besteira, Cornwell! Olhe para Joshua! Ele é sangue do meu sangue! Meu neto! Não está vendo?

— Isso nos traz de volta à questão central, não?

— Qual questão?

— Você sempre quis fazer parte deles. Tomar o lugar de Humphrey!

— O que está dizendo, velho?

— É óbvio. Não eram apenas os artefatos romanos ou a fundação. Você o invejava. Invejava porque ele tinha Sarah, e você, não. Parece até que você o desaprovava por Humphrey ser o único que sabia da doença dela — acusou. — Deus, como eu quis dizer isso a você!

Os olhos de Garnham se avermelharam.

— Cale a boca, Cornwell...

— Ted teve com a família Child o que você nunca conseguiu, não é?

— Eu disse para você calar a maldita boca!

— Como você matou Humphrey? Como?! — Cornwell gritou. — Responda de uma vez!

A voz de Azul rompeu a corda em milhares de pedaços:

— Ele não matou. Eu matei.

Daniel se virou ao mesmo tempo em que Cornwell. Pôde observar, dessa vez, a aura de destruição que aquele gigante de pele azulada havia desenvolvido, provavelmente por conta da vingança de Garnham-pai e todos os sentimentos ruins que foram depositados nele durante tantos anos. E tremeu só com essa pequena percepção.

Cornwell pareceu não acreditar.

— Azul? O que você fez?

— O que o senhor *acha* que eu fiz? Esqueceu com o que eu trabalho? Existem muitas substâncias na natureza capazes de eliminar uma vida. Utilizei no velho uma dose de veneno do *deathstalker*.

— O... escorpião?

— O mais perigoso deles! — defendeu Garnham-pai.

— Infelizmente não ocorreu da forma como imaginei — explicou Azul, com a expressão segura. — O veneno deve ter agido lentamente. Primeiro, veio a agitação e a falta de ar. Depois, a paralisia. Meu erro foi não esperar pelo fim. De alguma forma, a toxina não matou o velho, mas deu origem a um derrame. E ainda houve tempo de salvá-lo, quando o induziram ao coma, no hospital. Mas não por tanto tempo.

— Então o acidente vascular cerebral...

— Sim. Acabou sendo um efeito colateral da substância que utilizei. O velho era mais forte do que supus.

— Por que fez isso?

— Ele não merecia viver. Nunca mereceu.

— Não diga isso!

— Até mesmo o nosso garoto sabe, Cornwell! — Garnham tomou a atenção para si, como se quisesse preservar Azul.

— É evidente que você mandou o rapaz fazer isso — retrucou o reitor.

— O que é? Vai dar uma de terapeuta? — Garnham levantou as mãos espalmadas sem deixar a arma. — Um pouco tarde, não acha?

— Nunca é tarde.

— Exceto para a minha paciência. E ela já correu para fora desta maldita cabana. — Garnham desceu os braços e esticou a arma para Cornwell.

O reitor riu do gesto ao tempo em que secava ainda mais a testa com o lenço.

— O que foi, Garnham? Pretende usar esse revólver contra mim? Quer me dizer que serei mais uma pessoa a morrer através dele? — desafiou. — Sei que esta não é a sua arma oficial. Ainda assim, você nunca conseguirá justificar por que Jessica ou o repórter atirariam em mim, não é?

— Tem razão, Cornwell. — Ele baixou o braço. — Você sempre foi o mais inteligente, mas também o mais covarde. É seu ponto fraco. Nunca teve coragem de agir efetivamente, colocar a mão na massa. Se não fosse por mim, talvez estivéssemos mortos ao invés de Baker e Humphrey. Mas eu te considero, Cornwell. Tanto que merece que eu use uma arma melhor que essa. A minha melhor arma — Garnham praticamente recitou. — Azul, por favor.

— Sim, senhor.

Daniel olhou por cima do ombro e viu Azul destacar o longo cano das costas. Tinha uns 40 centímetros de comprimento e dois de diâmetro. A superfície era octogonal. Havia sulcos profundos entalhados, tornando-o mais fácil de segurar. Em seguida, Azul sacou um estojo do bolso. Dele, retirou um pequeno dardo.

Daniel sentiu familiaridade com aquele objeto. Imediatamente sua omoplata doeu, sugerindo o ponto exato onde havia sido ferido quando esteve na casa de Mr. Baker.

Então é isso. Uma zarabatana.

Assustado, Cornwell deu um passo distante dos dois. Colocou o dedo em riste na direção do gigante.

— Azul! Pare com isso, é uma ordem! Esqueceu tudo que fiz por você? Sou tão importante quanto ele! — falou, sem conseguir resposta.

Com uma agilidade fantasmagórica, o homem inseriu o dardo dentro da zarabatana e posicionou a arma horizontalmente, à frente dos lábios quase arroxeados. Cornwell se voltou outra vez para Garnham, os olhos arregalados de desespero.

— Você está descontrolado, Garnham! Pense, homem! Não conseguirá justificar todas essas mortes. Por favor! — implorou.

Só que tudo transcorreu de forma rápida demais. Um único sopro, forte e explosivo, fez o dardo atingir o alvo tão brutal e velozmente que Cornwell mal teve tempo de espalmar o pescoço e tatear o objeto cravado centímetros dentro de sua pele.

— O... quê?

Cornwell despencou com seus braços longos no chão, tal qual uma pedra afundando em um lago.

Daniel fitava tudo incrédulo! Tremendo de repulsa, observou Cornwell convulsionar no piso de madeira bem aos seus pés, os óculos já longe. Abruptamente, a boca do reitor expeliu um líquido espesso e sujo de sangue. Seu rosto iniciou uma profusa transformação de cor, inchando em uma espantosa fluidez.

O esforço do homem para respirar era tanto que Daniel podia jurar que milhares de lesões de formas e tamanhos diferentes explodiriam na pele dele em segundos. Não sabia o que havia naquele dardo, mas parecia instantaneamente mortal, algum tipo de *curare*, bem diferente do que havia recebido na omoplata — apenas um forte tranquilizante.

Para a surpresa de Daniel, Cornwell segurou a barra de sua calça e disse:

— Osss... ossso...

Depois revirou os olhos e sua mão pendeu de volta para o chão, não se movendo mais.

Garnham finalmente deixou seu lugar. Cutucou o rosto de Cornwell com o pé direito, certificando-se que este estava sem vida. Agachou-se e extraiu da mão do homem o lenço que ele havia comprimido com os dedos longos e forçosos em seus últimos segundos. Com o mesmo pedaço de pano, removeu o dardo do pescoço do reitor e voltou a ficar ereto. Depois analisou teatralmente o objeto colocado à frente dos olhos, tão pequeno e mortal.

Desesperado, Daniel segurou o mais forte que conseguiu na cadeira. Tinha a compleição de que era agora o único com sensatez dentro daquela sala. E que talvez, por isso, teria sido melhor ter levado o tiro de uma vez.

***

— Fique de joelhos no chão e coloque as mãos atrás da cabeça, Mr. Sachs — ordenou Garnham-pai.

Daniel se recusou a obedecer. Sabia que aquela era a posição perfeita para uma execução — a mais cruel delas. Porém, logo percebeu que sua imobilidade de nada adiantaria.

O velho policial — como se a paciência fosse um combustível e o tanque já estivesse próximo do nível de reserva — esticou o braço de maneira reta e contundente à frente dele. Não dava a mínima para o que Cornwell havia dito antes de seu último sopro de vida, ou pelo menos, disfarçava com perfeição. O oposto de Daniel, que tinha uma suspeita, mas não sabia se as consequências de falar o que passava por sua cabeça causaria um dano maior do que o que já vivia.

Provavelmente convencido do impasse de Daniel em satisfazer a sua vontade, Garnham colocou o dardo envolto no lenço do reitor com cuidado no bolso esquerdo da camisa e desdenhou:

— Eu sei que vocês, repórteres enxeridos, acham que são superiores ao resto das pessoas. Mas eu mandei se ajoelhar, Mr. Sachs. E quando o policial mais importante de um distrito ordena que faça isso, é melhor acatar a ordem.

— Um policial... assassino? — Daniel teve coragem de dizer enquanto deixava a cadeira e dobrava os joelhos no chão, muito próximos do corpo de Cornwell.

Garnham levantou o bigode aparado demonstrando um sorriso instantâneo.

— É engraçado ouvir isso, Mr. Sachs, mas você não entendeu que eu não matei ninguém? Humphrey, Baker, e agora, Cornwell... todos eles partiram pelas mãos eficientes de Azul. Mas meu garoto não se importa com esses detalhes. E sabe por quê? Ele foi treinado para todos esses momentos. Fui o mentor dele por longos anos. Eu o preparei. É claro que isso não me isenta de culpa, mas quem se importa? Ninguém ficará sabendo.

Os olhos frios de Azul continuavam vigiando a tudo, com a expressão tão tranquila que chegava a ser inacreditável para Daniel.

— Você atirou em Jessica.

— Sim, claro. Não vamos esquecer que temos Jessica Child caída com uma bala no abdômen, aqui atrás. Não tenho certeza, mas acho que ela ainda está viva. Se for verdade, acredito que o sofrimento dela esteja sendo o pior de todos. Eu quase teria pena, mas já vi mortes demais na minha vida para me abster — confirmou, secamente. — Agora, vamos, tire a sua jaqueta.

Daniel ficou confuso.

— O quê?

Garnham mexeu a arma, impaciente.

Daniel obedeceu e jogou o casaco molhado longe.

— Desabotoe a camisa e me deixe ver, Mr. Sachs.

— Eu não estou usando...

— A sua tatuagem — foi direto. — Sei que tem ela no peito. Nós lemos sobre essa ocorrência curiosa em sua vida. Podemos vê-la agora ou depois de morto, você é quem sabe.

Daniel se incomodou tristemente. Não houve tempo para surpresa. A última coisa de que se lembraria naquela situação era das chagas deixadas em seu peito pelo maníaco em Veneza, o mesmo que quase o fez acabar com a vida de sua própria esposa. À exceção de Nilla, nunca mostrou aquilo a ninguém, e ainda que estivesse sob a mira de uma arma, evitaria de todas as maneiras fazê-lo agora, especialmente diante de dois sádicos. Portanto, não fez nenhuma menção de tirar os braços de trás da cabeça. Mas pouco adiantou.

Garnham lançou em um sinal mudo para Azul. O homem caminhou até ficar de frente para Daniel. Subitamente, a enorme mão se encaixou entre os três primeiros botões da camisa. O toque da pele dele fez Daniel congelar.

Num movimento brusco, Azul deixou a arrepiadora tatuagem do peito de Daniel à mostra para o Universo.

Garnham desprezou:

— Olhe isso, Azul. É bem pior do que imaginávamos!

Pela primeira vez, Daniel viu aquela aberração sorrir.

— São... apenas... círculos concêntricos... — Daniel não sabia por que estava dando aquela justificativa para os dois. Talvez porque havia percebido que alguma ideia absurda havia tomado o velho delegado, pela expressão que ele fez.

— Pois eu lhe direi o que vejo, repórter — comentou Garnham. — Apesar de terrivelmente malfeita, para mim não passa de um alvo. Estou convencido disso. Certo, Azul?

— Sim, senhor. Um enorme e atraente alvo — respondeu.

— E o que nós fazemos com alvos, Azul?

— Nós os acertamos.

— Isso mesmo, meu filho. Que belíssima ideia — sustentou.

Azul parecia tão satisfeito com a possibilidade quanto Garnham. Retrocedeu alguns passos, passando por cima de Cornwell e se posicionando ao lado de seu mentor. De repente a zarabatana surgiu novamente encaixada em suas mãos. Ele enfiou os dedos longos e precisos no bolso e sacou o estojo de dardos que Daniel havia visto minutos antes.

Os olhos de Garnham-pai pareciam querer brilhar cada vez que seu pupilo puxava aqueles objetos.

Daniel começou a ofegar. Sabia que em pouquíssimo tempo teria o mesmo fim do velho reitor jogado à frente de seus joelhos dobrados. Em seguida, talvez tomasse um tiro na testa, fosse enterrado naquelas terras e ninguém desconfiaria de nada. Passava por sua cabeça se até mesmo Nilla acreditaria na história que Garnham forjaria sobre seu relacionamento com Jessica, que de tão absurda, poderia soar real. Talvez a conversa fiada sobre "deixar tudo para trás" fizesse sentido. Afinal, muitas pessoas haviam visto ele e Jessica juntos pela cidade, e a última conversa que teve com a sua esposa pelo telefone não havia sido das melhores.

— Esper...

Não conseguiu finalizar a frase.

Daniel sentiu a ponta do dardo cravar em sua carne, bem no centro do esterno. Num reflexo, ele curvou o tórax para a frente, apoiou uma das mãos no chão e retirou o ferrão o mais depressa que pôde, antes que seu corpo paralisasse. Uma pequenina bolha de sangue brotou da ferida e escorreu pela pele num caminho sinuoso. Seu nariz sangrou numa proporção parecida.

Daniel sentiu a percepção abalada, mas foi por pouco tempo. Estaria morto àquela altura se alguns segundos não se passassem sem que sentisse nem mesmo uma tontura.

Mas a morte não havia aparecido para ele.

Foi quando descobriu...

Azul havia decidido brincar um pouco.

— Um dardo... inofensivo?

Nenhuma resposta veio do rosto enigmático. Antes que Daniel pudesse atirar no chão o objeto que estava nas suas mãos, outro dardo cravou em seu peito, próximo à ferida anterior. Novamente, ele se abaixou e correu para puxá-lo. E novamente o sangue brotou, mas a morte não apareceu.

A dor excruciante lhe tirava qualquer outra reação.

Tortura.

E mais uma vez, fora de seu país.

— Eu...

Ele tentou desviar o tórax, mas um novo choque comprimiu seu peito. Quase sem ar, dessa vez Daniel foi incapaz de retirar o dardo. Ou talvez não quisesse. Talvez ele tivesse mesmo um alvo gravado em seu corpo. Talvez fosse melhor deixar o veneno agir e terminar logo com aquilo. Só que, outra vez, o veneno não operou.

Quantas chances mais ele teria?

A resposta parecia estar próxima quando Azul buscou o quarto dardo e o deslizou para dentro da zarabatana. Daniel se apavorou ao ver o homem espremer os olhos de forma diferente das anteriores. Era o momento. O último, podia ter certeza.

— Eu... entendo — foi o máximo que conseguiu dizer antes que Azul pudesse cuspir o próximo dardo.

Garnham suspendeu o braço e colocou a mão no ombro do gigante.

— Entende? Que idiotice é essa?

— Eu entendo o que Cornwell queria dizer — completou, tentando respirar de forma normal enquanto via Azul com o bastão à frente dos lábios.

Garnham não se abalou.

— Sei o que está pensando, Mr. Sachs. Quer dar sua última cartada. Mas não pense que estamos interessados nisso.

— São os ossos... OS OSSOS! De alguma forma, o reitor sabia que podia ser traído. Traído por você. E você, Garnham, fez isso através dele! — Daniel apontou para Azul.

Pela primeira vez, rugas saltaram talhadas nos rostos dos dois homens. E também, pela primeira vez, Daniel se viu um passo à frente deles. Era como se tivesse dado um direto no queixo dos dois. E, bem, não era sorte. Era apenas percepção dos fatos.

Não, era um pouco de sorte.

— Você perdeu o juízo, repórter? — Garnham desdenhou de Daniel. — Nós não...

— Eu quero ouvir — antecipou-se Azul depois de baixar o instrumento dos lábios.

Garnham ficou apenas um segundo parado. Passou as pernas por sobre o corpo de Cornwell e encostou o cano da arma na têmpora de Daniel.

— Nada disso. Se você não vai fazê-lo, filho, eu farei.

Daniel quase não conseguia ordenar os pensamentos, mas teve a impressão de que o gigante havia posicionado a zarabatana de forma a utilizá-la contra Garnham. Era um alívio, mas quase nulo. Mesmo com toda a agilidade de Azul, ele não conseguiria ser mais rápido do que a bala que estava prestes a explodir a cabeça de Daniel.

— Direi apenas uma vez — avisou Azul. — Não aperte o gatilho.

Garnham se incomodou com a ordem de seu pupilo. Talvez, por precaução, desfez a posição de ataque e sustentou a voz firme:

— Azul, tenho planos melhores e maiores para você.

— Sim, eu sei. Como das últimas vezes em que me prometeu que viria? Ou que eu não iria precisar mais me esconder?

— Não, Azul. Nós ainda faremos isso.

— Nós?

— Eu, você, Joshua... Inventaremos uma história para contar a Ted. Contaremos à cidade. Todos nós, juntos. Sua vida será normal daqui por diante. Eu te oferecerei muito em troca de tudo que você fez.

Daniel supôs que era uma mentira, mas o rosto de Garnham parecia aterrorizantemente sincero. Precisava agir:

— Cornwell pediu para você entregar a caixa para Wendy. Você nem imagina o que tinha dentro dela, não é? — perguntou com dificuldade a Azul, sentindo uma leve dormência no local onde os dardos haviam aterrissado em seu peito.

Azul balançou negativamente a cabeça.

— Ele apenas disse que eu iria ganhar tempo com isso.

— Tempo? Para quê?

— Matar Baker.

Daniel quase se calou diante da frieza daquela frase, mas não podia deixar o raciocínio cessar:

— Você sempre cumpriu ordens deles, sem questionamentos. De todos eles.

— Do que você está falando? — perguntou Garnham-pai, mas foi ignorado.

— O que havia dentro da caixa? — inquiriu Azul.

— Um osso.

— Um osso?! — divertiu-se Garnham, perdido no assunto.

Azul frisou os olhos. Daniel falou:

— Sei pouco sobre isso, mas eu e Wendy temos certeza de que é humano.

— Besteira! — gritou o velho, impaciente. — Ele só está querendo ganhar tempo, Azul. É um desgraçado manipulador! Não está vendo?

— Antes você havia dito ossos, repórter. No plural — Azul se atentou.

— Sim. O objeto era apenas um pequeno aviso. Eu acredito que sei onde estão os restos mortais. Os demais ossos.

— Restos?

— Havia coordenadas gravadas no osso que Wendy recebeu. Da última vez que vi Cornwell, ele parecia preocupado com tudo que estava acontecendo. Talvez quisesse delatar o mandante. Entregar algo que o incriminava. — Daniel evitou olhar para Garnham-pai, mas deixou claro que falava dele, por toda explicação que o policial havia dado. — Ele não expulsou os ciganos. Sua família está enterrada em algum lugar lá fora.

Os olhos de Azul se tornaram mais quentes do que a lareira acesa.

— É verdade? — perguntou para Garnham.

— Não sei do que ele está falando.

— Você matou e enterrou a minha família, senhor? O mesmo que deseja fazer com esse repórter e essa mulher?

— Jesus Cristo! Ainda não sei do que está falando!

Azul cerrou o punho em volta da zarabatana, o suficiente para que ambos percebessem. Rapidamente a posicionou à frente dos lábios, sob a vista incrédula de Garnham. Houve um silêncio prolongado, apenas quebrado pelo velho policial, que tinha agora os ombros ainda mais caídos:

— O que pensa que está fazendo? Deixe disso, Azul.

Mas Azul não se moveu.

Sem opção, Garnham virou a arma apontada para o seu pupilo.

— Vamos, Azul, largue a zarabatana! Não acredito que está dirigindo esse negócio para mim. Largue ou eu acabarei com tudo agora mesmo.

— Como posso ter certeza, senhor?

— Você não pode. Precisa confiar em mim. É o mínimo depois de todos esses anos.

— Vi muitas coisas nesse tempo. Sempre fui fiel a vocês, nunca questionei as intenções de cada um do grupo. E eu sempre acreditei no que todos me diziam, especialmente o senhor.

— E agora tem dúvidas? Apenas por causa de uma tola suposição de que Cornwell tenha me traído? Você sabe que podia haver qualquer coisa dentro da caixa.

— Ele estava certo num ponto.

— O quê?

— Tudo que o senhor planejou foi pelo pirralho. Para ficar junto dele. Da sua família de sangue. Não o sangue azul — disse o gigante, claramente se referindo a Blue Blood. A zarabatana se desviou lentamente na direção de Joshua. — Ele é a coisa mais importante para o senhor, e eu acho que posso acabar com isso agora mesmo.

— Pare com isso ou...

— Ou o senhor vai atirar em mim? *Atirar em mim*, velho?

Garnham, de costas para a lareira, começava a suar sem controle nenhum.

— Droga, Azul! Direcione esse rancor para o que é necessário!

— Não até que consigamos resolver isso.

— Merda! — Garnham grunhiu. — Escute, apontar o revólver para você foi um erro. Eu irei colocá-lo no chão. Isso vai deixá-lo mais calmo, Azul. Não faça nada com que se arrependa.

Garnham cumpriu o prometido. Por um breve instante, Daniel considerou que Azul investiria contra o policial, mas não foi o que aconteceu. Suas veias saltadas permaneciam sólidas no lugar. Os dois homens continuaram frente a frente, apenas com as respirações irretocavelmente profundas e o crepitar da lareira pulsando atrás do velho policial.

A história parecia ter mesmo abalado o gigante, mas Daniel sabia que não havia dado nenhuma prova concreta. E quase podia ver alguma coisa humana em Azul, mas a impressão se desfez quando ele se lembrou das pessoas que o homem havia matado cruelmente.

O revólver de Garnham, a alguns centímetros de distância, não lhe inspirava confiança. Mal teria tempo de apanhá-lo, quanto mais atirar em dois homens experientes, um deles tão rápido quanto as asas de um beija-flor. Soube disso no instante em que a pistola foi colocada no chão. Seu único desejo era conseguir olhar de novo para Jessica, próxima a Joshua, mas ela estava completamente imóvel sobre a sua própria poça de sangue.

Daniel pensou tê-la visto sussurrar seus nomes, mas sabia que era uma projeção de sua mente. "Daniel e Jess. Que tal?", lembrou-se.

O estado dela o preocupava com tanta intensidade que Daniel quis atravessar o espaço entre os homens para tentar salvá-la, mesmo com a dor azucrinante no seu peito por causa das feridas dos dardos. Mas o máximo que conseguiu fazer foi retirar o último deles e esperar por um milagre.

Garnham, aparentemente rendido, cortou o silêncio:

— Tudo bem. O que pretende?

— Descobrir quem está dizendo a verdade.

Garnham olhou para Daniel e, de repente, era o mesmo policial frio e calculista de antes.

— Peça-o para provar.

Azul, sem responder, inclinou-se na direção de Daniel.

— Você esteve lá? As coordenadas?

— Sim.

— Então ganhou uma chance. — Ele arrancou a lanterna do corpo de Cornwell e depois acomodou o revólver de Garnham na cintura, sob as vistas impotentes do seu tutor. — É melhor nos orientar direito, repórter.

46.

Daniel foi novamente forçado a seguir na chuva. Ao menos, Azul o deixou vestir a jaqueta mostarda.

A neblina havia diminuído. Em fila, ele, Garnham e Azul já andavam por cerca de três minutos. Daniel contava apenas com o seu instinto para seguir na direção de onde achava ter estado com Wendy, alguns dias antes. Não podia vacilar ou isso acabaria com a chance que Azul, o último da fila, havia lhe dado — e frisado com bastante efeito — antes de deixarem a casa e se embrenharem pela plantação molhada. Garnham, entre eles, nada dizia. O homem tendia a vê-lo morrer pelas próprias palavras acusatórias ou simplesmente desejava compactuar por algum motivo que Daniel não fazia ideia.

A chuva fustigava o rosto ainda inchado de Daniel. Garnham estava com a capa de chuva de Cornwell e Azul, com a mesma de antes. Daniel era o único desprovido de qualquer outro resguardo além de sua jaqueta. Havia um bloco de medo chumbado em seu peito que o impedia de sentir qualquer dor física, embora o corpo tremesse sem controle. Mas era quase nada diante do fato de terem deixado Jessica e Joshua para trás.

Sob a única luz que vinha da lanterna de Azul, Daniel fez uma linha imaginária na cabeça de onde terminava o campo de trigo e iniciava a floresta, e andou para lá. Lembrava-se apenas de uma mata rasteira e da região de pinheiros já escassos de Millington Wood. Quando chegaram ao local, ficou aliviado e sentiu o coração acalorar, mas ainda era pouco. Ele sabia que a chance era mínima, mas algo o impelia a continuar demonstrando firmeza em sua busca. De súbito, Daniel teve a impressão de ver um ponto de luz pálido, ao longe, na direção contrária à da casa, ou mais precisamente por onde se entrava em Millington Wood. Foi impossível não se lembrar das luzes no céu que havia visto na fotografia, mas a que enxergava agora era bem mais baixa, como um facho de luz que vinha do solo rasgado pelas gotas de chuva, mas logo desapareceu. Suspeitou que fosse outra lanterna. Mas de quem?

À frente dos dois homens, parecia ter sido o único a perceber, mas se aquilo ligasse novamente, não seria por muito tempo. Daniel se virou para trás e recuou alguns passos, juntando-se a Garnham e Azul. Cruzou os braços na tentativa de conter o tremor do corpo e bloquear a vista deles naquela direção.

— Está por aqui.

Azul não demonstrou satisfação com a fala.

— Não é a resposta que desejo.

— Use a sua lanterna — Daniel sugeriu, tentando não bater os dentes. — Eu e Wendy marcamos o lugar.

— Com o quê?

— Um corvo morto.

A carcaça. Era sorte se lembrar dela! Não haviam realmente assinalado o local, mas ficava muito próxima de onde ele e Wendy pararam. Os restos do pássaro precisavam estar ali, atolados em alguma daquelas poças, pois tudo na sua cabeça fazia sentido. E esperava que, quando encontrasse a carcaça, ocorresse o mesmo efeito na cabeça deles.

Garnham, porém, não entregaria os pontos com facilidade:

— Ainda acredita no que ele está dizendo, Azul? — indagou.

— É verdade! — Daniel fez esforço para ser ouvido.

— Dê-me a lanterna e irei provar que não existe nada aqui — assegurou Garnham.

Azul pareceu pensar na proposta do velho, mas teve outra ideia:

— Tome. — Jogou a lanterna na direção de Daniel. — Você mesmo encontra.

Daniel hesitou. Diante do impasse, Azul apertou a arma contra o seu pescoço. Daniel podia escutar cada gota de chuva que batia na capa do grandalhão.

— Não me preocupo mais em simular qualquer espécie de brincadeira com os dardos, repórter. Encontre o que disse ou você morre aqui e agora.

Daniel presumiu que Garnham teria sorrido se não fosse o bigode encharcado por dentro do capuz de plástico. "Cuidado onde pisa", disse o velho com ironia.

Daniel se voltou para frente. Quando forçou a vista na direção de onde havia conferido o facho de luz, nenhum sinal.

Passou a iluminar o chão com o halo que formava através da lanterna. Fez pequenos movimentos com a ponta do pé para identificar algo que se assemelhasse ao objeto que desejava achar, mas encontrava apenas pedras, folhas e gravetos molhados pela água. Olhou para os lados. Fez um círculo de luz na clareira, de dentro para fora. Depois decidiu ir para a direita, sem nenhuma razão especial para escolher aquela direção. Tentou não tropeçar no chão irregular e escorregadio da mata. Um sentimento estranho o encorajava a parar, mas ele não entendia direito o motivo.

Depois de alguns minutos, Daniel desistiu e se encostou em uma árvore. Uma náusea percorreu as suas entranhas e ele quase vomitou. Sabia que Garnham, cada vez mais impaciente, queria esganá-lo naquele instante. Além disso, conseguia verificar a cor azulada do homem a poucos metros de si, mesmo à noite e na chuva. E a expressão que havia por dentro do capuz era assustadora.

— O que foi agora? — perguntou Garnham, impaciente.

— Deixe-me... deixe-me descansar um pouco... — pediu Daniel.

— A mentira dele nos trouxe até aqui, debaixo de toda essa chuva! Até quando seremos feitos de bobos? — Garnham vociferou na direção de Azul.

— Não é isso... Meu Deus, estou quase congelando...

— Deus não vai mais ajudá-lo, repórter.

— Não estou desistindo. Apenas... me dê um tempo.

— Nada disso. Chega!

Daniel havia atingido o limite da paciência de Garnham-pai. O velho policial avançou para cima dele. Mesmo sendo um homem septuagenário, seu porte físico robusto trazia tanto perigo quanto ser atropelado pela roda de uma carreta. Daniel podia ser mais jovem, mais ágil, porém não se considerava em condições físicas para uma luta de sobrevivência àquela hora e depois de tudo. Ficou sem reação. Tremia tanto que havia chegado a cravar os dedos de uma das mãos no tronco de árvore, esfolando-os. Tinha apenas uma lanterna e nem em seus pensamentos mais profundos e otimistas iria se safar com aquele objeto, como ironicamente chegou a pensar dentro do estacionamento em que esteve com Jessica.

Daniel sentiu uma dor lancinante no fundo dos olhos enquanto aguardava pelo impacto. Foi quando Garnham deu um passo em falso após pisar em algo escorregadio. Instintivamente, Daniel mirou a lanterna nos pés dele. Todos enxergaram o que havia embaixo da sua larga bota. Garnham, com mais dificuldade, talvez por causa de sua vista cansada.

— Os restos da carcaça do corvo — Daniel disse, batendo os dentes.

O policial olhou desnorteado para Azul. Daniel podia quase ver o gelo se formando na espinha do maldito. Tão logo, Garnham desceu o capuz da cabeça e disse:

— Merda... Espere um pouco, Azul...

Mas o gigante, como em tantas oportunidades anteriores, apenas observava tudo com os olhos frios, e agora, alagados pela chuva. Isso fez com que os ombros de Garnham despencassem pesados. Ele olhou para Daniel outra vez, que tinha certeza que o policial o odiava pelo que havia feito, como nunca odiou ninguém. O sentimento era recíproco.

Garnham suspirou.

— Cornwell enviou um osso através de Azul? Como ele descobriu onde estavam enterrados? — perguntou confuso.

Daniel teve vontade de dar a resposta, mas não queria que sua voz soasse novamente como gatilho para a ira do velho. De qualquer forma, depois de um tempo pensativo, Garnham chegou à conclusão:

— É claro! O detector com sistema de ionização que ele criou! O maldito era mesmo esperto.

— Então é verdade? — Azul finalmente perguntou.

— Sim, garoto — confessou, sem saída. — Eu nunca o deixaria vivendo com aqueles imprestáveis. Eles não passavam de gente inútil, disposta a lutar pelas terras. Pelos nossos artefatos romanos!

— Por que não me executou junto com eles?

— Não, não... Como pode perguntar isso? Você era apenas um menino. Tinha a idade próxima de Ted. E era diferente de tudo que eu havia visto! Eu nunca faria o mesmo com você... — Seu olhar varreu o passado como se houvesse presenciado o nascimento daquela floresta. — Que diabos, Azul! Você tinha pouco mais de cinco anos! Não se recorda de nada?

Mas era Azul quem procurava por respostas, não o contrário.

— Humphrey exigiu que você os matasse?

— Não, rapaz. Tenho que admitir. Eu perdi o controle.

E não foi nenhum desprazer, imaginou Daniel.

Os olhos de Garnham esquadrinharam o rosto duro de Azul.

— Você nunca descobriria, talvez nem mesmo depois da minha morte. Eu lamento, mas não havia outro jeito. Apenas expulsá-los seria um risco para as nossas pretensões na época. Afinal, falamos sobre ciganos. Um bando de turrões. Bem, o que está feito, está feito. Não posso voltar no tempo.

Daniel notou que aquela última fala causou um efeito dispersivo em Azul. Garnham também percebeu.

— Escute, garoto, nós ainda podemos fazer isso dar certo. Fique do meu lado. Eu explicarei tudo com mais calma. Você compreenderá.

Azul colocou a arma de novo na cintura. Daniel não entendeu o gesto, mas o homem ainda trazia consigo a zarabatana e pensou que fosse sacá-la. Só que o que veio a seguir deixou Daniel em dúvidas se os seus ouvidos estavam funcionando perfeitamente, mesmo com a chuva:

— Eu o perdoo, senhor.

Daniel não podia acreditar! Depois de todo o esforço que teve para lidar com a situação, algo injustificável acontecia.

Azul abriu os braços para Garnham. Num primeiro instante, o policial pareceu ressabiado, mas durou pouco.

Deslizando as botas pelo terreno, Garnham-pai deu alguns passos para frente e encontrou seu alento na aceitação de Azul. A carcaça do corvo já não tinha a menor importância.

O gigante fechou os olhos e saboreou o abraço. Garnham, idem. Uma nova tela se desenhava à frente de Daniel, pesada e emotiva, com pinceladas de inacreditável para ele. Os dois se espremiam em um contato físico avassalador, como se há décadas não o fizessem.

Amizade. Confiança. Cumplicidade.

Esses, talvez, tenham sido os pensamentos de Ted, ou algo muito próximo disso, quando Daniel percebeu que o filho de Garnham havia surgido das árvores tal qual um fantasma na noite melada pela chuva.

Ted acendeu a lanterna e apontou para os dois homens depois de tê-la desligado num manejo para chegar até ali sem que ninguém percebesse a sua aproximação. Era a mesma luz pálida que Daniel havia conferido minutos antes na floresta.

— Afaste-se dele e levante as mãos! — gritou para Azul.

Mas o gigante pareceu não se intimidar com o aviso.

— Eu o perdoo... — Azul balbuciou novamente para Garnham.

De forma muito ágil, colocou-se atrás do velho policial e encolheu o corpo, o suficiente para tornar um risco Ted tentar acertá-lo com um tiro sem atingir o próprio pai. Apenas o braço de Azul envolvia o pescoço de Garnham à sua frente.

— Não está me escutando? Afaste-se, agora!

— Ted, por favor, tenha calma! — Garnham-pai berrou sua objeção, preocupado. — Azul não fará nada. Deixe-me tomar as rédeas e tudo acabará bem.

— Posso ver a arma na cintura desse monstro! O senhor não percebeu?

Garnham levantou as palmas das mãos enquanto o pescoço continuava envolvido pelo poderoso braço de pele azulada.

— Há muito a ser explicado, Ted.

— Correto, pai. Vinte e cinco anos de explicação. Se o senhor tem culpa de alguma coisa, conversaremos na delegacia.

— Não! — esbravejou. — Nós partiremos agora. Iremos embora de Pocklington. De York. Faremos isso juntos, eu, você, Azul e Joshua. Quatro grandes homens. Uma família!

Ted cerrou o cenho, visivelmente confuso com os delírios do pai. Ele mantinha o revólver firme com o braço esticado e a mão que segurava a lanterna apoiada sobre o pulso direito.

— Que loucura é essa que o senhor está dizendo?

— O silêncio... — Azul murmurou.

Aconteceu muito rápido.

Quando Azul cravou o dardo na barriga molhada de Garnham, o ar da floresta pareceu se estagnar. Crepitar. E Daniel finalmente compreendeu o que havia acontecido nos últimos instantes.

O contato entre os dois, antes de Ted surgir, tinha sido um pretexto para trazer de volta o objeto que estava no bolso do velho policial às mãos prodigiosas do homem de pele azulada. O abraço nada mais era do que uma farsa de Azul. Um plano de vingança, que devia ter se formado desde a primeira revelação de Daniel. Ou da real visão da carcaça.

Azul nunca pretendeu deixar o velho Garnham sair impune.

O pescoço de Garnham-pai se tornou borracha e a cabeça pendeu para o lado. Pela segunda vez, Daniel viu um homem de Pocklington perder o controle da respiração e se engasgar ao mesmo tempo. Mas Garnham-pai demorou menos tempo que Cornwell para cair.

Garnham-pai indo ao chão deixou o imenso vulto de azul desguarnecido. Ainda assim, Azul não fez nenhuma menção de girar e pular para qualquer lado. Proteger-se. Ele puxou o revólver da cintura, mas conseguiu levantá-lo apenas até a metade do caminho.

Daniel não saberia dizer se o fato de ver a mancha disforme do pai indo ao chão deu a Ted algum superpoder que ele jamais teria antes, mas o policial conseguiu ser mais rápido que a agilidade outrora comprovada de Azul.

Daniel se agachou assim que escutou o estampido.

O gigante recebeu o tiro no peito e desmoronou num novo ruído estrondoso, logo atrás de Garnham-pai. Respingos de água das poças espirraram para todos os lados.

Quando o corpo de Azul se acomodou no solo lamacento, o sangue — vermelho, não azul, pelo que Daniel podia confirmar de tão próximo — começou a se esvair sem nenhum impedimento por dentro da capa de chuva.

Daniel achou que mais tiros seriam necessários para acabar com a vida do enorme homem, mas àquela curta distância, apenas um deles já tinha sido fatal. E num processo conjunto, a zarabatana colada atrás de Azul deixou de representar qualquer perigo.

Os olhos de Ted se arregalaram, assustados, como se o cérebro ainda tentasse compreender o que havia acontecido. Ele colocou a arma na cintura e partiu na direção do corpo de seu pai. Quando pôs os dedos trêmulos por cima da carótida, Daniel já sabia que Ted não encontraria nenhum batimento ali.

O policial passou os segundos seguintes com os ombros derrubados, como se fosse impossível suportar o peso da chuva. A visão sugeria que ele não tinha coragem sequer de desviar os olhos de seu pai no chão.

Por mais que Ted soubesse que suas profissões envolviam inúmeros riscos, nunca devia ter imaginado que perderia seu progenitor de forma tão absurda. E se Daniel queria muito agradecer por ter sido salvo, isso não aplacaria em nada a perda do velho — embora Daniel não pudesse garantir o mesmo depois que Ted conhecesse toda a verdadeira história.

De repente, o cheiro da mata molhada impregnou as narinas de Daniel de tal forma que desejou sair dali o mais rápido possível.

Preferiu pegar uma das lanternas no chão e correr exatamente na direção de onde havia vindo antes que fosse tarde demais.

47.

Daniel entrou com tanta pressa que patinou com as solas das botas enlameadas no piso de madeira. Assim que presenciou a cena dentro da casa, estagnou, mantendo-se de pé em algum lugar entre a porta e o corpo de Cornwell, que continuava espichado no chão, como um tapete velho e sem importância. Wendy Miller, assustada e pálida como nunca, tentava de alguma forma reanimar Joshua, no sofá, enquanto Willcox pressionava com as mãos o ferimento no abdômen de Jessica. Um celular estava jogado no chão, manchado pelo sangue dela, como se ele tivesse acabado de fazer uma ligação de emergência.

O frio que Daniel sentia havia desaparecido num átimo. A sala estava tomada por um calor capaz de derreter dentes, ossos e aço. Ofegante e encharcado, Daniel soltou:

— Jessica?

Willcox se virou para Daniel com o rosto lavado em lágrimas, sem descolar as mãos da ferida causada pelo tiro de Garnham. Na expressão dele, uma mistura de espanto, remorso e arrependimento. Mas Daniel não podia condená-lo. Salvo a parte sobre Willcox trabalhar para Jessica, havia percebido mais do que apenas um vínculo entre empregadora e empregado. E esse era o principal motivo pelo qual não podia censurar qualquer ato que o inglês havia feito, nem mesmo as prováveis encenações entre ele e Wendy Miller, pois agora os dois não pareciam tão inimigos assim. E se era verdade, Daniel podia compreender que o objetivo maior de Willcox sempre foi tentar preservar Jessica, ou, no mínimo, livrá-la da obsessão que era descobrir a verdadeira causa da morte de sua mãe, ainda que isso custasse se aliar a repórteres sensacionalistas ou viajar para outros continentes para contratar meros desconhecidos. Entretanto, considerando que os dois últimos membros da família Child permaneciam sem nenhuma atividade dentro daquela sala, ele não podia deixar de pensar que a busca pela justiça tinha cobrado um preço alto demais. Especialmente para Jessica, que pelo tamanho da poça produzida pelo sangue dela, talvez nunca tivesse a chance de ouvir a história real.

Instantaneamente, o corpo de Daniel se amoleceu. Ele sentiu o chão abrir sob seus pés e ser engolido por inteiro.

Agora só conseguia pensar numa coisa...

Assim como Veneza.

Mortes demais.

Outra vez.

***

Mas nem todas.

Uma hora depois, o medo não havia ido embora completamente, mas a sensação de desafogo, aos poucos, começava a dominar a mente de Daniel. Um helicóptero de resgate fora acionado para levar Jessica e Joshua. O caso dela solicitava imediatismo e era o melhor que podiam fazer para acessar o lugar, pousando entre a plantação de trigo e Millington Wood.

Willcox os acompanhou no voo. Enquanto isso, policiais cobriam o interior e a cercania da fazenda, e provavelmente encontrariam tantas provas dentro da casa e do celeiro que Daniel concluía que o assunto levaria mais tempo para desaparecer daquela cidade do que cápsulas esperando para serem reabertas. E ainda havia o corpo de Mr. Baker, desaparecido. Possivelmente, enterrado em algum canto daquele lugar.

Daniel estava agora encostado em uma árvore com uma manta grossa cobrindo-lhe os ombros, entregue por um paramédico após fazer os primeiros procedimentos e verificar que ele deveria ser encaminhado até o hospital. Como a sua urgência parecia menos significativa, Daniel prometeu que iria até lá assim que fosse possível. Naquele momento, ignorava o rosto inchado, o nariz quebrado e as feridas provocadas pelos dardos em seu peito e costas. Nem mesmo a chuva incomodava mais. Ela já era branda, como se o céu finalmente começasse a dar uma trégua para aquela cidade gelada.

Havia algum tempo que ele não via Ted Garnham, talvez porque o próprio policial estivesse precisando resolver e superar tudo aquilo. Daniel sabia apenas que isso resultaria em muita coisa a fazer antes de retornar para casa. Com certeza necessitariam de um depoimento mais detalhado do que ele havia dado minutos antes, pois era o único em plena consciência que podia contar a verdadeira história narrada pelos homens que estavam no casebre. Os últimos remanescentes do Blue Blood.

Wendy Miller surgiu por entre as árvores, carregando acima de sua cabeça um guarda-chuva aberto. Ele não apagava o brilho dos seus cabelos lisos e prateados. Ela se aproximou de Daniel e disse:

— Bem, acabou.

Daniel fez que sim com a cabeça, levemente.

— E você continua com a aparência péssima — ela completou.

— Tanto faz.

— Quero te pedir desculpas.

— Por quê?

— Eu não sei. Pela minha parcela de erros, talvez. É tão difícil conseguir controlar o meu ímpeto que acabo colocando pessoas em risco. Eu fui uma tonta em querer levar isso adiante e você quase morreu.

— É uma cidade pequena. Você precisa de boas histórias. — Daniel deu um meio sorriso. — Aliás, você estava certa. O osso que recebeu é mesmo de um ser humano. Há pessoas enterradas onde encontrou as coordenadas. Ciganos.

— Ciganos?

— A família de Azul.

— Certo. O grandalhão. Vi quando levaram o corpo dele. Bizarro, não é?

— Na verdade, não sei como defini-lo. Acho que o futuro dele teria sido diferente se Sarah Child tivesse sobrevivido. Desconfio que ela não aguentaria escondê-lo por tanto tempo como eles fizeram.

— Ela era sinestésica.

— Sim, eu soube. Joshua também. Acredito que a doença pulou uma geração, indo da avó para o neto. Joshua apresentou os sintomas na época que tocava guitarra em uma banda da universidade — disse ele. — Bem, você já perguntou aos policiais sobre o meu primeiro depoimento, não é?

— Consegui alguma coisa. Sarah não foi assassinada, certo?

— Não.

Wendy Miller inclinou o pescoço levemente, olhando para o céu. Alguns pingos de chuva desviavam do guarda-chuva e molhavam a sua face.

— Não é estranho saber agora que nunca houveram luzes acima de Millington Wood? Nada de extraterrestre? Que olhar para o céu nunca foi a solução para o caso?

— Acho que não. A revelação nunca esteve acima de nossas cabeças, Wendy, mas embaixo dos pés de todos dessa cidade.

— A cápsula. Claro.

— Você vai querer publicar sobre isso tudo no Pocklington News, não é?

— Nunca perderia essa oportunidade. Sou a repórter predileta da família Child, lembra? — ela brincou. — Quanto tempo até você partir, "Mr. Sachs"?

— Eu não sei. Em breve, espero. Se tudo sair bem com Jessica. Não quero carregar essa dor comigo. Vi pessoas demais serem mortas. — Daniel se encolheu debaixo da manta. — Ao contrário de você, eu nunca quis ser um repórter investigativo, entende? Pelo menos, não para este *tipo* de investigação — confessou. — Mas dois episódios estranhos em minha vida mostraram que o meu caminho pode ser mais sombrio do que imaginei. Resta saber o quão longe isso vai. O quanto eu resistirei.

— Não pense nisso! Volte para sua casa, repórter. Alguém deve estar desejando muito cuidar de você. — Wendy agitou o queixo esguio na direção da aliança de Daniel. — E se desfaça dessa jaqueta mostarda. Ela é...

— Ridícula. Já me disseram.

— Pois é.

— Ela me dá sorte.

Wendy sorriu. Ela esticou a mão para Daniel, em sinal de

despedida. Ele limpou os dedos sujos na manta do jeito que pôde e a cumprimentou. Quando ela estava pronta para pisar para fora daquele lugar, ele disse:

— Só uma coisa, Wendy.

— O que foi?

— Willcox.

— Ah, certo. Nós já mantínhamos contato. Jessica nunca confiou em mim, ao contrário de Willcox. Ele é uma boa pessoa, nunca me fez mal algum. Tenho que admitir que nós dois produzimos um pouco de teatralidade com você.

— Eu desconfiei. Mas quando você decidiu realmente pedir ajuda a ele?

— Assim que você e Jessica saíram da cafeteria, telefonei para Willcox. Ele se encarregou de comunicar Ted. E nós viemos até aqui. Foi bem curioso ver os dois agindo juntos...

— Curioso?

Ela fez sinal que sim com a cabeça. Num primeiro momento, Daniel não compreendeu a colocação da jovem, mas logo percebeu que Wendy Miller, a garota de cabelos prateados como a lua e unhas pretas como a noite mais escura de Pocklington, mordia a língua para não dizer nada. Obviamente, existia mais um segredo. O último, talvez.

— Conte-me, Wendy. E eu te enviarei uma caixa enorme de Tic Tac do Brasil — disse, e a frase soou como conforto para os ouvidos dela.

— Você e seus acordos! Já me propôs algo parecido.

— Eu prometo. — Ele colocou a mão espalmada levemente sobre o peito.

Wendy se empertigou, animada.

— Está preparado?

— Mal posso esperar para ouvir...

48.

Foram três dias intermináveis em Pocklington até que Daniel conseguisse finalmente ser liberado e providenciasse a passagem aérea de volta para o Brasil.

Na vez em que telefonou para Nilla e comunicou sobre o seu retorno, foi como se o alívio percorresse suas veias como uma nova substância líquida. Existia uma série de relatos que tinha obrigação de repassar para a sua esposa, mas prometeu que faria tudo pessoalmente, pois concluía que assim era melhor. Não havia razão de expor, sem olhar diretamente nos olhos dela, toda a violência pela qual fora acometido. E se estava certo que encarar a bronca de Nilla seria um novo desafio, aquilo seria muito pequeno se comparado a estar a centímetros do cano de uma arma ou com dardos cravados no meio do tórax.

Quanto a dirigir o Aston Martin, isso sim, deixaria saudades. Daniel havia combinado de entregá-lo aos cuidados de Willcox no Pocklington Care Centre e depois partiria para o aeroporto de Manchester dentro de um táxi. Quando chegou, estacionou a poucos metros do prédio de dois andares e tijolos vermelhos. Entrar outra vez naquele lugar não era um real desejo, mas ele não partiria de Pocklington sem se despedir. Portanto, retirou a mala do carro e pediu para deixá-la em algum lugar dentro da recepção, com menos pessoas ao redor e atendentes não tão dispersas quanto das últimas vezes.

Daniel caminhou novamente pelos corredores brancos do hospital, só que dessa vez, fora da área de UTI. Quando chegou à porta do quarto, bateu três vezes com os nós dos dedos e abriu cuidadosamente, pedindo licença para entrar. Assim que deu os primeiros passos, não sabia em quem fixaria o olhar primeiro, se em Jessica na cama ou em Willcox acomodado em uma poltrona, ambos acordados.

Daniel acenou de leve para eles. Willcox levantou e se aproximou, recebendo as chaves do Aston Martin.

— O seu voo...

— Somente daqui a algumas horas, Willcox. Ainda há tempo — antecipou Daniel. — Sempre preocupado, não é?

— Você merece o seu descanso. — O inglês sorriu. — Bem, vou deixá-los a sós. Estarei do lado de fora.

— Obrigado.

Willcox saiu do quarto, fechando a porta. Jessica fez menção de recostar na cabeceira. Daniel se adiantou e a ajudou com os travesseiros.

— Você está se sentindo melhor? — perguntou ele.

Ela fez que sim, um pouco calada. Nada anormal para Daniel. Com o tiro, Jessica havia tido uma perfuração do baço, o que causou uma grande perda de sangue, mas nenhuma grande infecção. Não dava para visualizar o curativo — bem ao contrário do que revestia o nariz dele —, mas já havia sido informado sobre o sucesso da operação e bastava apenas Jessica tomar antibióticos e recuperar um pouco o rosto levemente rosado para deixar aquele quarto. Acabou sendo sorte.

Apesar de tudo, nos olhos dela, ficava claro que a presença dele no quarto a fazia segurar o choro.

— Ei, está tudo bem — acalmou-a.

— Sim, me desculpe.

— Cheguei numa hora inadequada?

— É claro que não. Por favor, sente-se.

— Não, Jess, obrigado. Contei para Willcox uma mentira. — Ele apontou para o relógio de pulso. — Precisarei ir logo, vim apenas me despedir.

— É claro. Passou do prazo que lhe demos, não é? Era para ser apenas uma semana, se me lembro.

— Nem pense nisso! Eu ficaria mais tempo, se fosse preciso. O importante é que você finalmente descobriu a verdade.

— Não, Daniel. Você descobriu.

— Sabe que preciso dar méritos a outras pessoas. Não conseguiria sozinho, nunca. — Daniel tinha uma relação de nomes na cabeça, mas não era necessário expor. — Bem, existe algo que você ainda precise me perguntar?

— Willcox já me contou o que aconteceu na casa enquanto estive inconsciente, depois do tiro. Na verdade, devo ter esgotado o meu estoque de perguntas. Ele me disse que vocês dois conversaram bastante.

— Tão logo tivemos oportunidade. Era o mínimo que eu podia fazer. Também há vários depoimentos na delegacia, vocês certamente terão acesso a eles. Sem contar as inúmeras matérias de Wendy Miller que já saíram no Pocklington News...

— Ted... — Jessica se limitou a dizer, ignorando o resto. Ela não encarava Daniel.

— Ele vai se recuperar, Jessica. Todos se recuperam.

— Gostaria de ser tão confiante...

— Mas deveria. Você mora numa bela cidade, Jess. Tem um filho que precisa de você e uma fundação para tocar. Acho que é hora de enterrar o passado e começar a viver... de verdade... — Daniel ficou um pouco sem jeito. Odiava dar conselhos como aquele, diante de tudo que tinha acontecido no seu passado. De súbito, não conseguiu evitar de pensar na noite em que Jessica bateu à porta do seu quarto. Aquilo ainda o constrangeria se não fosse a certeza do motivo pelo qual ele havia resistido. Preferia pensar que fora uma prova de que amava sua esposa. — Lembra-se de quando eu te contei sobre o meu acidente de carro com Nilla, logo no primeiro dia? Quando perdemos o nosso filho? Isso deixou um buraco aberto no meio do meu coração. Meu casamento acabou. Por muito tempo, pensei que nunca iria me recuperar. Eu vivia com o remorso ao meu lado, dormia com arrependimento e acordava com angústia. Então, o destino me fez ir atrás de Nilla. Ela ajudou a colocar as coisas de volta ao lugar. Ela é a minha vida — complementou.

— E vocês conseguirão engravidar novamente! — Jess afirmou, provavelmente se lembrando do motivo inicial de Daniel estar ali. — Fico feliz de poder proporcionar uma ajuda, no fim das contas. E ainda mais por saber que você tem uma boa companheira, Daniel, para ajudá-lo. Já eu...

— Você tem Willcox.

— Sim, mas...

— Dê uma nova chance a ele. E dessa vez, sem a interferência do seu pai.

Os olhos de Jessica se arregalaram como duas bolas de bilhar reluzentes.

Daniel sorriu e esperou ela se recompor. Jessica soltou:

— Você sabe!

— Sim.

— Quem te contou?

— Ah, não, Jess! Você disse que não tinha mais perguntas...

— Por favor, Daniel.

— Está bem. Wendy Miller. A muito custo — aliviou a barra da repórter.

— Eu não sei como aquela garota descobre essas coisas! — Jessica comentou um pouco assustada ou insegura. — Por favor, Daniel, peça a ela que mantenha segredo. Se Wendy decidir publicar isso...

— Não há necessidade, Jess. Esse não é o tipo de coisa que ela faria, fique despreocupada. Wendy sabe que afetaria diretamente Joshua. — Daniel colocou as mãos no bolso. — Mas será que não chegou a hora de vocês conversarem com o garoto?

— Talvez eu me torne um pouco destemida quanto ao assunto... — Ela finalmente sorriu. Daniel podia quase ver as bochechas rosadas novamente.

— Está certo. Tudo ao seu tempo — resumiu. — Bem, eu tenho que ir.

— Obrigada, Daniel. Por tudo — disse ela.

— Não há de quê. E você, fique bem a partir de agora.

— Não desapareça, ok?

— Eu prometo.

Daniel segurou as mãos de Jessica com cuidado. Disfarçadamente, ele movimentou a cabeça para o lado antes que as lágrimas dela contaminassem ainda mais a sua emoção e produzissem o mesmo efeito em seus olhos.

O quarto mergulhou no silêncio. Devagar, Daniel deu meia-volta, alcançou a maçaneta da porta e não olhou mais para trás.

***

Willcox não havia ido muito longe, estava na outra extremidade do corredor. Depois de tudo, parecia menos alto do que da primeira vez que o viu, mas era apenas impressão de Daniel. Caminhou até ele.

— Mr. Sachs...

— Willcox.

— Foi tudo bem lá dentro?

— Jessica ficou um pouco emocionada. E o pior, eu também. Devia ter imaginado.

— Precisa de um lenço? — Willcox fez menção de retirá-lo do bolso. Daniel se recordou da primeira vez que viu o brasão da fundação bordado no pano, em sua casa. Tudo havia começado ali.

— Não, obrigado. — Sorriu.

— Antes que eu me esqueça... a outra parte do dinheiro foi transferida para a sua conta.

— Nilla já me confirmou. Eu te agradeço, Willcox.

— A cirurgia dela...?

— Vamos tentar. O médico disse que há uma grande possibilidade de revertermos o impedimento da gravidez.

— Pois isso é uma ótima notícia.

— Sim, é. Estamos animados.

— É bom pensar que nem tudo que passamos foi em vão. O sentido da família deve vir sempre em primeiro lugar.

Daniel apoiou as costas na parede.

— Aprendi isso a duras penas. Passei por alguns momentos complicados na minha vida. Às vezes, é necessário recomeçar. É difícil, mas espero que Jessica consiga fazer o mesmo. Reconstruir a família.

— Ajudarei ela no que for possível.

— Tenho certeza.

— Acho que a maior mágoa de Jessica é que ela não compreende o motivo do pai nunca ter contado a verdade sobre o que aconteceu. E vou te dizer, nem eu compreendo. Sarah Child era esposa de Humphrey, mas ele não tinha o direito. Não é a melhor forma de se preservar uma filha.

— Por falar nisso, como está Joshua? Não o vi desde a alta médica.

— Ele passará um tempo com Emily. O garoto precisa de espaço. Ela está cuidando bem dele.

— Como você sempre cuidou, certo?

Willcox arqueou uma sobrancelha.

— Como assim?

— Não sei bem como dizer... Você se lembra quando me perguntou se eu era mesmo um repórter investigativo?

— É claro. Foi uma brincadeira, nunca quis ser levado a sério.

— Eu sei disso. E talvez eu não seja um, afinal de contas. Mas foi inevitável ficar sabendo de algumas coisas. Fontes confiáveis, sabe? — Daniel sorriu outra vez. — Anime-se, Willcox. Algo me diz que o segredo que pertence a você e a Jessica não durará muito tempo. Não se depender da mulher que está deitada naquele leito.

Willcox, ao contrário de Jessica, não se espantou. Apenas esfregou o queixo, talvez declarando silenciosamente que Daniel era, de fato, um pouco investigativo. Depois soltou um suspiro ruidoso e demorado, como se estivesse preso na garganta há pelo menos 16 anos. Com a morte de Humphrey, soava natural. E dessa vez, não houve necessidade de Daniel explicar que o assunto não era nenhuma falácia de Wendy Miller. Willcox, com certeza, fazia a associação automaticamente.

— Nós tivemos uma noite juntos. Uma única noite! — confessou. — Éramos bem mais jovens. Jessica e Ted haviam acabado de terminar. Jessica veio até os meus braços, entende? Eu quis consolá-la. Fraquejei. Nós dois fraquejamos. O caso é que Humphrey nunca soube disso. Nós não queríamos que ele soubesse.

— Com tanto tempo passando juntos, não me admira.

— Todos esses anos?! Eu diria que foi quase impossível!

— O que houve depois?

— Não tivemos arrependimento, mas muito receio. A vida era bem confusa na época. Eu trabalhava para Humphrey, Jessica era sua filha. Um secretário engravidando a única filha do seu patrão? Entenda, a família Child esteve nos holofotes dessa cidade de forma negativa, apesar da fundação. Não é fácil viver com uma suposição que uma mulher foi morta por causa de luzes misteriosas no céu, sabe? — Willcox disse aquilo com as partes intactas do seu rosto sem cor. — A cabeça de Jessica não absorveu muito bem a gravidez. Decidimos não contar a verdade. Até hoje as pessoas dessa cidade acham que Ted é o...

— Eu sei — interrompeu Daniel. — Tenho uma desconfiança que ele próprio acredita nisso. Sorte que Joshua saiu com a cara da mãe, não é?

Willcox sorriu de forma suave.

— Tivemos que ter alguma sorte, enfim. De qualquer forma, o

relacionamento entre Jessica e Ted não se estabilizou mais depois da notícia da gravidez. Mas ele sempre a respeitou, não posso negar.

— Você a ama? — Daniel perguntou.

Dessa vez os olhos de Willcox penetraram nos olhos dele, embargados. Um sentimento reprimido, que devia doer demais.

Daniel desencostou da parede e deu um aperto com a mão no ombro alto de Willcox. Logo o aperto se transformou em um abraço forte, amigável. Esta era a primeira e provavelmente a última vez que abraçaria o inglês. Então se despediu e o deixou sozinho, andando sobre o piso branco em direção à saída, sem esperar por nenhuma palavra, apenas desejando pegar a sua mala e voltar para casa, para sua esposa. Afinal, não havia necessidade de Willcox respondê-lo. Daniel sabia que falar a verdade nem sempre liberta o ser humano, e se isso de fato acontecesse com Willcox, o inglês encontraria o momento certo. Um momento em que não pertencia a ele, pois Daniel não estaria mais ali, perto deles, em Pocklington.

Aliás, Pocklington começava a se tornar passado. Um passado que, com o avançar do tempo, deixaria lembranças vagas...

Enterrado como a mais profunda cápsula do tempo.

— FIM —

Aponte a câmera do celular para o QR Code abaixo
e conheça mais livros visitando o nosso site.